DAS BUCH DER RÄNDER • DIE UNSICHTBAREN UNGARN

Das Buch der Ränder
Die Unsichtbaren – Ungarische Prosa jenseits der Staatsgrenzen

Herausgegeben von
Irene Rübberdt und Christine Schlosser

Wieser Verlag

51. Frankfurter Buchmesse 1999
Hungary without Boundaries
La Hongrie sans frontières
Ungarn unbegrenzt

Wieser Verlag

KLAGENFURT – WIEN – LJUBLJANA – SARAJEVO
A-9020 Klagenfurt/Celovec, Ebentaler Straße 34b
Tel: + 43 (0) 463 370 36, . Fax + 43 (0) 463 376 35
e-mail: office@wieser-verlag.com
Homepage: http://www.wieser-verlag.com

1. Auflage 1999

Lektorat: Franz Marenits

ISBN 3 85129 292 8

INHALT
(mit Originaltiteln)

VORWORT

Was für die Ungarn bis heute ein Trauma ist, die Tatsache nämlich, daß mit dem Ende des ersten Weltkriegs, besiegelt 1920 im Frieden von Trianon, zwei Drittel des einst ungarischen Territoriums und ein Drittel der ungarischen Bevölkerung den Nachbarstaaten zugeschlagen wurde, ist für die Literatur – von außen betrachtet – durchaus als Gewinn zu sehen. Seit achtzig Jahren wird in der Slowakei, in Rumänien, in der Wojwodina und in der Karpato-Ukraine ungarische Literatur geschrieben, die sich jeweils sowohl aus den literarischen Traditionen Ungarns und ihren Bindungen zum Mutterland als auch aus dem gesellschaftlichen und kulturellen Umfeld des jeweiligen Nachbarlandes speist. Sie befindet sich gleich in doppelter Hinsicht, als ostmitteleuropäische (sogenannte kleine) Literatur und als die einer nationalen Minderheit, in einer europäischen Randposition, ist also mehrfach prädestiniert, das Wesentliche aus der ungewöhnlichen Perspektive viel deutlicher zu erfassen, als daß der Blick aus dem Zentrum heraus je vermag. Dieser besondere Blick ist auch jenen erhalten geblieben, die seither ihre Heimat verlassen haben und »heimgekehrt« sind nach Ungarn wie Ádám Bodor, Nándor Gion, Attila Balázs. »Die Ränder brechen auf und sie brechen herein.« (Karl-Markus Gauß)

Während die ungarische Literatur der Nachbarländer längst nicht mehr nur eine regionale Spielart der gesamtungarischen Literatur darstellt, ist sie in der deutschen Rezeption bisher kaum präsent. Auch Ausnahmen wie die bemerkenswerte Resonanz auf Ádám Bodors »Schutzgebiet Sinistra« (Zürich: Ammann, 1994) oder das Problembewußtsein einzelner Anthologisten wie zum Beispiel Peter Zajac (»Wie Laub von einem Baum: Geschichten aus der Slowakei«, Blieskastel: Gollenstein, 1994) und Martha Szépfalusi-Wanner (»Kämpfe von gestern, Lehren für heute: Ungarische Lyrik und Prosa«, Budapest: Héttorony, 1995) ändern an diesem Befund wenig.

Aus diesem Grund haben wir uns auf eine literarische Entdeckungsreise begeben, die uns von der Slowakei im Nordwesten, dann dem Karpatenbogen folgend, entlang an Ungarns Rändern und immer wieder auch nach Ungarn hinein bis nach Subotica im Süden führte. Reisen wie Anthologien werden nicht selten vom Zufall, von persönlichen Begegnungen, Eindrücken und einer nicht generalisierbaren Neugier gelenkt. Und so will das, was wir von unserer Reise mitgebracht haben, keine repräsentative Auswahl sein, es ist vielmehr unsere Liebeserklärung an diese literarischen Landschaften, die uns und hoffentlich auch die Leser zu weiteren Erkundungen verlocken werden. Besonders fasziniert haben uns Texte, die die Grenz- und Randseitersituationen auf vielfältigste Weise literarisch thematisieren, Texte von Heimkehr und Fremdheit, Willkommen und Abschied, von grotesken Grenzen und illusorischen Wünschen in kafkaesken und Endzeitszenarien, poetische Bilder der Sehnsucht und Suche, die auf schmerzhafte Weise (ostmittel)europäische Befindlichkeit spiegeln und dabei mitunter auch auf den ironischen Blick nicht verzichten.

Am Beginn unserer Reise steht die biblische Geschichte von Kain und Abel, die sich auf tragische wie typische

Weise hier in Mitteleuropa wiederholte. Am Ende, in Subotica angekommen, stehen wir ratlos angesichts der Unfähigkeit, diesen Zwist endlich beilegen und das Zeichen von der Stirn tilgen zu können.

»Du hast mir ein Zeichen auf die Stirn gebrannt, das Zeichen brennt auf meiner Stirn, hundertfach brennt es, und ich weiß nicht, wohin ich mein Gesicht wenden soll, ich weiß nicht, wohin ich gehen soll. Ich weiß nicht, wohin du mich von deinem Angesicht vertreibst, ich weiß nicht, wo ich mich verstecken soll, wohin ich ziehen soll, mit deinem Stempel auf der Stirn. So kann mich, wer mich findet, töten.« (Sándor Gál)

Die Texte dieser Auswahl erscheinen hier, von zwei Ausnahmen abgesehen, in Erstübersetzungen und stellen ihre Autoren erstmals in deutscher Sprache vor. Die deutschen Fassungen entstanden im Berliner Arbeitskreis für die Übersetzung ungarischer Literatur, einer seit 1998 wiederbelebten Werkstatt für jüngere Übersetzer, die sich insbesondere der Übertragung der neueren ungarischen Prosaliteratur annehmen und in der gemeinsamen Textarbeit den Mut aufbringen, sich der Kritik zu stellen. Dabei konnte der Kreis an den Ende der achtziger Jahre von Paul Kárpáti und Hans Skirecki begründeten und geleiteten Workshop anknüpfen. Die Tatsache, daß Paul Kárpáti zu den Übersetzern dieser Anthologie gehort, betrachten wir als ein glückliches Zeichen von Kontinuität.

So gilt unser Dank besonders den ÜbersetzerInnen, ihrer Risikobereitschaft für ein Unternehmen, dessen Ausgang bei Beginn der Arbeit durchaus nicht absehbar war, und ihrer Geduld während der Textarbeit. Wir danken herzlich allen Autoren, die uns ihre Texte für diese Auswahl zur Verfügung gestellt haben, und nicht zuletzt dem Wieser Verlag, der sich auf die Dokumentation dieser literarischen Reise eingelassen hat.

Die Herausgeberinnen
Im Juni 1999

KAIN

»Ich bin der Erstgeborene, der Ackermann.

Hier lebe ich zusammen mit meinem Vater, meiner Mutter und meinem jüngeren Bruder nach den Geboten des Herrn, jenseits von Eden gegen Osten. Ich pflüge, säe und ernte. Das ist meine Arbeit. In der Frühe wache ich auf, vor Sonnenaufgang, als erster, wie es dem Rang und der Pflicht des Erstgeborenen geziemt.

Ich selbst schnitze aus Holz den Pflug und die Egge; ich selbst schnitze das Joch und die Deichsel, denn auch das ist meine Arbeit. Meinen Vater und meine Mutter ehre ich, auch meinen Bruder, den Schafhirten. Mein Vater ist ein weiser Mann, er spricht wenig; meine Mutter eine fürsorgliche Frau, sie ehrt meinen Vater, und ihre Liebe teilt sie gerecht unter uns auf.

Der Acker, den ich bestelle, ist guter schwarzer Boden, beim Pflügen zerfallen die Furchen, sie zerbröckeln in kleine Schollen, und es entströmt ihnen ein Wohlgeruch. Wenn ich den Boden mit der Egge glätte, surrt er leise und schimmert im Licht der herabfallenden Sonnenstrahlen. Ich liebe auch seine Farbe und seinen Geruch, ich liebe ihn seinem ganzen Wesen nach so, wie er ist. Wenn ich aus meiner Schürze die Samen ausstreue, sehe ich fast, wie die Erde ihren Schoß öffnet und die winzigen Getreidekörner aufnimmt. Ähnlich nimmt sie auch den Regen auf, jeden seiner Tropfen saugt sie ein. Denn die Erde ist gut, sie spürt und erwidert die Liebe. Immer gibt sie mehr, als ich ihr gebe. Sie erneuert und kräftigt sich, und durch sie erneuere und kräftige ich mich auch. Alles, was ich habe, stammt von ihr. Sie zieht den Baum groß, aus dessen Holz ich den Pflug anfertige, sie liefert das Gras, das die Muskeln meiner Rinder kräftigt, sie zieht die Ähren groß, die Hülsen der Bohnen, sie gibt Brot und Arbeit. All meinen Regungen gibt sie Sinn.

Der heutige Morgen ist wie jeder andere. Genau so beginnt er, so blaß ist der Osthimmel, wie gestern oder vorgestern, so öffnet sich der Morgen nach und nach, seine Farbe entfaltend, wie so viele Male vorher, und auch die Rinder käuen genau so wieder, wie an so vielen anderen Morgen.

Und doch ist dieser Morgen anders.

Anders, weil die Ähren des Weizens herangereift und die Köpfe des Roggens schwer geworden sind.

Heute ist Feiertag. Ein Feiertagsmorgen begrüßt mich, und auch ich begrüße den Feiertagsmorgen. Mit reinem Herzen, dem Herrn dankend, daß er die Saat auf den bestellten Feldern reifen ließ.

Der heutige Tag ist der Tag des Erntebeginns.

Ein gesegneter Tag, der Tag des Herrn. Mein Herz ist erfüllt mit Freude und Dankbarkeit gegen den Herrn. Eine große Stille umgibt die Landschaft vor mir, der Dunst sinkt als silberner Nebel auf die Gräser herab, die Hänge des Hügels erstrahlen, und die Luft füllt sich mit frischen Düften.

Ich mache mich auf den Weg zum Hügel hinauf, um dort den Sonnenaufgang zu erwarten. Reglose Sträucher stehen nebeneinander, die Blätter dem Himmel zugewandt. Ich gehe langsam, das Gesicht der aufgehenden Sonne entgegen, und ich denke an nichts. Ich spüre nur die Freude, die ganze Wärme der Freude, wie sie mein Herz durchdringt.

Als ich oben auf dem Hügel ankomme, schaue ich mich in der erwachenden Landschaft um ...«

... Als er oben auf dem Hügel ankam, betrachtete er die um ihn erwachende Landschaft. Viele Kilometer war er gelaufen, Tage und Nächte waren hinter ihm zurückgeblieben: Berge, wilde, felsige Landschaften, Moore, Sümpfe, Moraste, endlose ungepflügte Äcker, unbestellt; niedergebrannte Dörfer, zerstörte Städte, aufgerissene Straßen. Verwüstung, Wüste, schwarze Trauer – menschliches Universum, zu Ruß verbrannt. Und jetzt war er angekommen. Beim Hügel. Auf dem Hügel, von dem aus man auf das Dorf hinunterblicken konnte.

Viele Tage lang die Straßen durchmessend, hatte er sich unzählige Male vorgestellt, wie dieser Augenblick sein würde. Immer wieder hatte er probiert, wie sein Geschmack, wie die Freude, wie der Augenblick der Heimkehr sein würde. Und jetzt war er auf dem Hügel angekommen, stand nur da und schaute auf das, was das Dorf einst war. Die verstümmelten Balken des zerstörten Turmes durchbohrten das Fleisch des blauen Himmels, die ziehenden Wolken und den unsichtbaren Bogen des Vogelfluges.

Fremd, reglos war die Landschaft, die vor ihm lag. Schmutz. Die verkohlten Dächer lagen schwarz entstellt unterhalb des Hügels.

Wieder daheim, dachte der Mann, ich bin zu Hause.

Er stand auf dem Hügel und betrachtete die Weite. Und schien sich in der Weite zu sehen.

»Wieder daheim«, sagte er leise, als hätte er nur zu den Gräsern gesprochen. »Wieder daheim.«

Lange stand er auf dem Hügel, wie jemand, der auf irgendein Wunder wartet, dann ging er langsam, sehr langsam los, den staubigen Feldweg abwärts. Er ging ohne Gedanken, fühlte keine Freude, nur eine unendliche Müdigkeit. Am liebsten hätte er sich am Fuße irgendeines Strauches fallengelassen, um zu schlafen, um lange zu schlafen, unendlich lange, Tage und Nächte lang. Aber er ließ sich nicht bei den Sträuchern fallen, er ging weiter auf dem staubigen Weg auf das Dorf zu, das schwarz dastand im Gold der aufgehenden Sonne.

Das Dorf war noch still, als er die erste Straße erreichte, war still, ruhte noch, rührte sich nicht, war noch nicht am Erwachen. Nur ein – zwei wachsamere Hunde empfingen den Ankommenden mit leisem Kläffen. Er aber ging vor den Häusern entlang, die nicht von Zäunen umgeben waren, weil im Krieg alle Zäune verbrannt waren.

Er betrachtete die vertraute Straße, betrachtete die vertrauten Häuser. Alles war ihm vertraut, was ihn umgab, und doch erschien ihm alles fremd.

Vor der Kirche blieb er stehen, hob den Kopf und betrachtete den zerschossenen Turm. Als Kind war er häufig mit dem Glöckner nach oben gestiegen und hatte sich gefreut, wenn er das Seil der kleinen Glocke anfassen durfte. Da, wo der Turm gewesen war, schimmerte jetzt der leere Himmel wolkenlos, morgenblau. Das fehlende Geläut der Glocken pulsierte in seinen Ohren.

Die Kirchentür fehlte, der graue Rachen des Eingangs gaffte den schlanken Mann verschlafen an.

Der verstümmelte Turm warf einen blassen Schatten auf den Mann, der dort stand, gegen die aufgehende Sonne. Minuten vergingen, Minuten der Stille und der Reglosigkeit. Danach ging der Mann, wie jemand, der einen Entschluß gefaßt hatte, in die Kirche hinein. Als er den dunklen Vorraum durchschritten hatte, blieb er stehen und ließ seinen Blick über die grauen Gewölbebögen schweifen, die in einem langen, majestätischen Bogen in der Höhe zusammentrafen. Die linke Seite der Kuppel war von einer Granate zerstört worden, und durch den Spalt, den die Granate gerissen hatte, schaute das Blau des Himmels hinein, und auch ein Sonnenstrahl stahl sich in das Halbdunkel. Auch das Fenster an der rechten Seite der Kanzel war von einem Einschlag getroffen worden, und ein Geschoß hatte den Altar in Stücke gebrochen. In der Kirche gab es keine einzige Bank. Offenbar hatten die Soldaten sie verheizt. Um so mehr Stroh, Pferdemist, halb verbrannte Holzscheite und verschiedenerlei Schutt, Glas und Schieferstücke lagen in einem entsetzlichen Durcheinander auf dem Steinfußboden umher. Auf der Empore oberhalb des Eingangs waren auch die Orgelpfeifen herausgerissen worden; die langen Zinnpfeifen lagen plattgedrückt zwischen dem Unrat.

Der Mann bückte sich, hob eine Pfeife auf und blies hinein. Ihr Klang hallte befremdlich von den Wänden wider. Als ob ein ferner Klageruf ertönt wäre. Der Mann hielt die verstümmelte, verbeulte Orgelpfeife noch eine Weile in der Hand, dann lehnte er sie an die Wand. Ihm fiel ein, wie wunderbar dereinst der Herr Rektor die Psalmen gespielt hatte. Ob er wohl noch lebte? Und er mußte auch daran denken, wie schön diese Kirche gewesen war. Das Läuten der Glocken, die Stille nach dem Läuten und der Gesang, der die Kuppel beinahe anzuheben schien. Und jetzt schaute er unverwandt auf das Nichts, die Verwüstung, den Schmutz.

Dann ging er langsam zum zerschossenen Altar, stieg über das halb umgefallene und eigenartig zusammengerollte Eisengeländer, das früher den Altar umgeben hatte, und schaute auf die vor seinen Füßen herumliegenden Reste des Marmortisches.

Hier bin ich getauft worden, dachte er, hier, an dieser Stelle. Hier hat man mir einen Namen gegeben, einen menschlichen Namen, damit ich ihn trage, solange ich lebe. Einen Namen von vielen. Diese Steine sind die Zeugen gewesen, und jetzt liegen sie, in Stücke zerbrochen, zwischen dem Unrat.

Ihm war, als ob auch sein Name in Stücke zerfallen, als ob er verloren, als ob er erneut namenlos geworden wäre. Ein Mensch, der einen Namen gehabt hatte, den ihm unbekannte Kräfte, unbekannte Mächte geraubt haben.

Er bückte sich langsam und hob einen Stein auf …

»… Ich bücke mich langsam und hebe einen Stein auf. Die Oberfläche des Steines ist rauh, an meinen Fingerspitzen fühle ich seine Poren. Ein wuchtiger Stein ist das, einer, den man schwer von der Stelle rücken kann. Man braucht Kraft dazu, starke Männerkraft, wenn jemand ihn wegrücken will. Ich bin kräftig, wie jeder Ackermann, und wie jeder richtige Mann, der viel arbeitet, für den Arbeit nicht Mühe, sondern Befriedigung und Freude ist.

Ich hebe den Stein auf und lege ihn auf den Gipfel des Hügels. Wie ich mich aufrichte und den Kopf hebe, schaue ich den Hügel hinab, wo die Weizen- und Roggenfelder sich im aufkommenden Wind wiegen. Wenn ich mich umdrehe, sehe ich den Fluß, und am Ufer des Flusses die Pferche, wo die Schafe schon hungrig blöken. So aus der Ferne betrachtet wirkt der Fluß, als sei er bewegungslos, als habe man gleichsam ein Band auf das grüne Gras gebreitet.

Ich weiß, daß es so ist, auch wenn ich nicht hinsehe. Ich weiß, daß mein Bruder jetzt aufwacht, den Kopf schüttelt, um die unbändigen Haarlocken, die ihm in die Augen fallen, zu ordnen. Meine Mutter bereitet schon das Frühstück, mein Vater sitzt schweigend auf einem Stein und sinnt über etwas nach.

Ich aber lege neben den ersten Stein neue Steine, denn der Morgen der Ernte hat für mich begonnen, und die Erstlinge der Ernte weihe ich dem Herrn; dem Allmächtigen, der mit lauem, leisem Regen die Ackerfurchen begossen, der das leuchtende Gesicht der Sonne hierher gewendet und der Weizen und Roggen zur Reife gebracht hat. Ihm gebührt der Dank, ihm gebühren die Erstlinge der Ernte.

Ich schleppe schwere Steine, um einen schönen Opferaltar auf dem Hügel bauen zu können. Ich arbeite mit Freude, mit aufrichtigem Herzen, Schweiß bedeckt mein Gesicht, schwere Tropfen rinnen mir die Stirn herab, und sie fallen zwischen die Gräser, wo sie sich mit dem himmlischen Tau vermengen, der auf den Spitzen der Gräser schimmert. Langsam entsteht der Altar, er wächst, wie ich die Steine aneinanderfüge. Er wächst, als würden die Strahlen der aufgehenden Sonne ihn errichten.

Ich halte den Stein in den Händen, lege ihn ab und drehe mich um ...«

... Er hielt den Stein in den Händen, legte ihn ab und drehte sich um. Als er wieder aus der Kirche herauskam, blieb er einen Augenblick geblendet im Glanz stehen und ging erst dann weiter, als sich seine Augen an das Licht gewöhnt hatten.

Vor dem einen Haus stand ein alter Mann mit großem Schnauzbart, einen Hut auf dem Kopf, Stiefel an den Füßen. Mit zusammengekniffenen Augen beobachtete er den Mann, der auf ihn zu hielt.

»Guten Morgen, Onkel András«, grüßte der Mann den Alten.

Der Alte hob den Kopf und schaute sich den Ankömmling genau an.

Die Stimme kam ihm bekannt vor, die Züge nicht.

»Guten Morgen auch dir, mein Sohn«, grüßte er zurück und schaute sich erneut den Mann an.

An der Stimme des Alten spürte der Mann, daß dieser ihn nicht erkannt hatte.

Er trat näher. Auch der Alte regte sich, zögernd, suchend, in seinen Erinnerungen stöbernd. Da blitzte in den Augen des Mannes Heiterkeit auf, eine Kindheitserinnerung, und schon sagte er:

»Ein Knüppel, ein halber Knüppel, anderthalb Knüppel, wieviele Knüppel?«

Der Alte hob den Kopf und antwortete sogleich:

»Anderthalb Knüppel!«

Dann standen sie eine Weile schweigend da, und der Alte sprach leise:

»Du bist es wahrhaftig? Wahrhaftig! Gott hat dich heimgeführt.«

»Ja, heimgeführt«, sagte der Mann.

»Also, geh´n wir dann«, sagte der Alte und ging mit winzigen Schritten neben dem Mann los.

»Du hast dich verändert«, sagte der Alte.

»Fünf Jahre sind eine lange Zeit.«

»Das sind sie. Fünf Jahre sind eine lange Zeit.«

»Mein Bruder?« fragte der Mann.

Der Alte machte einen Schritt nach vorn, als wäre da etwas gewesen, dem er hatte ausweichen wollen.

»Später, daheim, bei euch«, sagte er.

»Und meine Mutter?«

»Später, daheim«, wiederholte der Alte den vorherigen Satz. Sie gingen weiter, aber jetzt redete keiner mehr. Der Alte nahm den Weg mit winzigen, flinken Schritten, der Mann machte faulere, größere Schritte neben ihm, wie jemand, der von sehr weit her losgegangen war und der vorhat, sehr weit zu gehen.

Als sie zu Hause ankamen, blieb der Alte stehen.

»Warte«, sagte er, »zuerst gehe ich. So gehört es sich.«

Er packte die Schultern des Mannes und drückte sie, wie es die Alten tun, so als hätte er dadurch seine restliche Kraft auf den Mann übertragen wollen. Der Mann beobachtete den Alten, wie dieser mit winzigen Schritten vorausging, auf das Haus zu.

Der Alte verschwand hinter dem Flügel der sich öffnenden Tür, er aber ließ seinen Blick über das Haus, über den

Hof schweifen. Die hintere Hälfte des Hauses lag in Trümmern, auch der Schweinestall war eingestürzt, und ein Ast des Birnbaumes, der neben dem Brunnen stand, war abgebrochen. Ruhig, sachlich nahm er die Zeichen der Verwüstung zur Kenntnis.

Seit fünf Jahren hatte er nichts anderes gesehen, nur das, immer und überall das gleiche: Trümmer, aufgerissene Straßen, eingestürzte Mauern.

Der Alte erschien in der Tür und nickte mit dem Kopf. Der Mann ging auf den Alten zu.

»Nur leise, nur leise«, sagte der Alte und ließ den Mann vor. »Willkommen daheim«, sagte er. »Tritt ein, deine Mutter wartet.«

Der Mann trat zur Tür hinein. Das Halbdunkel der Küche empfing ihn, das vertraute, alte Halbdunkel. Er blieb nicht in der Küche stehen. Er wandte sich der Dielentür zu, die den Ankommenden halb geöffnet erwartete.

Seine Mutter lag im Bett. Er blieb vor dem Bett stehen und schaute seine Mutter an. Sie lag mit geschlossenen Augen da, reglos. Der Alte stellte sich unbemerkt hinter den Mann und legte ihm die Hände auf die Schultern.

»Du kommst gerade recht«, sagte er leise.

Der Mann nickte. Der Alte aber trat an das Bett heran, beugte sich nieder und hob den Kopf der Frau ein wenig an.

»Er ist heimgekommen«, sagte er leise zu der Frau. »Hörst du? Er ist zurückgekehrt, gesund und bei Kräften.«

Die Frau öffnete langsam die Augen und schaute ins Weite, als wollte sie die Worte des Alten einholen, welche zuvor wie Vögel aufgeflogen waren.

»Welcher?« fragte sie kaum hörbar.

»Der Erstgeborene«, sagte der Alte.

Die Frau machte eine Bewegung, als wollte sie aufstehen.

»Komm näher«, sagte sie.

Der Mann stellte sich an den Bettrand und nahm die Hand seiner Mutter.

»Guten Morgen, Mutter.«

»Guten Morgen, mein Sohn«, flüsterte die Frau. Du kommst gerade recht. Zur Ernte."

»Ja, Mutter«, sagte der Mann und ging auf den Hof hinaus.

Der Alte folgte ihm.

Neben dem Brunnen setzten sie sich auf den abgebrochenen Ast des Birnbaumes und schwiegen lange.

»So ist das«, sagte der Alte später. »Der Mensch wird geboren, er arbeitet und stirbt. Das ist alles. Nicht viel, aber auch nicht wenig.«

»Also, ich geh´ dann«, sagte der Alte und stand auf. »Wenn du Hilfe brauchst, sag Bescheid.«

»Ich sag' Bescheid, Onkel András.«

Der Alte eilte mit winzigen Schritten vom Hof.

Du kommst gerade rechtzeitig heim, hörte er das Flüstern der Mutter in sich widerhallen, du kommst gerade recht. Zur Ernte.

Das ist der schönste Tag des Jahres ...

»... Das ist der schönste Tag des Jahres. Der Altar steht auf dem Gipfel des Hügels. Ich habe ihn ganz hoch gebaut, damit der Rauch des Opfers von ihm zum Herrn emporsteige. Ich gehe noch um den Altar herum, steige hinab zum Fluß, wasche mein Gesicht, meine Hände, um an diesem Feiertag rein vor den Herrn zu treten.

Als ich zum Fluß hinabsteige, sehe ich, daß mein jüngerer Bruder auf dem Nachbarhügel emsig tätig ist. Auch er errichtet einen Altar. Zwischen den Sträuchern am Fuße des Hügels weidet seine Herde. Ein schöner, würdiger Altar wird auch seiner werden; auf diesem wird er von den Erstlingen der Herde dem Herrn ein Schaf opfern, da er Schafhirt ist.

Oberhalb des Flusses schweben Möwen mit ausgebreiteten Flügeln, und die Schwalben schneiden zischend die Luft. Ich wate in das klare Wasser des Flusses, ein Schwarm winziger Fische verschwindet mit einem silbernen Leuchten in der Tiefe.

Ich beuge mich vor, schöpfe mit hohler Hand aus dem Fluß und spritze mir das Wasser ins Gesicht. Das Wasser wäscht mir den Schweiß vom Gesicht und fällt dann in schweren Tropfen in den Fluß zurück. Die herabfallenden Tropfen lassen Ringe auf dem klaren Spiegel des Wassers aufblinken. Wieder schöpfe ich Wasser und wieder spritze ich es mir ins Gesicht.

Auch mein Bruder kommt vom Hügel herunter zum Fluß, genau wie ich watet er bis zu den Knien in das Wasser, er schöpft mit hohler Hand aus dem Fluß, und auch er spritzt es sich ins Gesicht. Dann gehen wir los, jeder auf seinem Weg. Er zu seinen Schafen, damit er das schönste Tier von den Erstlingen der Herde aussuche, ich aber gehe auf das Weizenfeld, und auch ich wähle die schönsten, reifsten Ähren aus.

Ich binde die Ähren zu Garben und trage sie auf den Hügel hinauf …«

… Er band die Ähren zu Garben und trug sie auf den Hügel hinauf.

Onkel András schaute aus dem Schatten des Baumes zu, wie er arbeitete, und ihm fiel ein, daß er früher, als er noch jung gewesen war, selbst mit dieser Leichtigkeit die Weizengarben auf dem Hügel aufgeschichtet hatte. Aber das war sehr lange her. Seitdem hatte Gott zwei Kriege auf die Welt geschickt, zwei schreckliche Kriege, in denen es nur Verlierer gegeben hatte.

Der Mann stellte auch die letzte gebundene Garbe im Halbkreuz auf, dann ging er langsam in den Schatten des Baumes, wo der Alte saß.

»Müde geworden?« fragte der Alte.

»Ein wenig. Habe lange nicht geerntet.«

»Stimmt«, sagte der Alte. »Und wer weiß, wann wir wieder ernten.«

Der Mann hob den Tonkrug an und trank daraus.

»Noch nicht hungrig, Onkel András?«

»Nein, mein Sohn. Ich habe nur noch selten Hunger.«

»Und ich könnte zur Zeit immer nur essen.«

»Du hast fünf Jahre genug gehungert.«

»Was wird hier, Onkel András?«

»Ich weiß es nicht, mein Sohn. Die Leute werden hierhin und dahin fortgebracht. Und die Felder werden ihnen weggenommen. Auch die Tiere, sagt man. Wegen der Kriegsverbrechen. Weil wir ja den Krieg gemacht haben sollen.«

»Wir?«

»Man sagt es.«

»Auch Sie, Onkel András?«

»Wie du siehst.«

»Aber Sie waren neunzehn doch Rotarmist.«

»Das war neunzehn. Jetzt haben wir aber siebenundvierzig. Und das ist ein großer Unterschied.«

Der Alte hob eine trockene Erdscholle auf und zerbröselte sie langsam zwischen den Fingern. Der Mann legte sich ins Gras und betrachtete die Baumkrone der Akazie, die sich über ihn beugte.

»Aber ich gehe hier nicht weg, Onkel András. Ich nicht! Lieber verrecke ich, aber ich gehe nicht weg.«

Der Alte blies den Staub von seinen Fingern, wischte sich die Hände an der Hose ab und schaute den Mann an, der neben ihm lag.

»Dein Vater und ich haben neunzehn gemeinsam gekämpft. Ich war dabei, als er starb. Ich habe auch gesehen, wie dein Bruder abgeholt wurde. Und jetzt bin ich hier. Noch immer. Aber ich weiß nicht, ob ich hier sterben werde.«

»Ich gehe nicht! Nein und abermals nein! Es reicht. Es reicht mir, daß immer jemand anders für mich entscheidet.«

»Beruhige dich, mein Sohn. Die Armen pflegt man nicht danach zu fragen, was sie wollen. Den Armen erteilt man Befehle.«

Der Mann setzte sich auf, er heftete die Augen auf den Alten.

»Onkel András, ich möchte etwas fragen.«

»Frage nur.«

»Mein Vater ist neunzehn erschossen worden. Und mein Bruder fünfundvierzig. Meine Mutter haben wir vor einer Woche beerdigt. Wir sind zu Kriegsverbrechern erklärt worden, mit völliger Entrechtung. Das Land wird uns weggenommen, das Haus, alles. Wir werden ausgesiedelt. Was für eine Gerechtigkeit ist das, Onkel András? Was macht uns schuldiger als die anderen Völker?«

»Die Schwäche, mein Sohn. Recht haben nur die Starken.«

»Was ist das für eine Gerechtigkeit, die den Menschen Elend bringt? Gestern habe ich auch den Zettel bekommen. Sie wollen mich fortbringen.«

»Ich weiß«, sagte der Alte.

»Aber ich gehe nicht!«

»Sie bringen dich fort.«

Der Alte stand auf. Er nahm den Krug und trank ein wenig Wasser.

»Komm«, sagte er, »bis zum Mittag mähen wir noch eine Schwade ab.«

Der Mann nahm die Sense auf und ging hinter dem Alten her. Er erreichte den Rand des Weizenfeldes und riß eine Ähre ab ...

»... ich erreiche den Rand des Weizenfeldes und reiße eine Ähre ab. Nach der ersten die zweite und die dritte. Die abgerissenen Ähren lege ich auf die Erde auf einen Haufen. Ich wähle schöne, langgewachsene, volle Ähren aus, und wenn genug beisammen sind, drehe ich aus den langen Weizenhalmen ein Seil und binde die abgerissenen Ähren zu einer Garbe. Ich hebe die Garbe auf die rechte Schulter und gehe auf den Hügel hinauf, um sie auf den Altar zu legen.

Diese Augenblicke sind wunderbar. Jede Bewegung bringt Freude, jeder Schritt bringt mich der Liebe des Herrn, seiner unendlichen Güte näher. Ich lege die Garbe auf den Altar, sie leuchtet im Licht der herabfallenden Sonnenstrahlen, als wäre sie aus Gold.

Lange genieße ich das Bild, dann gehe ich erneut los, auf das Roggenfeld zu, um auch aus Roggen eine Garbe zu binden.

Auch vom Roggenfeld wähle ich die schönsten Ähren aus, binde sie zu einer Garbe und gehe mit der Garbe zum Altar hinauf.

Auf dem anderen Hügel, hier neben mir, steht mein Bruder; ein schönes, weißes Lamm mit dichter Wolle liegt zu seinen Füßen. Er legt trockene Holzscheite auf den Altar, damit ein schönes kräftiges Feuer entstehe. Ich warte ab, bis er seine Arbeit beendet hat, damit wir das Opferfeuer zur gleichen Zeit anzünden können, wenn die Sonne die Mitte des Himmels erreicht …«

… Als die Sonne die Mitte des Himmels erreichte, legte er die Sense nieder. Er hatte eine schöne, lange Schwade abgemäht. Onkel András, der hinter ihm das Getreide mit der Sichel aufnahm, war ein gutes Stück zurückgeblieben. Der Mann drehte sich nach dem Alten um und machte sich selbst auch daran, den abgemähten Weizen aufzunehmen.

»Wahrlich, das ist nichts mehr für mein Kreuz«, sagte der Alte, als sie in der Mitte der Schwade zusammentrafen.

»Wir könnten was essen«, sagte der Mann.

Der Alte hob den Kopf, schaute nach dem Stand der Sonne und nickte.

»Es ist an der Zeit.«

Sie legten die Sichel und die Sense an den Rand der Schwade und gingen zu der Akazie am Ende des Feldes.

»Wenn wir so weitermachen, sind wir am Abend fertig«, sagte der Alte.

»Das wäre gut«, sagte der Mann.

Sie ließen sich unter dem Baum nieder; der Mann breitete vor dem Alten ein Tuch mit Brot und Speck aus und holte noch einige Paprikaschoten, Salz und zwei Messer aus dem Korb hervor.

Der Alte schnitt sich Brot und Speck ab, nahm eine Paprikaschote und begann zu essen. Auch der Mann schnitt sich Brot und Speck ab. Der Alte aß langsam und schnitt den Speck in dünne Scheiben. Der Mann nahm das Essen etwas gieriger und in etwas größeren Stücken zu sich.

»Du schneidest ein schönes Stoppelfeld«, sagte der Alte. »Niedrig und gleichmäßig. Du hast das Mähen nicht verlernt.«

»Das kann man nicht verlernen, wenn man es einmal richtig gelernt hat. Das Problem ist nur, daß der Weizen schlecht ist.«

»Das war auch nach dem letzten Krieg so. Der Boden ist ausgelaugt. Keine Tiere, kein Dung, auch keine Ernte. Und dann diese große Trockenheit. Früher hatten wir nicht so trockene Sommer. Sogar das Gras fängt an zu verbrennen, obwohl es mehr verträgt als das Getreide.«

Der Alte sprach langsam, er ließ seine Erinnerungen an Sommer- und Erntezeiten aufleben. Der Mann aß und hörte den Worten des Alten zu.

Wie sie so aßen, bemerkten sie gar nicht, daß der Staub auf dem Feldweg von einem Auto aufgewirbelt wurde. Ein schweres Lastauto kletterte den Weg hinauf, und als es die beiden Schnitter erreicht hatte, hielt es an. Aus dem Wagen stiegen der Dorfkommissar und ein bewaffneter Soldat. Der Kommissar ging voran, der Soldat hinterher.

»Guten Tag«, grüßte der Kommissar.

»Wünsch' ich dir auch«, sagte der Alte. »Kommst du, um zu helfen?«

»Nein«, sagte er. »Ich bin mit dem Soldaten gekommen.«

»Mit dem Soldaten?«

»Ja.«

Der Alte wischte das Messer ab und legte es in den Korb. Er stand auf und wandte sich dem Kommissar zu.

»Wir sind noch nicht fertig«, sagte er.

»Ich seh's.«

»Einen Tag hättet Ihr noch warten können.«

Das schmale Gesicht des Kommissars geriet in Schweiß. Von der Stirn des Soldaten, der hinter ihm stand, rann auch der Schweiß.

»Ich weiß, was du denkst, András. Aber was kann ich denn machen?«

»Nichts kannst du machen. Nur daß hier dieser Weizen ist. Was soll damit werden?«

»Ich weiß es nicht«, sagte der Kommissar.

»Wer weiß es denn?«

»Niemand.«

Auch der Mann stand auf. Aus seiner Tasche holte er eine Dose hervor, klappte den Deckel hoch, nahm ein Papier heraus, tat Tabak hinein und drehte sich eine Zigarette.

Die Dose reichte er dem Kommissar. Auch der Kommissar drehte sich eine Zigarette und bot dann dem Soldaten eine an. Der Soldat nahm eine Prise Tabak und ein Papier aus der Dose. Den Tabak hatte er in der Hand zerbröselt, bevor er ihn in das Papier einrollte. Alle drei begannen zu rauchen.

»Was geschieht denn nun?«

»Er muß gehen«, sagte der Kommissar.

»Ihr könntet bis morgen warten.«

»Ich würd's tun, aber ich habe auch meine Befehle.«

Der Soldat rückte das Gewehr auf seiner Schulter zurecht. Es war sehr heiß. Der Soldat bückte sich, las einige Ähren von der Erde auf, zerrieb sie in der Hand, blies die Spreu weg und schüttete sich die blanken Körner in den Mund.

Der Mann beobachtete den Soldaten, wie dieser mit seinen Zähnen die Weizenkörner langsam zermahlte.

»Hast du Hunger?«, fragte er ihn.

Der Soldat nickte.

Der Mann bückte sich, nahm das Brot und den Speck aus dem Korb und setzte beides dem Soldaten vor.

»Komm, iß«, sagte er zu dem Soldaten.

Der Soldat lehnte das Gewehr an den Baumstamm und schnitt sich von dem Brot ab.

Den Speck legte er auf das Brot, drückte ihn mit dem Finger an und schnitt ein Stück davon ab.

Der Mann beobachtete, wie der Soldat aß. Er hielt das Brot und den Speck genau so wie Onkel András oder wie so viele andere Bauersleute, die er kannte. Und er selbst aß auch so. So hatten auch die russischen und die polnischen Bauern gegessen. Er hatte es gesehen und erinnerte sich daran.

»Wir sollten gehen«, sagte der Kommissar.

»Nein«, sagte der Mann, »ich gehe nicht.«

»Ich verstehe dich«, sagte der Kommissar, ich verstehe dich, aber ich kann nichts machen. Du mußt gehen. Du hast den Zettel bekommen.«

»Aber warum? Sagen Sie es mir. Warum bin ich schlechter als alle anderen?!«

»Du bist nicht der einzige, der gehen muß.«

»Die anderen sind auch keine Verbrecher, und auch ich habe nichts getan. Und wenn doch! Wer ist das denn, der so über uns richten darf? Und wer hat ihm das Recht dazu gegeben? Nach welchem Gesetz bringt man uns um unser Hab und Gut? Sagen Sie es mir!«

Der Alte trat vor den Mann hin.

»Beruhige dich«, sagte er leise. »Wenn du dich widersetzt, wird es nur noch schlimmer.«

»Egal«, sagte der Mann, »mir ist es schon egal.«

»Nein, mein Sohn. Es darf dir nie egal sein. Man muß leben. Wie auch immer, aber man muß leben. Der Acker bleibt.«

»Geh'n wir«, sagte der Kommissar.

Der Soldat erhob sich und nahm das Gewehr vom Baum weg. Der Mann schaute den Kommissar, dann den Soldaten an.

»Gut«, sagte er, »in Ordnung.«

Er drehte sich um und rannte los. Bis der Kommissar und der Soldat sich von dem Schrecken erholt hatten, war der Mann schon in der Mitte des Weizenfeldes. Der Soldat hob sein Gewehr.

»Halt!« rief er. »Stehenbleiben, oder ich schieße!«

Der Mann blieb stehen, ging in die Knie, packte mit beiden Händen ein Bund Weizen, riß es aus der Erde heraus und zündete es an. Im Nu geriet der trockene Weizen in Brand, und die emporlodernden Flammen griffen gierig auf die stehenden Getreidehalme über. Der Mann riß erneut ein Bund Weizen heraus, hielt es über die Flammen, und als es von den Flammen ergriffen wurde, rannte er zu dem ersten Halbkreuz und zündete es an. Auch das Halbkreuz geriet in Flammen. Und da rannte er weiter, von einem Halbkreuz zum anderen. Er trug das Feuer mit sich. In wenigen Minuten hatte sich der Hügel in ein Flammenmeer verwandelt. Der trockene Weizen zischte und prasselte, auch das Stoppelfeld brannte, wilde rote Flammen schlugen zur glühenden Sonne empor, und entlang den Flammenspuren entstand eine brandgeschwärzte Wüste.

Der Mann kehrte zum Baum zurück.

»Was hast du getan? Was hast du getan?« fragte ihn der Alte. »Hörst du? Was hast du getan?«

Der Mann antwortete nicht. Er schaute auf die Flammen und den Rauch …

»… Ich schaue auf die Flammen und den Rauch. Auf dem Altar brennt das Feuer, ich habe es vorhin angezündet. Die Flammen umzüngeln langsam die reifen Ähren. Ich verneige mich vor dem Opferfeuer und bitte den Herrn, er möge auf meine Gabe schauen und die Erstlinge der Ernte annehmen, die ich mit reinem Herzen und voller Dankbarkeit seiner Macht und Größe opfere.

Vor mir hier lodert das Feuer, seine Flammen tanzen. Aber der Rauch der Flammen steigt nicht zum Himmel empor. Der Herr schaut nicht auf mich herab, er nimmt den Rauch meines Opfers nicht an.

Worte der Verzweiflung brechen aus meiner Seele hervor:

Herr, was hat dein Knecht getan, welche Sünde hat er begangen, daß du sein Opfer nicht gnädig ansiehst? Ich habe es mit reinem Herzen gegeben, das ganze Jahr über habe ich fleißig gearbeitet, in der Frühe bin ich aufgestanden, als erster, wie es dem Rang und der Pflicht des Erstgeborenen geziemt. Ich habe zu dir gebetet, habe dich um reiche Ernte und Kraft für meine Arbeit gebeten, und du, Herr, siehst deinen Knecht jetzt nicht an. Du siehst nicht mein Opfer an, doch du siehst das Opfer meines Bruders an, der auf dem Nachbarhügel steht und dir von den Erstlingen seiner Herde opfert.

Warum machst du, Herr, einen Unterschied zwischen Bruder und Bruder? Warum können wir nicht alle gleich sein vor deinem Angesicht, wenn in unseren Herzen die Liebe und die Dankbarkeit gleich sind, wenn wir dir beide die schönsten und reinsten Früchte unserer Arbeit opfern?! Warum machst du einen Unterschied zwischen Bruder und Bruder? Und warum zwingst du mich zur Sünde, wo ich doch die Sünde nicht begehen will? Was hast du mit mir vor, Herr?

Der Rauch des Opferfeuers brennt mir in den Augen, meine Tränen fließen, und mein Gesicht glüht vor Scham. Mich stößt der Herr von sich, und meinen Bruder hebt er zu sich empor. Alles, alles hüllt sich in Rauch, der Boden wird vom Rauch des Opferfeuers bedeckt, meine Füße gehen los, gegen meinen Willen gehen sie los, um mich dorthin zu tragen, wo der Wille des Herrn sich an mir erfüllt.

Mein Herz ist voller Furcht. Ich will die Sünde nicht, ich fürchte mich vor der Sünde, Herr, du weißt, daß ich die Sünde nicht will.

Ich bin nur der Stock in deiner Hand, Herr. Und der Stock kann nicht sündiger sein als die Hand.

Wehe mir, wo soll ich mich verstecken, wo soll ich mein Gesicht vor dir verbergen? Warum hast du mich zum Stock gemacht, Herr? Ich habe doch nur Gutes getan, immer das Gute. Ich habe gepflügt, gesät, geerntet, so wie du es bestimmt hast. Warum hast du gewollt, daß ich meinen Bruder erschlage, warum hast du das Blut meines Bruders gewollt? Oh, warum schweigst du, Herr, warum erschlägt mich nicht dein Zorn, wenn du mich für schuldig hältst?!

Du hast mir ein Zeichen auf die Stirn gebrannt, das Zeichen brennt auf meiner Stirn, hundertfach brennt es, und ich weiß nicht, wohin ich mein Gesicht wenden soll, ich weiß nicht, wohin ich gehen soll. Ich weiß nicht, wohin du mich von deinem Angesicht vertreibst, ich weiß nicht, wo ich mich verstecken soll, wohin ich ziehen soll, mit deinem Zeichen auf der Stirn. So kann mich, wer mich findet, töten.

Ich muß fort, ich weiß es …«

»… Ich muß fort, ich weiß es«, sagte der Mann und ging los, den Hügel hinunter auf dem Feldweg dem Dorfe entgegen. Hinter ihm qualmte das abgebrannte Stoppelfeld, hier und da schlugen noch die Flammen empor, aber er blickte nicht mehr zum Hügel zurück.

Der Lastwagen drehte und fuhr hinter dem Mann her. Der Alte saß auf dem Lastwagen und starrte auf den qualmenden Hügel.

Vor dem Haus, in dem der Mann wohnte, hielt der Lastwagen; der Soldat, der Kommissar und der Alte stiegen aus. Bald kehrte auch der Mann heim. Er ging zum Brunnen, holte eine Kanne voll Wasser herauf und wusch sich. Er ging ins Haus, zog sich frische Sachen an, packte ein paar Kleidungsstücke in einen Koffer und ging wieder auf den Hof hinaus.

Der Alte und der Kommissar saßen auf dem abgebrochenen Birnbaumast.

»Wir können gehen«, sagte der Mann.

Der Alte stand auf und ging zu ihm.

»Vergiß den Acker nicht«, sagte er.

»Ich komme wieder«, sagte der Mann und setzte sich neben den Soldaten auf den Wagen.

Der Alte stand noch lange auf dem Hof, neben dem Brunnen. Dann schloß er die Tür des Hauses zu.

Christine Bethge

VERSCHÄMTER BERICHT MITTEN AUS EINEM TRAUM

Unlängst wurde ich gebeten, nach T. zu kommen, um dort die Identität eines alten Freundes klären zu helfen, der in irgendeine nicht näher bezeichnete Strafsache verwickelt sei. Da ich nur für meine Familie und für meinen Beruf lebe, kam ich der Aufforderung nur ungern nach. Ich weiß jedoch, daß man sich vor den Behörden nicht verstecken kann und daß man mich selbst aus der Erde noch ausgraben würde, wenn denen danach ist. Ich hatte keine andere Wahl, ich mußte nach T. fahren.

T. liegt ziemlich am Ende der Welt, die Großgemeinde war erst Anfang der siebziger Jahre zur Kleinstadt aufgestiegen. Es hatte nie eine urbane Vergangenheit gegeben, die Geschichte und die kulturellen Traditionen dieses Ortes fänden bequem auf einer einzigen Buchseite Platz. Die Namen seiner berühmten Söhne kennt schon in den benachbarten Kreisen kein Mensch mehr. Das älteste Gebäude, einst Sitz des Gemeinderats, stammte aus der Mitte des vorigen Jahrhunderts und hätte nur lokalpatriotisch voreingenommen ein Baudenkmal genannt werden können. Im Hotel erwartete man mich bereits. Obwohl es noch früh am Morgen war (die Zimmer wurden um diese Zeit gereinigt), veranlaßte der Portier gegen ein Trinkgeld, daß ich mein Quartier in Abweichung von der Regel gleich beziehen konnte. Erneut hatte ich, wie schon so oft, Gelegenheit, mich davon zu überzeugen, daß sich die Welt weniger auf Vorschriften denn auf die unumstößliche Ordnung von Gewohnheiten und ungeschriebenen Regeln gründet und sich nicht auf Verlangen einiger Revolutionäre und Moralisten mit einem Schlag ändern wird. Im Zimmer duschte ich, packte meine Tasche aus und wartete einige Minuten später in Schlafanzug und horizontaler Körperlage, daß Schlaf und Traum mir die vor Müdigkeit brennenden Augen schließen und eine unsichtbare Hand mich in einen tiefen, schwarzen Abgrund stoßen mögen. Mein Traum begann damit, daß ich das adrette, asymmetrisch-moderne Amtsgebäude betrat, wo ich die Unbescholtenheit und Loyalität meines Freundes zu bestätigen hatte. Man schickte mich in die erste Etage, in einen großzügigen, kaum möblierten Raum mit Südfenstern, in dem auch an ungemütlichen, trüben Winternachmittagen kein Licht angeschaltet werden mußte. In dem Raum hielten sich zwei Personen auf: ein Beamter und seine Stenotypistin. Der Beamte blickte nur kurz auf den Brief und ließ mich Platz nehmen. Er ging mit meinem Brief in einen anderen Raum. Ich setzte mich in einen abgewetzten, aber altmodisch bequemen, weich gepolsterten Lehnstuhl hinter ein dreibeiniges, rundes Tischchen. Auf der gläsernen Tischplatte lagen einige Tageszeitungen und Illustrierte. Die Stenotypistin saß mit dem Rücken zu mir und tippte irgendeinen Text ab. Sie trug eine Perücke, und da sie in ihre Arbeit so vertieft war, daß sie sich nicht ein einziges Mal auf ihrem Stuhl umdrehte, versuchte ich herauszufinden, wie sie im Gesicht aussähe. Unterdessen wußte ich aber, daß ich träumte und daß meine Neugier, wie in Träumen üblich, nicht befriedigt werden würde.

Man ließ mich lange warten. Als der Beamte endlich wiederkam, forderte er mich auf, in das andere Zimmer zu gehen. Hier empfing mich ein älterer Mann mit freundlichem Gesicht und gewinnendem Wesen. Auch er ließ mich Platz nehmen und vertiefte sich in die Lektüre des Briefes. Als er aufblickte, sagte er: »Eine äußerst wichtige Angelegenheit. Wir danken Ihnen, daß Sie sich die Mühe gemacht haben, herzukommen, so weit, ans andere Ende des Landes.«

»Was habe ich zu tun?« fragte ich.

Der Mann lächelte jovial.

»Das werden Sie rechtzeitig erfahren«, sagte er. »Ich kann das nicht allein entscheiden.«

Man führte mich in ein weiteres Zimmer. Hier wiederholte sich die Prozedur. Man reichte mich von Hand zu Hand wie einen hochrangigen Gast, den jeder zu Gesicht bekommen, dem jeder die Hand schütteln möchte. Je weiter ich in dem Amtsdschungel vorwärtsdrang, desto kürzer wurden die Wartezeiten. In einem der vielen Zimmer wurde endlich mein Brief abgestempelt und mein Ausweis verlangt. Für einen Moment glaubte ich, daß man mich nun über alles aufklären würde und ich in mein Hotel zurückkehren könnte. Aber man schrieb nur meine Geburtsdaten und die Personenkennzahl heraus. Ich wurde in den nächsten Raum geschickt, wo meine persönlichen Angaben erneut aufgenommen wurden. Überall wurde ich zuvorkommend empfangen, und man wurde nicht müde, immer wieder zu betonen, wie wichtig es sei, daß ich gekommen bin, und welchen Gefallen ich meinem Freund damit erweise. Man versicherte mir, daß sich die Angelegenheit meines Freundes nun sicher bald klären würde. Manchmal wurde mir auch Kaffee angeboten. Ich trank sieben oder acht Tassen, genau kann ich mich nicht erinnern.

Zwischendurch wußte ich, daß ich träume, wußte ich, daß ich mich in einem Hotelzimmer befinde, aus dessen Fenster man auf feuchtglänzende Hausdächer, grau rauchende Schornsteine und einen Wald von Fernsehantennen blickte. In meinem Traum war ich inzwischen in jenen Raum zurückgekehrt, wo ich mich zu allererst hatte melden sollen. Ich war nicht erstaunt, die Stenotypistin noch immer an demselben Text tippen zu sehen und den Beamten, der mich zuerst empfangen hatte, noch immer dort zu finden. Dabei hätte ich allen Grund gehabt, erstaunt zu sein, war doch, während man mich auf der Etage herumführte, eine entsetzlich lange Zeit vergangen. Mit war, als wären Tage verstrichen. Aber ich träumte eben, und im Traum erscheint alles Unmögliche plausibel. Ich träume ja nur, dachte ich. Und doch, als der Beamte mit dem Brief abermals ins Nebenzimmer ging, schlüpfte ich zum Fenster und trat hindurch ins Freie. Ich wußte: das ist die Bewegung, die mich erwachen läßt.

Der vergnügte Lärm des Hotelpersonals und das Brummen des Staubsaugers weckten mich. Es war noch nicht Mittag. Noch tanzte mir ein Rest des bizarren Traums vor den Augen, und ein bißchen färbte auch die Ausgelassenheit der Putzfrauen auf mich ab. Mein Traum war, wie alle Träume, voller Ungereimtheiten gewesen, und doch hatte er kein bedrückendes Gefühl hinterlassen, das einem den ganzen Tag verderben kann, auch wenn der Traum selbst schon nach zehn Minuten vergessen ist. Im Gegenteil, ich empfand meinen Traum eher als einen fröhlichen Traum, und so beschloß ich, ihn in Erinnerung zu behalten. Ich war verschwitzt, deshalb duschte ich mich noch einmal.

Im Hotel wurde geheizt, als wären wir schon mitten im Winter. Ich beschloß, dieser etwas geheimnisvollen Angelegenheit, in die mein Freund verwickelt war, noch vor dem Mittagessen auf den Grund zu gehen. Da ich die Stadt nicht kannte, bat ich den Portier, mir den Weg zu erklären. Es war nicht derselbe Portier wie am Morgen, sondern eine ältere Frau.

»Gegenüber von der Kirche, auf dem Marktplatz. Dort müssen Sie sich melden«, sagte sie.

Auf der Straße erwarteten mich lauter Überraschungen. Ich war am Morgen bei unfreundlichem, matschigem Spätherbstwetter aus dem Zug gestiegen, die Gipfel der Berge, die sich hinter der Stadt emporreckten, hatten sich unter einer Nebelmütze versteckt, und aus den schnell dahinziehenden Wolken war der Segen des Himmels in Strömen heruntergekommen. Inzwischen hatte der Wind die Pfützen getrocknet, es war kälter geworden, am Berghang leuchteten Schneeflecken. Aber auch die Stadt selbst machte auf mich jetzt einen günstigeren Eindruck als am Morgen, sie erschien ordentlicher und sauberer. Statt durchgeweichten Schattengestalten begegnete ich ausschließlich modisch gekleideten Passanten. Der Weg vom Hotel zum Marktplatz führte durch einen hübschen Park. Mir war, als hätten hier am Morgen ebenerdige, verwitterte Häuser gestanden. Ich war nahe daran, an die Fortsetzung meines Vormittagstraums zu glauben oder besser daran, von einem Traum in einen anderen hinübergewechselt zu sein. Natürlich konnte davon keine Rede sein. Man weiß, wann man träumt und wann nicht, man empfindet die Wirklichkeit im Traum anders als mit wachem Verstand.

Das Amtsgebäude hatte ich bald gefunden. Es war grauer, verwahrloster, unbedeutender als in meinem Traum, aber auch hier hatte ich mich in der ersten Etage zu melden. Na sicher, das war ja in dem Brief deutlich beschrieben. Eine schieläugige, unansehnliche Frau nahm sich meiner Angelegenheit an. Als erstes studierte sie den Brief, dann mein Äußeres. Ich sah, daß ich ihr überhaupt kein Vertrauen einflößte, und spürte eine gewisse Ratlosigkeit in ihrem Verhalten.

»Warten Sie einen Augenblick«, sagte sie schließlich.

Sie ging in ein anderes Zimmer, und für einen Moment erschrak ich bei der Vorstellung, mein Vormittagstraum könnte sich doch wiederholen. Aber die unansehnliche Frau kam schon bald zurück und schickte nun mich ins Nachbarzimmer. In diesem Zimmer, das wesentlich kleiner war als der Empfangsraum, ließ man mich einige Minuten allein. Dann trat durch eine andere Tür, die gottweißwohin führte – sicher in ein noch kleineres Zimmer –, ein junger Mann mit dem Brief in der Hand. Er ließ mich Platz nehmen und fragte:

»Meinen Sie nicht, daß Sie reichlich spät kommen?«

»Entschuldigung«, antwortete ich. »Ich war die ganze Nacht unterwegs. Die Reise hatte mich angestrengt, ich mußte mich im Hotel einige Stunden hinlegen.«

Der junge Mann war kein böswilliger, auch kein unfreundlicher, seelenloser Bürokrat, er fing plötzlich an zu lachen.

»Aber warum sind Sie ausgerechnet heute zu uns gekommen?«

»Weil man mich zu heute herbeordert hat«, sagte ich.

»Zu heute? ... Na, kommen Sie mit«, sagte der junge Mann sanft.

Wir gingen in einen anderen Raum hinüber, wo uns ein anderer junger Mann – nicht weniger ratlos – empfing.

»Sie hätten sich schon lange melden sollen«, ereiferte er sich.

»Aber in dem Brief ...«

Er unterbrach mich.

»Lassen wir das!« sagte er wütend. »Geben Sie mir Ihren Personalausweis.«

Aus der Innentasche meines Mantels holte ich den kleinen roten Ausweis hervor und drückte ihn ihm in die Hand. Der junge Mann blätterte darin herum wie in einem Notizbuch, das nicht nur meine persönlichen Angaben enthielt, sondern ihm in wenigen gedrängten, informativen Zeilen über alle wichtigen Ereignisse meines Lebens Auskunft gab. Er machte ein Gesicht, als wäre ihm ein Witz eingefallen und als überlegte er, ob er ihn mir erzählen oder doch besser für sich behalten sollte. Ohne den unangenehmen Unterton amtlicher Strenge teilte er mir die vernichtende Nachricht fast wohlwollend mit:

»Dieser Ausweis ist abgelaufen.«

Die ewige Krittelei machte mich gereizt.

»Unmöglich«, sagte ich. »Mein Personalausweis läuft 1989 ab. Da bin ich mir zufällig sicher.«

Meine Entschiedenheit rührte den jungen Mann wenig.

»Ganz recht ... Ihr Personalausweis ist 1989 abgelaufen. Vor drei Jahren.«

Das genügte, um mich k.o. zu schlagen. Wie bitte? hätte ich fragen mögen, was soll das heißen? Das mindeste, was ich tun konnte, war schweigen. Der junge Mann hätte meine Verblüffung ausnutzen und unser Gespräch in der für Behörden bezeichnenden rechenschaftsfordernden Art fortführen können. Es tat es nicht. Vielleicht fühlte auch er sich in der seltsamen Situation unbehaglich; wie einen Schuljungen, der in den ernsten Dingen des Lebens noch nicht bewandert ist, führte er mich zum Waschbecken. Wieder verlangte er meinen Ausweis und schlug ihn auf der ersten Seite auf.

»Sehen Sie sich dieses Foto an«, sagte er und tippte mit seinem knochigen Zeigefinger auf das Bild im Ausweis. »Und jetzt schauen Sie in den Spiegel.«

Ich erkannte mich kaum wieder. Seit dem Morgen war mir ein Bart gewachsen, waren meine Haare schütter und grau, mein Gesicht voller geworden und mein Blick gebrochen, verstört und ängstlich.

»Der Spiegel trügt nicht«, hörte ich den jungen Mann wieder sagen. »Offensichtlich verschweigen Sie uns etwas.«

»Ich habe nichts zu verschweigen«, antwortete ich.

Der junge Mann tat, als glaubte er mir.

»Dann haben wir es also mit einem typischen Fall von Gedächtnisschwund zu tun«, sagte er. »Aber das macht nichts. Wir werden versuchen, Ihnen zu helfen. Wenn Sie jemanden herbeischaffen können, der ihre Identität bezeugt, dann werden wir von den bürokratischen Formalitäten absehen. In dieser Stadt allerdings werden Sie wohl kaum Bekannte haben. Aber zu Hause haben Sie eine Frau, Kinder, Freunde. Benennen Sie uns irgendeinen von denen, schreiben Sie die genaue Adresse des Betreffenden auf, wir werden uns sofort darum kümmern. Ich gehe jetzt essen, denken Sie solange darüber nach. Und wenn Sie in einigen Tagen vielleicht nach Hause fahren, vergessen Sie nicht, sich einen neuen Ausweis machen zu lassen. Erzählen Sie einfach, Sie hätten den alten verloren. Mehr kann ich nicht für Sie tun.«

Ich tappte also in die Falle, und das Bewußtsein, ein reines Gewissen zu haben, tröstete mich nicht. In der mir zur Verfügung stehenden kurzen Zeit ließ ich mir all mein Handeln durch den Kopf gehen und kam zu dem Schluß, daß ich keine andere Wahl gehabt hatte. Ich hatte genau das getan, was ich im Sinne der Gesetze zu tun hatte. Da man die Tür nicht verschlossen hatte, hätte ich das Gebäude ungehindert verlassen können. Aber auch wenn ich in mein Heim, ins Leben, oder wie auch immer wir das nennen, zurückkehrte, wie hätte ich die verlorenen Jahre erklären sollen? Ich war alt geworden, wie der Spiegel gezeigt hatte, und ich hatte die Illusion von Freiheit verloren. Oder besser umgekehrt: ich war alt geworden, weil ich die Illusion von Freiheit verloren hatte. Aber das kam jetzt aufs gleiche hinaus. Die Hoffnung, meinem Freund überhaupt irgendwann helfen zu können, erschien fern und absurd. Die Hoffnung, daß rechtzeitig jemand kommen und meine Identität bezeugen würde, mutete nicht weniger fern und absurd an. Auflehnung hatte hier keinen Sinn mehr. Ich mußte zur Kenntnis nehmen, daß meine Auflehnung zu spät kam. Möglich, dachte ich, daß der alte Freund, wegen dem man mich herbeordert hatte, nur in meiner Erinnerung oder in meinen Sehnsüchten existiert oder längst gestorben ist. Ich war es, der in eine Strafsache verwickelt war, ich war es, dessen Identität der Klärung bedurfte. Der Sündenfall, dachte ich. Alle müssen bezahlen, ohne Ausnahme.

Als der junge Mann nach zwanzig Minuten zurückkam, vermochte ich bereits ohne Angst zu sagen:

»Mir fällt keiner ein, der bezeugen könnte, wer ich bin.«

Der junge Mann war auf meine Antwort vorbereitet.

»Sie meinen, daß Sie also das letzte Glied der Kette sind?«

»Ich kann die Verantwortung nicht übernehmen. Wenngleich auch jene nicht schuldlos sind. Keiner ist ohne Schuld.«

»Ja sicher«, spottete der junge Mann. »Dieser Gedanke geht hier jedem durch den Kopf. Aber die Hoffnung bricht früher oder später bei jedem die Hartnäckigkeit. Die Hoffnung beherrscht uns alle; sie am meisten ... Sie wissen natürlich, daß auch das nur ein Traum ist.«

Dann winkte er, ich solle ihm folgen. Ich stellte keine Fragen, denn es interessierte mich nicht, wohin wir gingen. Wir wußten es ohnehin alle beide. In der Tür ließ er mir den Vortritt, schließlich war ich ein freier Mensch. Wir gelangten auf einen dunklen Flur, und ich wartete, daß Schlaf und Traum mir die vor Müdigkeit brennenden Augen schließen und mich eine unsichtbare Hand in einen tiefen, schwarzen Abgrund stoßen mögen. Aus der Ferne hörte ich noch die letzten Worte des jungen Mannes:

»Ein Traum, aus dem es freilich kein Erwachen gibt.«

Irene Rübberdt

VON DEN SCHWIERIGKEITEN, EINE WIRKLICHE WELT ZU ERRICHTEN

Am Morgen entdeckte Sumsum, daß wir eingeschlossen waren. Er verbreitete keine Panik, sondern wartete, bis wir uns am Zuber den Sand aus den Augen gewaschen hatten. Als schließlich auch Molnár, der Langschläfer, aufgestanden war, bat Sumsum um Ruhe und verkündete uns die schlechte Nachricht in feierlichem, dem Ernst der Situation angemessenem Ton. Seiner Mitteilung folgte verblüffte, doch beifällige Stille. Nur die Mädchen hockten verängstigt auf ihren Stühlen. Sumsum beeilte sich, sie zu beruhigen. Solange wir zusammen seien, könne uns nichts passieren, sagte er. Da keiner Fragen stellte, setzte sich Sumsum ans obere Ende des Tisches, stützte das Kinn in die Hand und sagte:

»Unsere Irrtümer haben auch uns lange in die Irre geführt. In der Nacht habe ich viel darüber nachgedacht, und mir kam ein Spruch meines alten Vaters in den Sinn: Wenn du neugierig auf die Wahrheit bist, dann verlasse dich nie auf deine Erinnerung.«

Ich dachte, jetzt *geht's los*. In Träumen und Gedanken drückt sich niemand gewählt und noch weniger präzise aus, und so wurde ich mir über die ganze Bedeutung dieser Worte erst später klar; da wäre es für den Einbau von Notbremsen, um die mittlerweile in Schwung gekommenen Ereignisse noch zu stoppen, ohnehin schon zu spät gewesen. Dort in der Hütte war das alles zunächst nur eine flüchtige, ungute Vorahnung. Zwar blieben die dramatischen Zusammenstöße aus, jedoch nur, weil noch keiner darauf vorbereitet war. Alle sammelten noch Kraft, wie auch vor einem Krieg erst aufgerüstet werden muß. In jener Welt, die seither der Vergangenheit angehört, geschah nichts zufällig, aber auch nichts spektakulär. Wir waren alle ein bißchen wahnsinnig, wahnsinnig unüberlegt und unvorbereitet, ohne daß die Attribute unseres Wahnsinns jedoch sichtbar gewesen wären. Aus diesem Grunde erlag auch ich nicht selten den Verlockungen des Scheins. Auch ich bewegte mich in der Welt des Scheins, und die Gesetze dieser Scheinwelt schienen mir zuverlässig absurd und zugleich raffiniert zweckorientiert. In meinem Hochmut erkannte ich nicht deutlich genug, daß auch ich eine böse Blume dieser Scheinwelt war und mich mit meinen Wurzeln krampfhaft im Boden meiner Scheinwelt festhielt.

Wie vorhersehbar folgte der Verblüffung und Zustimmung in uns schon bald der Protest. Gleichwohl war Muschi die einzige, die zur offenen Konfrontation bereit war. Offene Konfrontation bedeutet jedoch immer auch, daß wir unsere Nerven nicht mehr im Griff haben. Muschi knallte ihre Gabel auf den Teller und rannte zum Eingang. Im nächsten Moment hatte sie die Tür zur Hütte sperrangelweit geöffnet.

»Was redet ihr für einen Unsinn? Es ist doch offen! Seht ihr denn nicht?« rief sie, den Mund weinerlich verzerrt.

Sie konnte nicht verstehen, warum sich alle mit gleichgültiger Miene von ihr abwandten. Pityu, der Theaterstatist, führte sie schließlich zum Tisch zurück. Erst kürzlich hatten wir uns noch darüber amüsiert, daß ihre erste gemeinsame Nacht mißlungen war, weil Pityu sich betrunken hatte und bereits kräftig schnarchte, als Muschi zu ihm ins Bett kroch. Am nächsten Morgen kam die Angelegenheit dann doch noch zum Erfolg, dank Pityu, der, wie Augenzeugen berichteten, zu neuen Kräften gekommen war. Jetzt heulte ihm Muschi das Hemd naß, und Pityu war von aller Schmierentheater-Weisheit verlassen.

»Es ist doch offen«, schniefte Muschi, und ihr kindisches Benehmen ließ vor allem die Mädchen schmunzeln.

»Nein, meine Liebe. Wir sind eingeschlossen«, sagte Pityu.

Die Idee, eine Zeitung zu gründen, stammte von Sumsum. Er war es, der mich gefragt hatte, ob ich nicht meine Ideen einbringen könnte, ich sei schließlich älter und überlegter als sie, hätte Beziehungen und so manche Erfahrungen, von denen auch die anderen gern profitieren würden. Er habe, sagte er, für das große Ziel eine kleine Mannschaft aus vertrauenswürdigen Leuten zusammengestellt, alles entschlossene Kämpfer, die sich selbst vor dem Teufel nicht fürchteten. Mir gefiel Sumsums Idee, ich sah darin eine Herausforderung. Ich hielt es jedoch für meine Pflicht, sie auf die Risiken des Vorhabens aufmerksam zu machen. Dort draußen, sagte ich, tobt der Schneesturm des Sozialismus, während drinnen in unseren Herzen das wärmende Feuer immer mehr erlischt. Sumsum machte mich gründlich zur Schnecke, nannte mich einen Defätisten und schickte mich zur kommunistischen Hölle. Ich bat um einen Tag Bedenkzeit. Schon eine Stunde später war ich bei ihm in der Wohnung, um ihm mitzuteilen, daß ich meinen Kleinmut besiegt habe. Sumsum war beruhigt und zeichnete ganz auf die Schnelle und mit einer ausladenden Geste ein Bild von unserer Zukunft.

»Man wird uns ins Gefängnis stecken. Aber es ist für mich eine Auszeichnung, wenn ich für meine Überzeugung ins Gefängnis komme. Ich hoffe, auch du wirst stolz darauf sein.«

Bislang war hier oben allerdings über die Gründung der Zeitung kein einziges Wort gefallen. Statt dessen störten unangenehme Intermezzi das so wünschenswerte Einvernehmen. Am ersten Abend setzte sich Molnár nach dem Abendessen im Aufenthaltsraum neben Mari, was das Werk des Zufalls ebenso gewesen sein konnte wie das der Not, weil nur noch neben Mari für ihn Platz war. Doch die Ordnung des Lebens kennt keine Zufälle. Ich, der Beobachter, kann bezeugen, daß Molnár diesen Zufall arrangiert hatte. Er strich so lange zwischen den Tischen und Bänken herum, bis nur noch neben Mari für ihn Platz war. Und als Mari für einen Augenblick die Tür des Eisenofens hochklappte, um Holz nachzulegen, wurde Molnárs Gesicht puterrot. Schmachtend stierte er auf den Hintern der Frau, was auch Hase, Maris Ehemann, nicht verborgen blieb. Hase war der Spitzname des Jungen, ich weiß nicht mehr, wer ihn so getauft hatte, sicher war jedenfalls, daß in dem robusten Körper kein Hasenherz wohnte und er eine lose Hand hatte. Zu seinem Geburtstag hatten wir uns hier in dieser Hütte in 1200 Metern Höhe versammelt, drei Stunden Fußmarsch von der nächsten bewohnten Siedlung entfernt. Seit dem frühen Nachmittag flossen Schnaps und Wein in Strömen. Sumsum rappelte sich gerade aus seiner zweiten Übelkeit hoch, und Pityu knutschte Muschi ab. Wurm, der Simultandolmetscher, hatte in seiner Aktentasche Samisdatzeitungen auf den Berg geschmuggelt und uns den ganzen Vormittag damit genervt. Er hatte uns daraus vorgelesen, bis die Buchstaben vor seinen Augen zu tanzen begannen und schließlich ganz ineinanderliefen und ich für einige Stunden aufatmen konnte. Ich hasse aufdringliche Typen, Wurm jedoch ließ sich nicht abschütteln. Der Simultandolmetscher träumte von einer großen, letzten Revolution, und ich hatte im Prinzip nichts gegen Revolutionen. Außer Mari wirkte nur das keusche Rehlein noch nüchtern, sie kochten zusammen das Kesselgulasch.

Plötzlich sah ich, wie sich Hases Gestalt hinter Molnárs Stuhl aufbaute. Mari knallte den Ofendeckel zu, setzte sich aber nicht wieder neben Molnár, sondern verlagerte ihren Sitz in die Küche, und Hase setzte sich auf Maris nun freien Platz, klopfte Molnár auf die Schulter und sagte leise:

»Was ist los, Junge. Gefällt dir meine Frau?«

Wieder schoß Molnár das Blut ins Gesicht, er stammelte etwas, aber ich saß auf der anderen Seite und ein bißchen weiter entfernt, und so sah ich nur, wie Hase nickte, bedeutungsvoll mit den Augen rollte und grinsend die Zähne fletschte, was für Molnár nichts Gutes verhieß.

»Vögle sie«, hörte ich wieder die Stimme von Hase. »Ich erlaub's dir. Sie ist nicht mein Eigentum, nur meine Frau.«

Molnár blieb die Sprache weg, er blickte hilfesuchend in meine Richtung, aber da ich nur als Beobachter eingeladen war, fühlte ich mich zum Eingreifen nicht berechtigt. Hase nutzte Molnárs Verwirrung aus und gab Gas.

»Überleg's dir, mein Junge. Das ist eine seltene Gelegenheit. Ich mache dir dieses Angebot nicht noch einmal. Betrachte es als ein Geschenk.«

Da hatte Molnár eine Idee, wie er sich aus der Falle befreien könnte.

»Du bist zu großzügig«, sagte er zu Hase. »Aber ich will die Mari nicht. Und wir sind nicht zum Vögeln hergekommen. Ansonsten hätte ich meine Frau auch mitbringen können.«

Die Touristenhütte war von der Weingenossenschaft gemietet worden, der Hases Schwiegervater vorstand. Jetzt, Ende April, hatten wir dieses Ausflugsparadies aus seinem Winterschlaf geweckt und allenfalls bei den Spinnen für Aufregung gesorgt. Auf dem Gipfel wehte ein eisiger Wind, am Nachmittag fing es außerdem noch an zu regnen, und undurchdringlicher Nebel breitete sich über das Tal. Sumsum vertrug keinen Wein, der würde Säure produzieren, greinte er, deshalb heizte er sich mit Schnaps ein, aber auch den vertrug er nicht. Nach dem Abendbrot kippte er zum drittenmal aus den Latschen, und damit versanken auch seine großen Träume in nächtlicher Finsternis. Muschi und Pityu schleppten ihn zum Kanapee und deckten ihn mit einer Roßharrdecke zu.

»Wir werden die Zeitung ohne ihn erfinden«, sagte Pityu und setzte schnell hinzu: »Aber vorher trinken wir noch einen.«

Wieder dachte ich, jetzt *geht's los*, aber Wurm okkupierte aufs neue meinen Kopf, machte es sich darin mit seinen Samisdats gemütlich wie in einer Badewanne und räumte alles Bewegliche aus meinem Gehirn hinaus. Wurms Anstrengungen wurden nur von Sumsums vereinzelten Schnaufern und tiefen Seufzern unterbrochen. Molnár bemühte sich trotz der zuvor erteilten Verwarnung weiter um Mari. Mir hätte eigentlich schon am Nachmittag klar werden müssen, was er im Schilde führte. Nur um von Wurm fortzukommen, beschloß ich, beim Kartoffelschälen zu helfen. Diese Arbeit hatten jedoch schon andere erledigt. In der Mitte des Küche saßen auf zwei umgedrehten Eimern, über einen dritten gebeugt, Hase und Molnár und waren gerade mit dem Schälen fertig. Mari scheuchte sie hinaus, und Rehlein würzte in aller Unschuld die im Kessel brodelnde dicke, rote Masse mit Paprika.

Am ersten Tag taten wir also gar nichts. Alles änderte sich jedoch damit, daß wir unter dem Deckmantel der Nacht eingeschlossen wurden. Von diesem Augenblick an griff selbst Sumsum nicht mehr zum Glas und ermahnte auch uns zur Enthaltsamkeit. Die Mädchen huschten unaufgefordert in die Küche. Wir fingen an, uns zu beratschlagen. Binnen kurzer Zeit kamen wir einmütig zu der Erkenntnis, daß die Gründung der Zeitung auf unbestimmte Zeit verschoben werden müsse; das Wichtigste sei zunächst, von hier wieder freizukommen. Pityu maulte ein bißchen. Neben Sumsum war er derjenige, der sich schon ganz dem noch nicht einmal gegründeten Blatt verschrieben hatte. Aber auch er mußte schließlich einsehen, daß es keinen Sinn hatte, über großen Plänen zu brüten, wenn wir nicht frei waren.

»Wir müssen herausfinden, worin wir uns geirrt haben. Das ist die Voraussetzung für unsere Befreiung«, sagte Sumsum. »Jeder von uns muß seine Irrtümer klären.«

Molnár schien nach der Versuchung von gestern abend wie ausgewechselt. Sicher hatten ihm die kalte Dusche und die einsam verbrachte Nacht gut getan, denn er war jetzt agil und überraschte uns mit Schlußfolgerungen, die in die richtige Richtung wiesen.

»Wir sind eingeschlossen, weil das Leben, das wir führen, nur der Schein des Lebens ist. Wir sind im Schein gefangen, und das ist noch nicht alles«, sagte er. »Aber vielleicht hilft uns das weiter.«

»Verpiß dich!« erwiderte Sumsum.

Das war keine leichte Situation. Die Welt des Scheins sah der wirklichen Welt zum Verwechseln ähnlich und wurde von den unerfahreneren oder unreiferen Schichten der Bevölkerung letztendlich auch mit dieser verwechselt. Die die Welt des Scheins errichtet hatten, waren sehr darum bemüht gewesen, die Scheinwelt zu einer perfekten Kopie der wirklichen Welt werden zu lassen, während sie die wirkliche Welt verschwinden ließen. Nur so konnten sie die Leute glauben machen, daß das, was sie sahen, die wirkliche Welt sei und nicht irgendeine Fälschung. Wie die Mehrheit der Bevölkerung einen echten Rembrandt nicht von einer Fälschung unterscheiden kann, so konnte sie auch das Falsche an der Welt, in der sie lebte, nicht entlarven. Darauf zielte Molnár vermutlich, als er sagte:

»Wir müßten zuerst die Fälschung in uns selbst entlarven.«

Nehmen wir zum Beispiel Sumsums kühnen, wenngleich durchaus nicht epochalen Plan, eine neue Zeitung zu gründen. Es gab im Land Unmengen von Zeitungen und Zeitschriften, die Stände und Kioske waren voll damit, und die Leute kauften und lasen diese Blätter auch. Jede dieser Zeitungen sah genauso aus wie eine wirkliche Zeitung, und auch die Zeitungsleser ähnelten wirklichen Zeitungslesern. Der aufgewecktere Leser wußte sogar, daß die Zeitung, die er in der Hand hielt, eine Fälschung war, und schämte sich tief im Herzen. Je mehr er über die Sache nachdachte, desto größer wurde die Scham. Indem er nämlich diese Fälschung zur Hand nahm, wurde er selbst zur Fälschung. Und doch konnte er nichts anderes tun, als diese Zeitung am Kiosk oder am Stand zu kaufen, und das nicht nur, weil es wirkliche Zeitungen nirgendwo zu kaufen gab. Das Haus oder die Wohnung, wo er wohnte, waren ebenso falsch wie die Zeitung. Er konnte doch nicht unter freiem Himmel schlafen. Er mußte sich also damit abfinden, daß ihm statt eines Hauses die Fälschung seines Hauses ein Dach über dem Kopf bot und daß der Erbauer dieser Fälschung dort freien Eintritt hatte, eine Hausdurchsuchung veranlassen, Wanzen installieren und die Bewohner nach Lust und Laune in eine andere solche Fälschung umziehen lassen konnte. Damit man sie in Ruhe ließ, mußten die Leute so tun, als ob sie in einem wirklichen Haus wohnten, wirkliche Zeitungen kauften, eine wirkliche Arbeitsstelle innehätten, wo sie für eine wirkliche Leistung wirkliches Geld bekämen, für das sie wirkliche Werte kaufen könnten.

In einem seiner schwachen Momente wollte Sumsum also eine echte Zeitung gründen, und erst hier oben, in unserer Gesellschaft, wurde ihm klar, daß eine wirkliche Zeitung nur von wirklichen Menschen geschrieben und herausgegeben werden konnte. Kurt nach dem »Verpiß dich!« sagte er zu Hase:

»Zuerst müssen wir wirkliche Menschen werden.«

Aus dem skeptischen Blick von Hase wurde deutlich, daß er der Meinung war, Sumsums Gehirn habe sich in einer einzigen betrunkenen Nacht in ein Dreirad verwandelt, mit anderen Worten: Sumsum ticke nicht ganz richtig und überhaupt habe Sumsum offensichtlich nicht begriffen, daß wir eingeschlossen sind, aber er schluckte seine Zweifel voller Ehrfurcht und Wohlwollen gegenüber Sumsum hinunter und wagte Sumsum nur halbherzig zu widersprechen. Er sagte: »Ich halte mich durchaus für einen wirklichen Menschen.«

Sumsum zog dem armen Hasen einen vernichtenden Schlag über.

»Dann bist du ein Trottel, mein Lieber.«

Hase hätte ihm eine verpassen können (ich sah, wie es ihm in den Fingern juckte), dann aber trollte er sich doch lieber von dannen. Er tauchte ab in den Wein seines Schwiegervaters und kam bis zum Abend nicht wieder an die Oberfläche. Inzwischen torkelte er betrübt, nach Rache sinnend und orientierungslos zwischen uns herum. Er legte sich mit Molnár an. Dann machte er die Samisdats von Wurm schlecht. Manchmal brüllte er seine Frau an.

Was soll's, Sumsum hatte kein Gespür für Pädagogik, nicht einmal so viel wie diese aufgeblasenen Agitpropsekretäre. Und daß Hase sich für einen wirklichen Menschen hielt? Das verlangte sein Selbstwertgefühl, nicht wahr. Hätte Sumsum solche Bizepse gehabt wie Hase, dann hätte er Hases Seelenwelt vielleicht besser verstanden. Denn unser Schicksal war trotz alledem wirklich. Wir waren so wirklich, daß die Scheinmenschen uns nicht vertrauten. Sie machten einen Bogen um unsere Gesellschaft und rieben uns Pfeffer unter die Nase, wo sie nur konnten. Wir gefielen den Scheinmenschen ganz und gar nicht.

Selbst uns wohlgesonnene Scheinmenschen warnten uns, nichts Unbedachtes zu unternehmen, wodurch wir uns selber schaden würden. Natürlich dachten sie, daß wir ihnen schaden könnten, aber das sprachen sie niemals aus. Die uns wohlgesonnenen Scheinmenschen taten immer so, als breiteten sie schützend ihre Fittiche über uns aus und lamentierten immerzu, wie verletzlich ihre Fittiche seien. Ihrer Meinung nach taten wir nichts anderes, als pausenlos ihre Gutmutigkeit zu untergraben und ihren Guerillakrieg gegen die Scheinmenschen zu gefährden. Diesen Krieg führten sie als scheinbare Scheinmenschen gegen die wirklichen Scheinmenschen und verkündeten unter Berufung auf Hegel unablässig, die Wirklichkeit sei nichts als der Schein des Scheins.

Ihr Ärger war nicht ganz unberechtigt. In ihren Augen waren wir unzuverlässig, unberechenbar und launenhaft. Und verantwortungslos. Und naiv. Und romantisch. Nehmen wir nur Sumsum, der von seinen Freunden auch der fahrende Student genannt wurde. Nicht, weil er sich von Stadt zu Stadt wandernd seine Studiengebühren zusammenbettelte. Studiengebühren waren in der Scheinwelt unbekannt. Sondern weil er zuvor vier Semester an der Prager Universität studiert hatte, dann nach Bratislava weitergewandert war, dort von den Naturwissenschaften zur Pharmazie gewechselt hatte und jetzt wieder Student im ersten Studienjahr war wie zu Beginn des vorangegangenen Fünfjahrplans. Die Scheinmenschen verabscheuten Arbeitskräftebewegungen. Deshalb mochten sie auch nicht, wenn ein Student im Zickzack zwischen den Universitäten verkehrte. Aber auch die gegen die Scheinmenschen kämpfenden Pseudo-Scheinmenschen mochten ein derartiges Verhalten nicht. Was Summsumm trieb, das übertraf alle Kennzeichen von Unzuverlässigkeit. Wer immerzu seinen Standort wechselt und nirgendwo seßhaft werden kann, der hat vermutlich zweifelhafte Ziele. Der weiß nicht, was er will. Der benimmt sich wie ein Hund, der seinem Schwanz hinterherjagt. Sumsum benahm sich auf provokante Weise anders als die Scheinmenschen oder Pseudo-Scheinmenschen. Ob er sich so benahm wie ein wirklicher Mensch, das kann ich nicht wissen, weil ich nicht weiß, wie ein wirklicher Mensch ist. In einer Scheinwelt gibt es nämlich keine wirklichen Menschen. Auch Pityus Existenz wurzelte irgendwo außerhalb der Scheinwelt. Im großen Nichts. Mittendrin. Man hatte ihm Nebenrollen mit wenigen Sätzen übertragen. Dann kam eines schönen Tages der Direktor zu ihm, er solle in die Partei eintreten, dann lanciere er ihn auf die Schauspielakademie. Pityu lehnte einen Parteieintritt jedoch strikt ab. Der Direktor wurde wütend und teilte ihn weiter nur für Nebenrollen ein. Drohte ihm sogar mit Rausschmiß. Aber Pityu war zuvor schon von seinen Eltern rausgeschmissen worden, denn seine Eltern waren Pseudo-Scheinmenschen und hätten es gern gesehen, wenn auch Pityu ein Pseudo-Scheinmensch geworden wäre und gegen die Scheinmenschen gekämpft hätte, indem er sich schlau als Scheinmensch maskierte. Muschi hatte ihren Mann durch die Scheinmenschen verloren. Sie hatte in zartem Alter einen Typen aus ihrem Dorf geheiratet, der bald darauf zur Armee eingezogen und bei einem Manöver aus Versehen durch Bauchschuß getötet wurde. Muschi wurde Witwe, bekam einen Nervenzusammenbruch, trauerte zwei Jahre um ihren Mann, dann tat sie sich mit Hinz und Kunz zusammen und avancierte zu einer kapitalen Nutte. Pityu hatte sie am Tag vor unserem Treffen aufgelesen und sogleich aus ihrem Dorf entführt. Muschi erzählte, daß die Pseudo-Scheinmenschen sie eine Zeitlang mit echtem Mitgefühl umhegt und sie damit getröstet hätten, daß der Wehrdienst fürwahr kein Maskenball sei, und wo geschossen werde, da fielen Späne, denn ein Span sei nun mal kein Türpfosten. Sie konnten beim besten Willen nicht verstehen, warum Muschi sie nicht verstand, dabei sei das doch alles so logisch. Molnár war ein raffinierter konspirativer Lügner, Doktor der philosophischen Wissenschaften und Direktor eines Dorfkulturhauses, das man aus Schlamm und Scheiße zusammengeklatscht hatte. Wenn man ihn nachts um drei aus dem Schlaf riß, konnte er beliebige Differentialgleichungen lösen, doch wenn man ihn auf die Polizei zitierte oder brachte, kannte er nicht einmal das kleine Einmaleins. Mit dümmlichem, verschämtem Grinsen schlich er sich in die Herzen schizoider Mädchen, unbefriedigter Witwen und junger Mütter, zuvor aber trat er sich auf dem Fußabtreter zehn Minuten lang die Schuhsohlen ab. Wurm wiederum sammelte mit der Hartnäckigkeit und Monomanie eines Briefmarkensammlers Samisdatdrucke, und wenn er sie nicht selbst in der Hose versteckt über die Grenze schmuggelte, dann engagierte er verschiedene zweifelhafte Typen, falsche und echte Rockmusiker, die sich auf der Reise zu dem einen oder anderen Rockkonzert in den internationalen Eilzügen drängelten, tranken und lärmten, die Grenzsoldaten provozierten und meistens ziemlich stanken. Wurm erfand die Figur des

Pseudo-Pseudo-Scheinmenschen, der dem wirklichen Menschen fast schon ähnlich war, allerdings leider auch dem wirklichen Scheinmenschen. Er maskierte sich so perfekt, daß er mit seiner Mimikry sowohl die Scheinmenschen als auch die Pseudo-Scheinmenschen zu täuschen vermochte. Die Pseudo-Scheinmenschen hielten ihn für einen Scheinmenschen, die Scheinmenschen für einen Pseudo-Scheinmenschen, den man zwar im Auge behalten muß, der aber zum Glück fast so durchsichtig ist wie der Seidenschlüpfer über dem Hintern der Scheinmenschen-Geliebten. Der Erfolg von Wurms Taktik hing immer davon ab, wie gut es ihm gelang, seine ohnehin schon unbedeutende Persönlichkeit noch unbedeutender scheinen zu lassen.

Abgesehen von Muschis hysterischem Ausbruch am Morgen trugen wir das Wissen um unser Eingeschlossensein mit Disziplin. Bis zum Mittag und Nachmittag legte sich auch unsere Beklemmung. Vermutlich hat der Schöpfer des gesunden Menschen dafür gesorgt, daß dessen Organismus die angesammelte Spannung über ein bestimmtes Maß hinaus über allerlei geheime Kanäle abführen kann. Der Organismus des gesunden Menschen kennt, so scheint es, keine unerträgliche Spannung. Gelangt er an die Grenze des Erträglichen, so gibt die Schraubzwinge nach, die zuvor noch seine Knochen zu zertrümmern drohte. Sogleich folgt eine unverantwortliche, unbegründete Erleichterung. Diese Unverantwortlichkeit drückte der zweiten Hälfte des ersten Tages unseres Eingeschlossenseins ihren Stempel auf. Die Wende wurde von Pityu und Muschi angeführt. Sie erfanden die Liebe als universales Heilmittel für absolut hoffnungslose Situationen, als die einzig mögliche Antwort. Schnell verbannten sie sich selbst aus unserer Gemeinschaft und schlossen noch nicht einmal das linke Schlafzimmer hinter sich ab. Der erste Tag war ein Freudenschmaus für die Dämonen der Verantwortungslosigkeit. Pityu und Muschi verbündeten sich zur Hochzeit und zur Zeugung von vier Kindern und begannen unverzüglich mit der Realisierung ihres gewaltigen, hochtrabenden, doch nicht im geringsten illusorischen Entschlusses.

Jetzt, da ich die Hütte auf unbestimmte Zeit nicht verlassen konnte, wurde mir plötzlich klar, wie entbehrlich ich für die Scheinwelt war. Es war völlig gleichgültig, ob ich am Aufbau der Scheinwelt teilnahm. Ich fehlte niemandem, da in der Scheinwelt jeder austauschbar war, und wenn jemand aus der Reihe kippte, wurde er schnell in ein Grab geschaufelt. Auch als Verlagslektor war meine Arbeit nicht unentbehrlich, schließlich oblag diesem in der Scheinwelt nicht die Bewahrung von Werten, sondern deren Vernichtung. Ich mußte die Werte in einem Zauberzylinder verschwinden lassen und von dort Scheinwerte hervorzaubern. Damit sich der Scheinmensch noch unwiderruflicher als Scheinmensch fühlen konnte. Indem man uns eingeschlossen hatte, hatte man uns eigentlich aus der Scheinwelt ausgeschlossen. Und damit läßt sich durchaus etwas anfangen, dachte ich. Doch auf die anfängliche Depression folgte zunächst nur die Erkenntnis, daß wir keine Verantwortung hatten. Natürlich ist der Mensch auch in der Scheinwelt nicht verantwortlich, aber es gibt eine Scheinverantwortlichkeit. Diese Scheinverantwortlichkeit hatten wir eliminiert.

So kam der dritte Tag. Niemand suchte nach uns, niemand vermißte uns. Jedes Wort unseres lockeren, flatternden, ungezwungenen Gesprächs wurde auf einer heimlichen Abhörstation protokolliert, und die Protokollanten beugten sich vermutlich ratlos über die vielen vollgeschriebenen Zettel. Einer Verschwörung, zumindest nach ihrem Verständnis des Begriffs, kamen sie nicht auf die Spur.

Am dritten Tag stand ich beizeiten auf und traf im Aufenthaltsraum nur Wurm an. Er plagte sich mit dem Ofen ab, versuchte mit Papier und Kleinholz die Glut zu entfachen.

»Wir sind noch immer eingeschlossen«, sagte er.

»Das liegt vor allem an uns«, antwortete ich. »Seit dem Tag unserer Geburt verschwenden wir nur unsere Zeit.«

Es regnete ununterbrochen, über die Scheinwelt hatte sich Nebel gebreitet, die dicken, hundertjährigen Tannen stöhnten manchmal im Wind auf. Ich hatte den Eindruck, wir seien hier in der Hütte aus der Zeit geraten. Zeit ist nur dort, wo auch Bewegung ist. Vielleicht waren der nicht enden wollende Regen, der dichte Nebel im Tal und der auffrischende Wind daran schuld, daß ich mich für einen Augenblick außerhalb der Zeit fühlte.

Es dauerte nicht lange, bis ich erkannte, daß wir bereits dort unten aus der Zeit gefallen waren. Bewegung hatte es nämlich schon dort unten nicht mehr gegeben. Seit unserer Geburt hatte sich nichts geändert, und was die Scheinmenschen Veränderung nannten, war lediglich der Schein von Veränderung. Wo die Veränderung nur scheinbar ist, dort ist auch die Zeit nur Schein. Wir waren seit unserer Geburt immer gleich alt geblieben. Unsere Kindheit war ebenso Schein wie unsere Jugend, und ich befürchte, am Tage unseres Todes werden wir erstaunt feststellen, daß wir schon längst gestorben sind.

Mari kam ins Zimmer.

»Das Essen geht zur Neige«, sagte sie.

»Das Feuerholz auch«, sagte Wurm.

Molnár hatte seinen Rucksack schon gepackt und kam reisefertig ins Zimmer. Ich sah, wie Mari den verliebten Blick von Molnár erwiderte.

»Was wird, wenn das Essen und das Feuerholz ganz alle sind?« fragte Molnár. »Was wird, wenn wir dann immer noch eingeschlossen sind?«

»Dann erfrieren wir«, sagte Wurm. »Oder verhungern.«

»Dann sollten wir mit dem Spiel aufhören«, sagte Mari.

»Das ist kein Spiel«, warf ich dazwischen. Wie am zweiten Tag Muschi, so platzte nun Mari der Geduldsfaden.

»Bis jetzt habe ich geglaubt, daß ihr nur halb verrückt seid. Ich mache bei diesem Blödsinn nicht mehr mit.«

»Aber du kannst nicht aussteigen«, sagte Molnár.

»Wir werden ja sehen.«

Wurm seufzte.

»O diese Frauen mit ihrem unerbittlichen und unverwüstlichen Realismus ...«

»Von außen wird keine Befreiung kommen«, sagte Molnár.

Diese wertvolle Erkenntnis wurde nur von Mari nicht honoriert. Muschi wäre, seit sie sich in Pityu verliebt hatte, ganz gern geblieben, sogar um den Preis des Verhungerns. Dringende Angelegenheiten hatte in der Scheinwelt keiner von uns. Und an diesem Punkt angelangt, muß ich reumütig eingestehen, daß alles, was ich hier über die Scheinwelt und die Scheinmenschen zusammengeschrieben habe, die Projektion meines eigenen Monologs oder besser Murrens war. Während der drei Tage, die wir eingeschlossen waren, fiel zwischen uns nicht ein einziges Wort über solch ernste Dinge. Wir genossen es, daß wir eingeschlossen waren, mehr nicht.

In Wirklichkeit geschah vieles ganz anders, als ich bisher berichtet habe. Da waren ein paar überflüssige Leute in einer Touristenhütte irgendwo am Ende der Welt zusammengekommen, um die Details im Zusammenhang mit der Gründung einer Zeitung zu besprechen. Und dann redeten sie doch nicht über die Zeitung. Drei Tage lang tranken, aßen und redeten wir und genossen die Gesellschaft der anderen. Inzwischen entsponnen sich Liebesbeziehungen, wir lernten einander ein bißchen besser kennen, und nicht einen Augenblick scherten wir uns darum, daß die Scheinmenschen in der Scheinwelt unterdessen routiniert ihren mühevollen Scheinangelegenheiten nachgingen. Nur Rehlein blieb unter uns einsam, versunken in ein katatonisches Schweigen. Gott weiß, wie oft sie schon von zu Hause weggelaufen war; sie zeigte uns ihre Grafiken, wir lobten sie (eher aus Höflichkeit denn aus Überzeugung) und sie ahnte, daß wir nicht ganz aufrichtig waren. Sie war beleidigt, wußte aber nicht, wohin sie gehen sollte. So harrte sie bei uns aus, ohne sich in unsere Probleme einzumischen.

Am dritten Tag ahnten wir, daß wir einander niemals wieder so sehr brauchen würden wie jetzt und daß die Liebe, Güte, Aufmerksamkeit und Harmonie, die sich für einige Tage zwischen uns niedergelassen hatte, in dem Moment verschwinden würde, da wir unseren Fuß aus dem Haus setzten. Als auch Sumsum die Worte von Molnár bestätigte, daß wir nämlich keine Befreiung von außen zu erwarten hätten, und ergänzte, der kürzeste (und einzige) Weg zur Freiheit führe durch die Liebe, und er also an unser aller Statt sprach, da lautete die Frage, was wir mit dieser Freiheit in der Scheinwelt anfangen würden, in die wir in Kürze zurückkehrten. Denn zu diesem Zeitpunkt waren wir schon nicht mehr eingeschlossen.

»Aus der Zeitung wird nichts«, sagte Sumsum resigniert. »Aber wir könnten die Sekte der freien Menschen gründen.«

»Das ist schon geschehen«, sagte Wurm. »Und jetzt können wir zu den Würmern zurückkehren.«

Rehlein verstand nicht, wen er damit meinte, und fragte Wurm, wer die Würmer seien. Ihre Unwissenheit wurde mit Heiterkeit erwidert. Nur Wurm blieb ernst.

»Doch wie können wir in dieser Welt frei bleiben?« fragte er.

»Wir werden uns nicht aus den Augen verlieren«, sagte Pityu.

»Das reicht nicht.«

»Wir werden uns lieben.«

»Sehr witzig«, sagte Hase.

»Wenn wir von hier fortgehen, werden wir wieder eingeschlossen sein«, sagte ich.

Als wir die Hütte nach dreitägigem heroischem Nichtstun wieder verließen, schwor ich mir, das Andenken an unser

Eingeschlossensein so zu bewahren, wie es Sumsums alter Vater geraten hatte: ich würde mich nicht auf meine Erinnerung verlassen. Deshalb würde ich, sollte ich je einmal über die etwas lang geratene Geburtstagsfeier von Hase berichten, auf die Details verzichten. Und schon gar nicht versuchen, die Geschehnisse zu interpretieren. Das werden die Ereignisse tun, die noch im Schoß der Zukunft schlummern. Ohnehin sind wir ständig und gezwungenermaßen der Uminterpretation der Vergangenheit ausgeliefert. Voller Bangen, aber ohne das Gefühl der Niederlage kehrten wir in die Welt des Scheins zurück. Unsere Zukunft schien unberechenbar, und doch waren wir voller Erwartungen. Es war gerade die Unberechenbarkeit unserer Zukunft, die wir als Freiheit erlebten. Die Zukunft hielt eine Menge Überraschungen für uns bereit.

Für die erste und zugleich größte Überraschung sorgte Sumsum. Wenige Monate nach Hases Geburtstagsfeier verließ er, getreu seiner Vergangenheit als fahrender Student, das Land. Seine Flucht betrachteten wir ohne Ausnahme als Verrat. Lange Zeit war auch ich überzeugt, ihn nie mehr wiederzusehen. Unser Scheinleben in der Welt des Scheins wurde dann bald in ihren Grundfesten erschüttert durch deren überraschenden, schnellen und unblutigen Zusammenbruch. Als wir die Hütte verließen und den Berg auf dem aufgeweichten, rutschigen und schlammigen Waldweg heruntertrabten, ahnte ich noch nicht, daß ich beim Zusammenbruch der Scheinwelt kurzzeitig eine wichtigere Rolle spielen würde als nur die des Beobachters. Die Revolution, an die Wurm so unerschütterlich geglaubt hatte, kehrte die endlos scheinende Gegenwart von einem Tag zum anderen in die Vogelperspektive, sie brachte in uns jedoch auch jene Scheinordnung durcheinander, mit der wir uns gegen das Diktat der Scheinwelt wehrten. Die Revolution befreite uns zunächst und verwirrte uns dann. Wir merkten nicht, daß die Zeit für uns arbeitete, daß es auch in der Scheinwelt Bewegung und also Zeit gab. Die Verborgenheit der Bewegungen trog uns. Unser viertägiges Eingeschlossensein führte schon bald zu zwei Hochzeiten. Als erstes taten sich Pityu und Muschi zusammen, dann heirateten Molnár und Mari. Hase, der große Verlierer, flüchtete sich zunächst in den Alkoholismus und schließlich, nach einer Wendung von 180 Grad, vorwärts in die Revolution. Er verhaftete seine Vorgesetzten, ließ sie aber mit einer großzügigen Geste schon bald wieder frei. Seine Großzügigkeit zahlte sich aus, die Revolution dankte sie ihm mit dem Amt des Bürgermeisters. Auch Molnárs Karriere begann mit einem atemberaubenden Start. Er avancierte zum Senator und brach in Tränen aus, als ihn Wurm eines Tages auf der Straße anspuckte. Zu dieser Zeit war Wurm bereits unberechenbar. Er hatte die Revolution mit einem Ausbruch von Begeisterung begrüßt, doch als er sah, daß die, die er als treue Soldaten der Revolution verehrte, gemeinsame Sache mit den alten Scheinmenschen machten, schlug seine Begeisterung in Haß gegen die Revolution um. Nichts habe sich geändert, betonte er immer wieder wie von Sinnen, nur einige Gesichter seien ausgetauscht worden, und Molnár und Hase hätten die Revolution verraten. Einmal besuchte ich ihn im Institut, aber er wollte mich nicht erkennen. Allein

Rehlein lebte so wie bisher. Von Zeit zu Zeit haute sie aus dem Haus ihrer Eltern ab, und wenn das Geld alle war, flüchtete sie sich wieder dorthin zurück. Jedem Freier gab sie einen Korb, jeden Arbeitsplatz verließ sie nach zwei, drei Monaten freiwillig wieder. Betrübt stellte ich fest, daß ich allen Recht gab und doch mit keinem einer Meinung war. Und daß der Schein des Scheins auch nichts anderes war als ein neuer Schein.

Eines Tages begegnete ich Molnár auf irgendeinem Folklorefestival. Ein paar Minuten freuten wir uns über das Wiedertreffen, dann meldete sich der Teufel in mir, obwohl ich mir geschworen hatte, nicht zu politisieren.

»Hör mal, Gyuszi!« sagte ich zu ihm. »Bist du nicht wenigstens ein bißchen enttäuscht?«

»Weshalb?«

»Hast du nicht auch manchmal das Gefühl, daß wir aus einer Scheinwelt nur in eine andere hinübergewechselt sind? Daß das alles ist, was passiert ist? Daß wir auch jetzt wieder in einer Scheinwelt leben?«

Molnár hörte mir betroffen zu, und ich ärgerte mich, daß ich so offen zu ihm gewesen war. Aber wenn ich einmal angefangen hatte, konnte ich nicht zurück.

»Wurm zum Beispiel sieht das so.«

Molnár winkte genervt ab und hob die Stimme.

»Wurm ist verrückt.«

»Aber vielleicht ist er gerade deshalb verrückt geworden?«

»Wurm war sein ganzes Leben lang verrückt und romantisch. Die vielen Samisdats haben ihm den Kopf verdreht.«

Ich beeilte mich zu betonen, daß mir nichts ferner läge als mich in die ewige Diskussion zwischen Romantikern und Realisten einzumischen. Unter irgendeinem Vorwand verabschiedete ich mich von Molnár.

Der große Ränkeschmied, der Zufall, ordnete in der Folgezeit die Dinge in der Welt so, daß ich auf die endgültige Erkenntnis nicht lange warten mußte. Eimal fuhr ich hinüber nach Wien und glaubte, in einer beliebten Straße der Altstadt vor dem Schaufenster eines Heimwerkerladens Sumsum erkannt zu haben. Ich ging näher, er war es tatsächlich. Er starrte mich an, grinste und nahm mich ins Café Alt Wien mit. Dieser Studententreff sei sein Stammlokal, wenn er in Wien ist, sagte er. Im übrigen studiere er Philosophie an einer der berühmtesten deutschen Universitäten, habe nach seiner Flucht geheiratet, sei aber schon wieder geschieden. Es dauerte eine Weile, bis ich meine Hemmungen überwand und ihn zu fragen wagte:

»Kommst du nicht heim, Sumsum?«

Er war von meiner Frage nicht überrascht und gab mir den Ball in dem für ihn typischen herablassenden und arroganten Ton zurück.

»Was heißt heim?«

»Na ...«, erwiderte ich.

»Ich habe keine Heimat.«

»Jeder hat eine Heimat.«

Sumsum schwieg eine Weile geduldig, dann antwortete er selbstbewußt:

»Ein freier Mensch ist in der ganzen Welt zu Hause.«

»Und du bist frei?« fragte ich.

»So frei, wie es nur geht. Als wir damals für einige Tage in dieser Hütte eingeschlossen waren, habe ich geglaubt, die Kommunisten wären es, die uns der Freiheit beraubt hätten. Aber das stimmt nicht … Die Kommunisten sind weg, aber die Welt ist dieselbe geblieben. Die Menschen entscheiden ohne jeden äußeren Zwang, ob sie frei sein wollen oder nicht. Das war mir eine große Lehre. Auch deshalb bin ich von Zuhause fortgegangen. Wer so altmodische Wörter benutzt wie Heimat, der riskiert, daß man ihn wieder einsperrt.«

Auch unsere Wege trennten sich dann. In Wien regnete es wie damals auf dem Berg. Sumsum begleitete mich nicht zum Busbahnhof. Ich zitterte vor Wut. Was soll's, ich mußte zur Kenntnis nehmen, daß Freunde nur hat, wer eingesperrt ist. Der freie Mensch ist – frei.

Irene Rübberdt

METATHION

(... während das Pferd alles sehen konnte...)

Der Mensch steht auf, Schwester, weil er halt aufsteht, wenn die Uhr ihn weckt, und mit dem sauren Geschmack von fünfunddreißig oder vierzig Zigaretten – des Vortags – im Mund starrt er ins Dunkle, denn das verschwommene Dämmerlicht der Straßenlaternen versucht erst gar nicht, durch die Fenster im siebenten Stock zu dringen. Dabei wäscht Cinke-Lill zu Anfang jeden zweiten Monats die Vorhänge und putzt die Fenster. So daß man ganz in der Ferne, bei der Fußgängerbrücke, eine Reihe Laternen, in die Erde gespießte Streichhölzer, sehen kann, wie sie – mit reduziertem Strom – vor sich hin glühen. Ja, die Streichhölzer! Die flackern kurz auf und erlöschen einem in der Hand, und wenn das Feuerwürmchen, das anstelle der Flamme in der Luft bleibt, verschwunden ist und sich der erste ausgeblasene Rauch auf den kalten Heizkörpern niederläßt, dann starrt man vor sich hin wie die den Kopf wiegende und kratzende Statue eines Grüblers, dem irgendwie der letzte Gedanke eingeschlafen ist. Den zwar jeden Morgen das dunkle Gefühl befällt, mit dem »neuen Morgen« eine neue Chance bekommen zu haben, doch wozu – das herauszufinden ist er, so fleißig auch die Glut der Zigarette ihre Bahn bis an seinen Mund hinan kerbt, nicht fähig. Wie ihm auch nicht einfallen will, was seine Ururgroßmutter dem auf dem Rückzug befindlichen österreichischen Dragoner ins Ohr geflüstert haben mochte, als der sie neben den Strohballen, vor den Augen des Pferdes, auf den Rücken legte, so gründlich, daß die Hebamme bis zum nächsten Vollmond dreimal im Schutze der Nacht ins Haus kommen mußte und ihre Stricknadel mitbrachte. Das vierte Mal brauchte sie erst im Advent zu kommen, diesmal tags, und zwar als mein Urgroßvater geboren wurde. Während das Pferd alles sehen konnte, klammerte sich mein Ururgroßvater hinter der Stalltür zitternd an eine Sense und trat von einem Fuß auf den anderen, und an jenem Adventstag dachte er, vielleicht hätte er den eben beschäftigten Dragoner dennoch mit einem Hieb bedenken sollen. (Wie ein Wunder der Ideenwanderung sah ich vor ein paar Jahren mit Cinke-Lill im Freiluftkino die Familienszene sich wiederholen, in einem spanischen Kloster, wo der Regisseur – wie es schien, mit großem Genuß – noch die kleinsten Details arrangiert hatte, während er einen struppigen Mohren eine heilige Nonne bespringen ließ.)

O ja, diese zaudernden Feuerlinien im dämmernden Zimmer sind eine Messe wert, Schwester! Wie das Drängen der Zeit einem den Magen mit Alaun vergiftet, als hätte man Steinscheiben gefrühstückt, mit Messer und Gabel, und die Glut, wie sie das Zigarettenpapier ein Stück weit rot färbt und selbstvergessen auf und ab schwebt, als seien die Zeiger der Uhr stehen geblieben. Dann so um halb sechs endlich Töne! Unten auf der verschneiten Kreuzung läßt »Gagarin« den Motor seines Treckers bis zum Himmel aufheulen, als ob er sich von den paar Schluck Schnaps, die er, bevor er zur Arbeit aufbrach, in der Speisekammer durch seine Kehle rinnen ließ oder die ihm noch von gestern im Kopf herumschwirrten, vielleicht war er ja auch wirklich etwas überspannt, wie ein Pilot fühle …

So daß einem davon normalerweise der fünfjährige Junge wach wird, oder vielleicht gibt er ja erst dann zu erkennen, daß er auch (schon lange?) wach ist, weil er sich nicht traut, es länger zu verbergen ... Soweit immerhin dringt der Dezembermorgen durch den spärlichen Nebel ins Dunkel des Zimmers, daß ich sehen kann, wie er seinen Kopf plötzlich vom Kissen hebt, sich die Augen reibt, noch nicht sieht, nur hört, wie ich mich im Dunkeln anziehe. Schlaftrunken tastet er nach der anderen Decke, und nicht nur seine zu erwartende Frage, auch der plötzlich springende Uhrzeiger, dessen Phosphoreszieren meinen Blick erwidert, besonders aber die Antwort, die ich ihm geben werde, reizen mich schon im voraus. Wie ich die Socken und die langen Unterhosen anziehe, kribbelt es mir in den Haaren. Über Wochen, Monate frißt man seine Niederlagen in sich hinein, Schwester, es wächst und schwillt an und wird auf eine Frage des Kindes herausbrechen. Ich ziehe Hemd und Sweater an, die Socken wärmen bereits, nur an der Ferse fühlt es sich an wie die Berührung einer Leichenhand. Den Socken fehlt, als hätte sie jemand abgeschnitten, die Ferse, und als ich im zerwühlten Schrank nach einem neuen Paar suche, wird das Loch größer und größer, breitet sich aus, kreisförmig wie Radiowellen, zerläuft im Nichts, und dort, vor dem Schrank, überfällt mich die Erkenntnis, daß ich dieses Loch, diese wachsende Leere vielleicht nie im Leben stopfen werde ...

»Wo ist Mutti?« fragt er dann.

»Als ob du das nicht wüßtest«, antworte ich und bin ein wenig beruhigt, daß ich mich zusammenreißen konnte. Aber ich spüre schon, wie das heimtückische Ticktack der Uhr die Spannung von eben wieder herbeitickt.

»Paß auf, ich mache Licht«, sage ich, aber die hundert Watt, die ihm ins Gesicht scheinen, lassen ihn doch zusammenzucken. Ich sehe, wie er flennt ... Er läßt sich wieder zurückfallen und zieht sich die Decke, unter der er etwas Schreckliches zu verbergen versucht, bis zum Kinn hoch. In seinen Augen, die jede meiner Bewegungen verfolgen, Schuldbewußtsein und Angst ...

»Warum ist sie nicht hier?« fragt er.

»Heul nicht«, sage ich. »Sie wird nachts gearbeitet haben. Komm, wir stehen auf ...«

Seine Lider zucken mehrmals, als ich mich ihm nähere, als kröche schräg nicht der Schatten seines Vaters, sondern der Dämon aus dem Dúdor-Bild über seinem Bett auf ihn zu, um sein Gesicht wie auch das dieser auf dem Bild vor sich hinstarrenden Gestalt zu bedecken, die mit hängenden Schultern, die Hände gelähmt in den Schoß gelegt, über dem Kopf des zitternden Jungen am Nagel hängt und mit wirrem Blick den Morgen spiegelt. Während er schlief und die Mohnwiesenlandschaften seines Traumes durchstreifte oder vielleicht von einer Hexe mit dem Stock gejagt wurde, hat jemand – nicht er – in sein Bett gemacht, jemand, der ihn unbekannterweise und im Dunkel verborgen haßt, der immer da ist und ihn eines Tages vielleicht töten wird. Und für dessen häßliche Urinflecken im Laken, die ihm auf der Hüfte brennen, erwartet er nun die Strafe – seit mir einmal, an jenem verfluchten Morgen, die Hand ausgerutscht und mit einem ich weiß nicht wem genau zugedachten Schlag so auf den nackten Hintern des Jungen niedergesaust ist, daß ihm auf dem Abdruck meiner fünf Finger das Blut unter der Haut zusammenlief und mir fünfzackig das Zeichen meiner Ohnmacht ins Gesicht brannte.

»Steh schon auf«, sage ich, reiße mich zusammen und versuche ihm, so geduldig ich kann, die Decke wegzuziehen. Erschreckt schnappt er nach der Decke, die ihm zwischen den Fingern wegrutscht, und wie er sich an ihr festkrallt, werden seine Fingernägel weiß. »Ich weiß schon, er war wieder da. Steh ruhig auf, ich tu dir nichts«, sage ich.

»Geh raus«, sagt er, »ich will mich alleine anziehen ...«

In der Speisekammer klappert der Stiel des Messers, als ich es hinlege, und meine Hand tastet sich unter dem Knistern der Plastiktüte an den runden Laib des Brotes, versucht ihn zu erreichen. Die Möwe sehe ich jetzt nicht, spüre nur, daß sie in der Nähe ist, in einer immer näheren Nähe, bis ich sie sehe: dort steht sie auf dem Regal zwischen leeren Gläsern über dem Brot, die Zweihundertmilliliterflasche, deren Öffnung sorgfältig mit einem Korken verschlossen und mit irgendeinem Igelitzeug darum, festgebunden mit Schnur, doppelt gesichert ist ...

»Was machst du da drin so lange?« höre ich durch die offene Speisekammertür, Schwester.

»Warum«, sage ich, »was soll ich denn machen?«

Und als Kronzeuge knistert die Plastiktüte, als sie vom Brot rutscht, so laut, daß man es auch in der Küche horen kann.

In der Küche sehe ich, daß das Teewasser schon auf dem Herd kocht, der Metallring unter dem Kessel glüht.

»Ich habe dir gesagt, du sollst das Gas nicht anzünden«, sage ich. »Du läßt noch die Küche explodieren ...«

»Was du immer willst«, sagt er, »ich komme ja gar nicht ran. Immer denkst du dir was aus.«

Er sitzt schon am Tisch, auf der ledergepolsterten Bank, seine Füße – in den falsch zugebundenen Schuhen – reichen nicht bis auf den Boden. Mit den Händen im Schoß starrt er auf die Tischdecke und wartet auf das Frühstück …

»Na, Moment, ich geb' es dir gleich«, sage ich, wie um Verzeihung bittend, während ich den Tee aufgieße, die Salami aus dem Kühlschrank hole, die ich vorgestern in der Fleischfabrik mitgehen lassen habe und die Cinke-Lill schon gestern, in Gedanken vorauseilend bis zum heutigen Frühstück, in Scheiben geschnitten hat, und ich lege sie ihm auf die etwas dicker geratenen Brotscheiben.

»Wohin gehst du?« fragt er, und seine Hand bleibt auf halbem Weg zum Teller stehen.

»Ich muß mir Hose und Stiefel anziehen. Barfuß kann ich dich schlecht in den Kindergarten bringen«, sage ich, und von seiner Antwort läuft es mir kalt den Rücken hinunter.

»Bring sie herein und zieh sie hier an«, sagt er. »hier, am Tisch …«

»Damit ich den Teppich schmutzig mache …?«

»Nein«, sagt er. »Damit du nicht wieder in die Speisekammer gehst …«

Aus der Stille, die plötzlich zwischen uns stürzte, schien alle Luft entwichen zu sein.

»Was zum Teufel willst du?« frage ich.

»Ich will nicht, daß du dir wieder etwas ausdenkst …«, antwortet er.

Ich ziehe mich im Vorzimmer an. Wie ich in die blaue Kluft steige, schlägt mir Erd- und Schweißgeruch ins Gesicht. Die Stiefel sind schon geschnürt, und als ich eben die Wattejacke überziehen will, steht er vor mir ...

»Bist du fertig?« frage ich, doch an meiner Stimme merke ich selbst, wie mir der Puls rast.

»Ich schon«, antwortet er.

»Dann können wir gehen«, sage ich und führe ihn an meiner Hand zum Lift. In den unteren Etagen schlagen Türen.

»Du hast die Tür nicht zugeschlossen«, sagt er. Während ich in den Taschen nach dem Schlüssel suche, starrt er mir verblüfft und verständnislos ins Gesicht, versucht meinen Blick einzufangen. »Und den Mantel hast du mir auch nicht angezogen ...«

»Macht nichts«, antworte ich. »Macht nichts ... Warte hier ...!«

So daß ich zurückgegangen bin, Schwester, und hinter der geschlossenen Tür fuhr mir durch den Kopf, daß ich ihn eigentlich doch in den Kindergarten hätte bringen müssen ... Die Tür zur Speisekammer stand offen, aus dem schmalen Spalt Dunkel fuhr mir von draußen, durch den Lüfter, Kälte ins Gesicht. Ich hörte, wie der aufkommende Wind in Stößen das Dach des Hochhauses zauste und die Stahlseile des Liftes zum Sirren brachte. Ich nahm es vom Regal. Ohne daß ich wollte, hatte es auf sich aufmerksam gemacht, ich öffnete es. »Ich habe die Tür nicht zugemacht!« durchfuhr es mich. Ich steckte also das Fläschchen – schnell – unter die Wäsche im Schubfach, damit er es, falls er hereinkommen sollte, nicht sähe, obwohl es mir nicht gelang, den stechenden, scharfen Geruch zu verbergen, der die ganze Kammer erfüllte und, so glaube ich, hoch bis zur Decke, um die Weihnachtsschachteln herum schwebte und, wie auf der Flucht vor sich selbst, durch die Lüftung den Weg nach draußen suchte, woher mir mit einem erneuten Windstoß wieder die Kälte von eben ins Gesicht, durch den ganzen Körper bis ins Mark fuhr und mir den brennenden und verspäteten Gedanken in den Kopf hineinschoß, daß es vielleicht: doch nicht nötig gewesen wäre ... Doch als ich die Möwe erblickte, war der durch meinen Kopf zischende – böse! – Gedankenstrahl sofort erloschen, als hätte ihn der Wind, der durch die Lüftung wehte, fortgeblasen. Ich war allein mit der Möwe, endlich ganz allein, und sie kam auf der gewohnten Bahn, kam, näherte sich, Schwester ... Schwester! Schwester!! ... sie stehen an meinem Bett ...

I. Schwester: *Nana! ... Ist er etwa zu sich gekommen? Sie haben gesagt ...*

II. Schwester: *Nach zweihundert Milliliter Metathion, Mädchen? Selbst für einen Büffel zuviel. Bring die Schüssel herein und ein reines Laken. Es kommt oben und unten aus ihm heraus.*

I. Schwester: *Das ist schon das fünfte Laken.*

II. Schwester: *Du wirst noch ein paar wechseln, ehe du hier alt wirst. Soviel, daß es dir am Ende noch zuwenig scheinen wird. Wenn du erst so abgestumpft bist, daß du dich an den gestrigen Tag nicht mehr erinnerst.*

I. Schwester: *Gibt es wenigstens ein bißchen Hoffnung?*

II. Schwester: *Hoffnung? ... Was haben sie dir über Hoffnung erzählt? Es gibt Wochen, da kriegen wir drei herein. Da hast du genug Gelegenheit zum Hoffen ... Und wenn es nur darauf ist, daß der besoffene Fahrer sie ohne Unfall fortschafft ... Doch reden wir ihm keine falschen Hoffnungen ein! Einem klugen englischen Herrn zufolge schwebt er vielleicht gerade um die Lampe, beobachtet und belauscht uns ...*

I. Schwester: *Hier ist die Schüssel. Ist das alles, was wir tun können?*

II. Schwester: *Nein. Wenn wir ihn gewaschen haben, zieh eine Atropin auf, und dann sei so gut und kipp nicht um ... Hören Sie mich, Herr Both? ...*

Christian Polzin

Károly D. Balla

DIE UNSICHTBAREN

Wie dunkel es ist, dachte der Mann, als er die Augen öffnete. Auf dem Meer gibt es keine vollkommene Dunkelheit. Selbst in der sternlosesten Nacht nicht, fern von aufstrebenden Leuchttürmen und Hafenlichtern; selbst dort, wohin sich nicht einmal das Glühwürmchen der Sturmlampe einer fehlgeleiteten Barke verirrt, gibt es keine vollkommene Dunkelheit, denn irgendwoher, vielleicht aus den Spalten von Raum oder Zeit, sickert eine Ahnung, nicht Farbe nicht Licht, feiner als die von den Flügeln der Nachtfalter rieselnden Schuppen und weicher, geschmeidiger als das Wimperkleid einzelliger Tierchen – und doch ergießt sie sich über die Gegenstände, über den Rand des Bootes und gleitet dort über die eingezogenen Ruderblätter und den ruhigen Kamm der weichen Wellen. Das Auge muß sich nur daran gewöhnen, die Reglosigkeit muß sie nur locken, und schon kriecht diese Ahnung, nicht Farbe nicht Licht, hervor, sickert aus den Spalten von Raum und Zeit, um nur hier, nur jetzt, nur für dich sichtbar zu werden. Um sichtbar zu werden und uns bisher nie gesehene Linien, unbekannte Flächen und verborgene Räume der realen Welt zu zeigen.

»Wie dunkel es ist«, sagte die Frau in dem konturenlosen Zimmer, das sie wie eine formbare Masse umgab, ihre Bewegungen verlangsamte, den aufkommenden Schrei verschlang und das frei werdende Seufzen abfing. Dieses Zimmer hatte weder Wände noch Decke, und die warme, nachgiebige Konsistenz des Fußbodens ergab auch keine fühlbare Oberfläche; vermengt mit dem Gekräusel der

Dunkelheit wich sie den herunterfallenden Dingen aus; die schnellen, schweren Bewegungen versanken in ihr, nur die langsamen Leichtigkeiten blieben an der Oberfläche.

»Auf dem Meer gibt es keine vollkommene Dunkelheit«, erwiderte der Mann und schloß die Augen, um das unsichtbare Zimmer nicht sehen zu müssen.

»Auf dem Meer?« Die Frau stützte sich auf, als ob sie so mehr sehen könnte. »Was hat das Meer damit zu tun?«

»Gar nichts«, gab der Mann zu und wartete, daß hinter seinen geschlossenen Augenlidern die tieflila Ringe erschienen, die langsam, gravitätisch durch sein Blickfeld schwammen, aber nur dann, wenn er seine Augenmuskeln völlig entspannte, denn tat er nur irgend etwas, bewegte oder spannte er auch nur eine Sehne, einen Muskel, um der Bewegung der Ringe folgen zu können, dann verschwanden sie auf der Stelle und hinterließen dabei irgendwo in der Tiefe der Pupille einen unangenehmen Stich.

»Warst du überhaupt je auf dem Meer?« fragte die Frau weiter und hätte gern Licht gemacht, aber sie wußte, daß es in dem Zimmer weder Deckenleuchte noch Steh- oder Leselampe gab, und selbst wenn es sie gäbe, würde sie den Schalter in dieser Dunkelheit doch nicht finden können. Irgend etwas würde beim Suchen herunterfallen, umkippen, und nichts ist unerträglicher, als wenn man mit etwas Lärm macht, von dem man nicht weiß, was es ist.

»Nein. Aber ich weiß, daß es auf dem Meer keine vollkommene Dunkelheit gibt. Auch in den sternlosesten Nächten nicht«, begann der Mann, brach jedoch ab, weil er spürte, daß die Frau sein Gesicht im Stockfinstern forschend betrachtete, als hinge es nur von ihrem Willen ab, ob sie die Unsichtbarkeit durchdringen kann. Vielleicht setzt sie sich ja auch gleich auf, zieht die Beine an, preßt die Knie an die Brust, faltet die Hände unter den Schenkeln und richtet so die Erwartung auf ihn.

»Wie dunkel es doch ist«, sagte die Frau und rieb sich die Augen, da sie aber auch so nichts sah, richtete sie sich auf, preßte Beine und Knie an die Brust, faltete die Hände unter den Schenkeln und wartete gespannt auf die Fortsetzung.

Doch der Mann schwieg. Und als würde er der Ahnung vom Meer, die nicht Farbe nicht Licht war, und den tieflila Ringen entsagen, öffnete er die Augen, um das unsichtbare Zimmer zu sehen und die unsichtbare Frau, die, das Kinn auf die Knie gepreßt, den Kopf ein wenig zur Seite geneigt hatte.

Der Mann schwieg, und es war, als ob jetzt irgend etwas im Zimmer ins Wanken geriete, vielleicht das, worauf sie saßen, lagen, vielleicht das, was sie umarmten oder von dem sie umarmt wurden, formbar und stofflos. Die Frau erschauerte.

»Wenn wir wenigstens eine Kerze hätten«, seufzte sie, weil sie begriff, daß sie, auch wenn sie den Schalter in dieser Dunkelheit fände, kein Licht würde einschalten können, nicht weil es weder Deckenlicht noch Steh- oder Tischlampe im Zimmer gab, sondern weil keinerlei Leitungen zu diesem Zimmer führten und es fast sicher war, daß auch die Stromversorgung unterbrochen war, ansonsten würde doch irgendein fernes Licht durch das Fenster dringen.

»Das Kerzenlicht würde die Insekten anlocken. Über dem Meer nehmen sie die kleine Flamme aus großer Entfernung wahr, sie glauben, es sei der Mond, sie wollen sich nach ihr orientieren, kommen ihr immer näher, bis sie in ihren Bannkreis geraten. Malariamücken, giftige Moskitos und Totenkopffalter kreisen in immer engeren Bahnen um die Kerze, dann erfüllt sich ihr Schicksal, und nur das letzte Aufflammen, eher ein Knistern, nur das gehört ihnen.«

Die Frau schüttelte sich, legte sich zurück neben ihren Mann und umarmte ihn.

»Es ist so dunkel. Auch durch das Fenster dringt kein Licht herein.«

»Dieses Zimmer hat kein Fenster. Auch keine Tür, glaube ich.«

»Wenn du wenigstens ein Streichholz hättest.« Die Frau stützte sich auf, inzwischen nervös.

»Auf dem Meer gibt es keine vollkommene Dunkelheit. Selbst in der sternlosesten Nacht nicht, fern von aufstrebenden Leuchttürmen und Hafenlichtern; selbst dort, wohin sich nicht einmal das Glühwürmchen der Sturmlampe einer fehlgeleiteten Barke verirrt, gibt es keine vollkommene Dunkelheit, denn irgendwoher, vielleicht aus den Spalten von Raum oder Zeit, sickert irgendeine Ahnung, nicht Farbe nicht Licht, feiner als die von den Flügeln der Nachtfalter rieselnden Schuppen und weicher, geschmeidiger als das Wimperkleid einzelliger Tierchen – und doch ergießt sie sich über die Gegenstände, über den Rand des Bootes und gleitet dort über die eingezogenen Ruderblätter und den ruhigen Kamm der weichen Wellen.«

»Hör' endlich mit dem Meer auf. Diese Dunkelheit macht mich nervös.«

»Das Auge muß sich nur daran gewöhnen.« Der Mann schloß die Augen. »Die Reglosigkeit muß sie nur locken, und schon kriecht diese Ahnung, nicht Farbe nicht Licht, hervor, sickert aus den Spalten von Raum und Zeit, um nur hier, nur jetzt, nur für dich sichtbar zu werden.«

»Diese Dunkelheit macht mich wahnsinnig. Was ist denn los, eine Stromsperre?« Die Frau setzte sich erneut auf und rieb sich unablässig die Augen.

»Um sichtbar zu werden und uns bisher nie gesehene Linien, unbekannte Flächen und verborgene Räume der realen Welt zu zeigen.«

»Wenn es keine Stromsperre ist, was dann? Was bedeutet dieses konturenlose Zimmer hier um uns herum. Was soll das Ganze?«

»Nichts. Wenn du willst, dann ist es das Meer.«

»Ein Streichholz hast du also auch nicht?« Die Frau begann zu schluchzen, und zwischendurch fragte sie immer wieder: »Was ist los? Was ist los?«

»Nichts«, antwortete der Mann, als die Frau zu schluchzen aufhörte und sich erneut neben ihn legte. »Nichts. Ich dachte, du wüßtest es.«

»Was?«

»Nichts. Nur daß es zu Ende ist.«

»Zu Ende? Was ist zu Ende?«

»Nichts. Alles. Die Welt«, sagte der Mann matt, dann registrierte er zufrieden, daß die Frau ihn wieder umarmte und daß hinter seinen Augenlidern endlich die tieflila Ringe erschienen.

Sabine Kaiser

HINTER DEM LICHT HERVOR

Wer bist du?
Gesicht hinter deinem Gesicht hervor.
Woher kommst du?
Hinter Spiegeln, hinter dem Licht hervor.
Wie heißt du?
Einen Namen hab' ich nicht. Schneeflocken des Mangels umgeben mich.
Warum kommst du?
Damit du mich siehst, wenn du zu sehen einst wagst. Damit du durch die Verspiegelung der Lichter blickst.
Wie lange bleibst du?
Solang ich das Blau in die Welt hineintrage. Und bis du den Schnee entdeckst.
Nimm mich mit.
Das geht nicht. Die Risse verletzen dich. Der gelbe Schwefel dampft, und die Unendlichkeit hat kein Ziel für dich und mich. Jetzt gehe ich.

Polarisierendes Licht, leuchtende Fensterscheibe. Verschwimmende Konturen. Staubsäulen in der Luft. Wände aneinander gelehnt, glänzender goldener Bilderrahmen. Hinter verschmiertem Glas eingezwängtes künstliches Familienlachen. Grünlicher Reflex auf dem Weiß der Zimmerdecke.
Es ist Morgen. Ein Sonnenlichtfleck kriecht über den Teppich. Klettert am Bettbein hoch, zerfließt auf der Bettdecke. Langsam erreicht er das Kissen, die blonden Haare der Schlafenden, die Feuer fangen, funkelnd auflodern.

Dämmerung. Heller Himmel bricht durch das Gewölbe der Linden. Auf den Bänken des Parks hockt Dunkel.
Ab und zu kommt Wind auf, rotgoldene Blätter rascheln.
Leise Schritte im frisch gefallenen Laub. Gleichzeitig klackende Damenstiefel und Herrenschuhe.
Eine Reihe leerer Bänke. Auf einer eine vergessene Zeitung.
Deutlich hörbar gedämpfte Schritte. Und wieder und wieder. Tropfen fallen auf das Zeitungspapier und weichen es langsam auf. Leichenflecken des Herbstes.
Es beginnt zu regnen.

Wer bist du?
Gesicht hinter deinem Gesicht hervor.
Bist du gekommen, damit ich dich sehe?
Damit du mich siehst, wenn du zu sehen einst wagst, wenn du hinter die Geheimnisse der Spiegel gelangst.
Bleibst du hier?
Das geht nicht. Nur solang ich das Blau in die Welt hineintrage. Solang mich die Schneeflocken schützen.
Nimm mich mit.
Das geht nicht. Die Risse verletzen dich.
Dampft der gelbe Schwefel?
Und die Unendlichkeit hat noch kein Ziel für dich und mich. Jetzt gehe ich.
Kommst du wieder?
Wenn du die Verspiegelung der Lichter durchschaust.
Wenn du hinter die Spiegel der Geheimnisse kommst.
Wenn sich der gelbe Dampf blau gefärbt hat und dich die Schneeflocken schützen.

Sie erwacht. Scharfes Licht blendet sie, die Fenster funkeln. Grün legt sich auf das Weiß der Wand.
Komm nur, komm, Taumel des Neubeginns! Die Muskeln straffen sich und die wirre Empfindung kommt wieder ins Lot. Ruh dich noch aus, ruhe aus, solange die Kraft Glied für Glied durchdringt. Bis das Licht das schiefe Halbdunkel aus deinen Zellen fegt, die zerschlissene Nachtzeit. Bis die Spiegel sich langsam ordnen, ihren schemenhaften Geistertanz beenden, um sich vor deinem Körper zu verneigen.

Immer dichtere Dunkelheit. Aufflammende Quecksilberdampflampen im sprühenden Regen, wie sie sich mit Regenbogenfächern umgeben. Die Linden stecken die Köpfe zusammen, auf ihren Ästen fiebergeschüttelte Liebe. Um die schreitenden Damenstiefel und Herrenschuhe herum das Glänzen von Pfützen; darin zerschnittene, zitternde Streifen von Leuchtreklamen.

Wer bist du?
Gesicht hinter deinem Gesicht hervor.
Damit ich dich sehe?
Damit du mich siehst, wenn du zu sehen einst wagst.
Wenn ich hinter die Geheimnisse der Spiegel komme?
Wenn du die Verspiegelung der Lichter durchschaust.
Ich hör' nur deine Stimme. Wo ist denn dein Gesicht?
Mein Gesicht ist in deinem Gesicht verborgen. Du wirst mich sehen, wenn die Unendlichkeit ein Ziel für uns hat, wenn das Verborgene von selbst kommt, uns zu holen.
Dann nimmst du mich mit?
Dann ja.
Und sag mir, wohin?

Wo es keinen gelben Dampf gibt. Wo du das Blau neu erlebst.
Bleib noch.
Das geht nicht.
Dich schützen doch die Schneeflocken.
Es geht nicht.
Der gelbe Dampf wartet ja aufs Blau.
Es geht nicht.
Dann nimm mich jetzt mit.
Das geht nicht. Die Risse verletzen dich. Jetzt gehe ich.

Die Spiegel stehen einander gegenüber. Jetzt tritt sie dazwischen. Oh, diese verspielte Unendlichkeit! Geschwätzige Optik der Vervielfältigung. Hier ist dort und dort ist hier, rechts und links sind ausgetauscht. Was hinten war, tritt nach vorn, und was vorn war, drängt jetzt nach hinten. Sonderbarer, heikler Platztausch.
Und sie steht zwischen den Spiegeln. Ihr Körper aus flirrendem Licht zusammengefügt. Flächen zerspalten, zusammengehalten, Räume zerteilt, vereint, Dimensionen in Streifen gerissen, zusammengefügt.
Risse in der Raum-Zeit, verborgene Kraftfelder. Lichtsturm, erwachende, befreite Vorstellungen.

Schritte verlangsamen sich. Stiefel, Schuhe bleiben stehen. Die Spitzen drehen sich zueinander. Die Absätze der Stiefel heben sich.
Und wieder Schritte zwischen dichten Laubhaufen. Umrunden Pfützen, in Licht zerfallende, zerfurchte Spiegel.

Hier bin ich.
Ich sehe durch die Verspiegelung der Lichter.
Hier bin ich.

Ich komme hinter die Geheimnisse der Spiegel.
Hier bin ich.
Du bist Gesicht hinter meinem Gesicht hervor. Licht hinter verstecktem Licht hervor. Ich sehe dich. Nimmst du mich mit? Die Schneeflocken schützen nun auch mich.
Und die Unendlichkeit hat nun ein Ziel für dich und mich.
Und das Verborgene kommt von selbst, um uns zu holen.
Und der gelbe Dampf ist blau geworden.
Wir gehen.

Lichtsturm, aufgewühlte Raum-Zeit. Befreite Vorstellungen. Von Dimensionen her das Rätselhafte, hinter dem Rätselhaften hervor die Ankunft, jenseits der Ankunft die Unendlichkeit, aus der Unendlichkeit die ahnungsvolle Prophezeiung – so schickt die uferlose Hoffnung kleine weiße Lichtpapierschiffchen, daß begrenztes Sein flehe, wenn Licht dem Licht ins Gesicht sieht.
Und sie fällt; fällt, ihr blondes Haar in den Himmel getaucht. Fällt hinter das Licht, wo kein gelber Dampf ist. Wo sie das Blau neu erlebt. Fällt zwischen Spiegeln hervor, weil sie durch die Verspiegelung des Lichtes gesehen hat, weil sie hinter die Geheimnisse der Flächen gekommen ist.
Und sie fällt. Und die scharfen Risse verletzen sie nicht, denn winzige Schneeflocken schützen auch sie.

Nacht. Sie stehen lange vor einer Pfütze, über den faltigen Wasserspiegel gebeugt. Die Falten glätten sich, und sie sehen Gesichter hinter Gesichtern hervor, während still der gelbe Schwefel dampft.

Christina Kunze

Éva Berniczky

SCHLÜSSEL BEI DEN SCHMOLLS

»Endivien«, kam es plötzlich und selbstverständlich aus Jümps Mund, und die Zufriedenheit überstrahlte seinen fast kahlen Schädel. »Sie sollen noch keinem Neugierigen geschmeckt haben, der davon gekostet hat. Denn auch das gehört dazu, wenn man in fremde Gefilde fährt: Man muß alles ausprobieren, sich hineinsetzen, obendrüber und untendrunter laufen, hinunter- und hinaufsehen, überstülpen, die örtlichen Spezialitäten so richtig kennenlernen. Um sich danach schmatzend den Bauch wieder mit Székler Kraut vollzuschlagen. Ja, Endivien sind bitter, viel bitterer als Székler Kraut auf ungarische Art. Ich mag sie sehr«, schloß er und machte sich dennoch mit jener hemmungslosen Entschlossenheit an die Endivien, wie es Langzeitfastende zu tun pflegen.

Schon damals, als wir mit dem Auto, vorne grau und weiß Gott was für eine Marke, ankamen, hatte ich das Gefühl, richtig zu sein.

»Wir wohnen bei den Schmolls«, sagte Jümp und führte uns zu dem ziemlich seltsamen Einfamilienhaus in der Gartenstadt.

Im ersten Moment hätte ich gar nicht sagen können, was damit nicht in Ordnung war. Ziemlich schmal streckte sich das Haus in die Höhe wie die anderen hochstrebenden Häuser in Amsterdam. Auch hier gab es das Wohnzimmerfenster zur Straße, das an einen riesigen Bildschirm erinnerte und ungezwungen wie jedes Gebäude in der Provinz den unbewegten Alltag seiner Bewohner wie ins Schaufenster stellte oder ihre mobilere abendliche Welt wie im Kino preisgab. Wir standen noch draußen herum, dabei stellte ich mir schon vor, wie Jümp drinnen friedlich seine Pfeife reinigte und dabei ein Amstel trank. Durch das zimmergroße Fenster konnte ich gut die feinsten Einzelheiten erkennen, wie der Tropfen an der Wand des Glases herunterperlte und der große Zeiger weitersprang. Als die Uhr laut sechs schlug, war die Familie beisammen. Dann kam ich drauf, was mich störte. Die Fassade war so gestrichen wie die Zimmerwände eines ganz normalen Teenagers. Der Besitzer des Hauses hatte es wohl für angebracht gehalten, der Welt aufrichtig und naiv zu zeigen, was für ihn wichtig war. Jümp begann seine Sammlerleidenschaft schon auf der Straße zu demonstrieren. Der Eingangsbereich glich einem üppig geschmückten Weihnachtsbaum! Da konnte beim Betrachter keine Langeweile aufkommen, es vergingen Minuten, bis wir sämtliche Straßen-, Namens-, Wappen-, Verkehrs- und Firmenschilder (auch das der Schmolls), Bahnhofs- und Reklameaufschriften gelesen hatten – nur um sicher zu gehen, woran wir mit den Bewohnern des merkwürdigen Hauses waren. Von da an fühlte ich mich sogleich wie zu Hause.

»Das ist es, wir haben es endlich gefunden«, flüsterte ich dir zu, und du sahst mir an, wie ich, ohne ihn überhaupt zu kennen, so voreingenommen und unwiderruflich für Jümp schwärmte. Die Fremdheit schwand aus mir wie die Angst vor Fledermäusen an den Sommerabenden meiner Kindheit, als ich stundenlang kopfüber am lückenhaften Gebälk der halbfertigen Tribüne gebaumelt hatte, um zu zeigen, wie gern ich mutig wäre. Vielleicht war ich das auch, nur hat das nie jemand in meiner Umgebung wahrgenommen.

»Es lohnt sich nicht zu kosten, es ist bitter«, setzte Jümp mit sturer Aufrichtigkeit fort und machte sich ans Werk.

Endivien. Zichorien, wirklich eigenartig bitter, aber ich werde sie mögen.

Jümp war fleißig dabei. Keine überflüssige Bewegung, keine eingeschliffene Manier, keinerlei elegante Geste oder leere Pose. Mit äußerster Aufmerksamkeit stach und schnitt, schnitt und stach er. Mit Messer und Gabel zerkleinerte er die Kartoffelstücke (sprich: Salzkartoffeln) und das Steak, dann übergoß er das Ganze mit Endiviensoße und rührte den Tellerinhalt gründlich durch. Am Ende hatte er einen Pamps von ziemlich zweifelhaftem Aussehen. Das störte ihn jedoch keineswegs, und wie jemand, der seine Sache gut gemacht hat, legte er Messer und Gabel beiseite und begann das Durcheinander entspannt mit dem großen Löffel zu essen.

»Ich bin kein Durchschnittsholländer«, erklärte er, während er die zähesten und sehnigsten Stücke zerbiß. »So ein Wundertier habe ich übrigens noch nicht getroffen. Die Statistiken ärgern mich und auf vorgefaßte Meinungen kann ich verzichten. Denke nicht von mir, daß ich dir gegenüber kalt und unwirsch bin, wie man das von mir erwartet. Ich mag die Welt im Wandel.«

Dort, wo sonst das Meer wogt, ist Laufen wirklich aufregend. Tief atme ich die Luft ein und staune, daß man auch so, ganz allein, schwebend, schwerelos, die Geheimnisse des Meeres bewahren kann. Die Kanäle zerteilen das Land in Würfel, die Kühe sind dumme Figuren auf einem riesigen Schachbrett, du kannst sie setzen, sie gehen von einer Farbe zur anderen, wohin die riesigen Windräder das Schwarz-Weiß treiben.

Monate später wurde nachts im Radio gemeldet: In Holland haben auf den zugefrorenen Kanälen ausgedehnte Wettkämpfe im Schlittschuhlaufen begonnen.

Auch handbreitdickes Eis ist ein Spiegel der Welt. Wenn in den Gräben das Wasser gefroren war, wollten wir uns nur noch dort fortbewegen, wild gleitend und rasend, bis das Eis dünner wurde und je nach Gewicht früher oder später knackte und die vielen kleinen Filzstiefel gierig die schmutzige Brühe tranken. Wie oft patschten wir mit Reif an den Füßen nach Hause!

Schlittschuhwettlauf auf zugefrorenen Kanälen. Ich recke meinen Kopf. Ich sehe Jümp, er hat sich seine Schlittschuhe angeschnallt und entschwindet in der Unendlichkeit.

»Und was wird dann mit den vielen Kühe von den einzelnen Poldern?«

Du lachst nur über mich. Daß mir so etwas Dummes einfällt!? Aber ich bleibe dabei. Das will mir nicht in den Kopf. Sie stehen wahrscheinlich dumm da, festgefroren in ihrer Verwunderung, und gaffen nur, wie die wettlaufende Menge vorbeigleitet. Ich suche nach Jümp. Ich würde ihm sagen, daß Tante Boró jeden Morgen mit der Pünktlichkeit eines Uhrwerks die Milch brachte. Großmutter meinte, sie könne es sich erlauben, ihr Herr würde ihr verzeihen. Das verwunderte mich ungemein, ich hielt es sogar für großen Unsinn. Der Rand des strahlend weißen Tuches der Milch tragenden Frau war so schneidend wie die morgendliche Kälte. Jahrelang grübelte ich über die Äußerung der

Großmutter, suchte nach der Logik. Bis wir später Milch aus dem Laden kauften, hätte es für Tante Boró schlimm kommen können. Vielleicht hätte ich vieles sofort verstanden, wenn ich wenigstens einmal einen Schluck aus der roten Kanne getrunken hätte. Seit ich das Amstel gesehen habe, weiß ich genau, warum das so benannte Bier diesen Geschmack besitzt.

Widersprüche können sehr gut nebeneinander bestehen, solange eifrige Außenstehende nicht versuchen, die klaren Unterschiede zu verwischen und sich nicht bemühen, das eine nach dem Bild des anderen zu formen. Was für ein Genuß, im anderen heimisch zu sein, wenn wir von unseren bekannten Orten genug haben und uns unsere ständig wiederkehrenden Sätze, die irgendwann für gehaltvoll gehaltenen Gedanken und die ordentlich gebügelten, zusammengelegten und weggepackten Prinzipien tödlich langweilen.

In Amsterdam bieten sich gegenüber der Oude Kerk die Prostituierten an, das ist ihr Platz, und da ist nichts dabei. Die Miete muß horrend sein in der Nachbarschaft der Kirche, aber sie zahlen sie. Am Sonntag, wenn die Gläubigen zum Gottesdienst kommen, haben die Schönheiten taktvollerweise geschlossen.

»Stell dir vor, bei uns hat man seinerzeit ein atheistisches Museum in der Kirche eingerichtet«, sage ich zu Jümp, »als Kinder fanden wir daran nichts Verwerfliches. Wir glaubten, das muß einfach so sein.«

Einigen von uns fiel jedoch auf, daß die Leute aus dem Dorf nie einen Fuß hineinsetzten. Den Museumsschlüssel verwaltete Szidike mit grenzenloser Ernsthaftigkeit, als hätte sie geahnt, daß das keine beliebige Aufgabe war. Genau dafür hatte Gott auch die kleine klapprige alte Jungfer geschaffen, nicht etwa für die Liebe und Mutterschaft, sondern für die Schlüsselverwaltung. Wenn sich das dürre Persönchen näherte, hörte man die gestärkte Schürze schon von weitem knistern. Sie verrichtete hier heiter ihre Arbeit, wie sie auch in unserer Schule ähnlichen Pflichten nachzugehen hatte. Wenn sie zur Pause klingelte, mochten wir sie sehr. Wir rannten dankbar zu ihr hinaus, wenn sie uns vor der Leistungskontrolle gerettet hatte; sie aber lächelte nur, und die Sommersprossen hielten dann ihr Gesicht zusammen.

Zuerst läutete sie die mächtige Glocke im Schulgebäude auf der einen Straßenseite (wie sie das schaffte, weiß ich bis heute nicht!), dann ging sie über die Straße und läutete auch für die Schüler der 7. und 8. Klasse im gegenüberliegenden Gebäude. Merkwürdig war, daß man die Zeit zwischen dem beiden Läuten nicht mit der Uhr messen konnte. Beide Klingelzeichen fielen fast zusammen, und schließlich schien es, als ob es nur einmal geläutet hätte, was völlig unmöglich war, aber uns kam es so vor. Das brachte allerdings nur Szidike fertig, niemand anderes.

Sonntags hatte das atheistische Museum in unserem Dorf geschlossen, weil Szidike mit dem Schlüssel in die Stadt in die Kirche ging. Ich sah sie jeden Sonntag, weil mich Großmutter auch dahin mitnahm. Während die gute Alte mich am Rock zog, damit ich aufstehen, mich hinsetzen, singen, die Hände falten, das Vaterunser murmeln sollte, fror ich, und zwar sehr. Es war kalt und feucht in der Kirche. Ich mußte ständig an die Konditorei denken – wenn es auch Sünde war – und mir den Kopf darüber zerbrechen, welches Eis ich heute nehmen würde: Vanille, Schoko, Karamel, vielleicht Frucht oder lieber Softeis. Etwas, das wir damals eigentlich noch nicht so nannten. Wir erwähnten es mit vornehmer Zurückhaltung: eins zu 21 und eins zu 28 Kopeken. Ersteres verbarg unter dem Schokoladenguß Vanille, letzteres Schoko und war zudem manchmal reichlich mit Haselnußstückchen bestreut. Während ich ganz ohne Gewissensbisse an diese Dinge dachte, fiel mir Szidike in ihrer Festtagsgarderobe auf. Suchend blickte ich auf ihre Tasche am Kleid, ob sich wohl der Schlüssel darin abzeichnete.

Seit damals habe ich etwas gegen Museen. Wenn ich vielleicht gewußt oder wenigstens einmal gesehen hätte, wer die mächtigen Türen der Bildergalerien und Ausstellungsräume öffnete und wieder schloß, hätte mein Kopf angesichts der sich ergießenden Fülle an obligatorischen Sehenswürdigkeiten vielleicht nicht so sehr geschmerzt.

Wir warteten seit einigen Minuten, ungeduldig von einem Fuß auf den anderen tretend, zu fünfzig, vielleicht sogar zu hundert vor dem Reichsmuseum, als der Mann mit den Handschuhen erschien. Er war plötzlich aus unserer Gruppe ausgeschert. Wir wunderten uns, obwohl jeder der dort Herumstehenden gewußt hatte, daß jemand kommen, das schwere Tor öffnen und uns hineinlassen würde. Und doch erschraken wir wie auf frischer Tat Ertappte, als einer aus der Menge vortrat. Meiner Ansicht nach hatte er schon lange bei uns gestanden und beobachtet, ob wir es wert seien, hereingelassen zu werden. Er ähnelte Szidike nicht.

Höflich, aber distanziert antwortete er auf die Fragen der hereinströmenden Gästen, ich hörte ihn in mindestens vier Sprachen sprechen. Aber der Schlüssel ... Oh, wenn Szidike den sehen würde! dachte ich erschauernd. Sie würde ihn sicherlich sofort erkennen. Die charakteristischen drei Schnörkel! Sie würde ihn zärtlich berühren, und wenn die vom Waschen gezeichneten Fingerkuppen an der bekannten Verschnörkelung des Schlüsselkopfes innehielten, würde sie schnell dreimal hintereinander nicken. Ja, ja, das ist er, das ist er, würde sie flüstern. Ihre Sommersprossen würden augenblicklich verschwinden und ihr Gesicht in kleine Teile zerbröseln.

Die ungeduldig Wartenden nahmen von alledem nur so viel wahr, daß der Mann mit den Handschuhen das schwere Tor öffnete. Dann sahen wir noch, wie er mit einer legeren Handbewegung den Schlüssel, Szidikes Schlüssel, in die Tasche gleiten ließ. Uns jedoch blieb keine Zeit, zu Ende zu denken, was wirklich geschah, denn er trieb uns sofort in Richtung Rembrandt.

Vergebens machte sich die Nachtwache über die ganze Wand breit, einige von uns entdeckten doch ihren Jan Vermeer, der leicht und ohne Anstrengung mit dem Licht und mit uns spielte, jenen Maler, der unserer Meinung nach seiner Zeit zu trotzen wagte und mutig in das starre 17. Jahrhundert ein kleines biegsames zwanzigstes zu bringen vermochte, was natürlich empörend und dennoch einmalig elegant war.

»Ein großer Maler«, nickte Jümp, womit er uns ein wenig die Freude nahm.

Uns wäre es lieber gewesen, wenn er uns bewundert hätte. Na sowas, das also hat euch im Reichsmuseum beeindruckt?! Aber das ist doch ein unbedeutender kleiner

Maler, den niemand kennt. Oder wenn er zu fragen begonnen hätte, weil ihn das unheimlich nervt oder sogar beleidigt, daß ausgerechnet wir in seiner Heimatstadt ein so riesiges Talent entdeckt haben.

Die einzige Genugtuung, die uns blieb, war unser guter Instinkt für Stil, wenn wir auf den ersten Blick einen der besten Maler ausgewählt hatten.

»Am besten gefällt mir das Bild, das ich täglich ansehen kann, weil es dort neben meinem Bett hängt«, sagte ich zu Jümp anstelle des verschwiegenen Textes.

Es vergingen Jahre, bis ich selbst die kleinsten Risse darauf erkennen konnte. Die Farben deute ich heute so, wie ich will, ganz nach Belieben: manchmal lustig-verspielt, manchmal traurig-bedrückt. Und ich bedauere überhaupt nicht, daß es nicht von Rembrandt ist, wer weiß, warum. Eine furchtbare Vorstellung, im Museum zu wohnen.

Du bist damit schon lange im reinen, aber woher zum Teufel kennt Jümp meine Gefühle? Dafür gibt es nur eine Erklärung: Wenn ich in Holland leben würde, wäre ich am liebsten Jümp. Ich würde allabendlich Endivien essen, und wenn du mich besuchen kommst, würde ich dich warnen, paß auf, ich bin kein Durchschnittsholländer. Außerdem sind Endivien bitter, du brauchst sie gar nicht zu kosten, sie werden dir sowieso nicht schmecken. Am Sonntag würde ich mich so nach drei auf dem Sofa ausstrecken, meine würzige Pfeife anstecken und meine Uhrensammlung, aufgehängt an einer Eisenbahnstange, untersuchen. Manchmal würde ich bei einem lange nicht gesehenen Stück aufschreien: Ach, hier ist das und nicht auf dem Dachboden zwischen den abgelegten Sachen?! Die Erkenntnis würde mich wohltuend durchströmen, und das wär's dann bis zum Abend.

Du würdest dann in Schipol schon auf den Abflug deiner Maschine warten. Beim Einchecken würde die junge Holländerin, wenn sie deinen Paß nimmt, wohlwollend fragen, ob du das Ticket richtig gelöst hast, du bist doch kein ungarischer Staatsbürger und ob dir denn dadurch in Budapest keine Probleme erwachsen werden? Du lächelst und beruhigst sie. Das kann sie nicht verstehen.

Dann wartest du geduldig. Bis alle Tulpenzwiebeln des Flughafens von den ungarischen Staatsbürgern aufgekauft sind. Man kann sie daran erkennen, daß sie die Zwiebeln tauschen: rote in weiße, schwarze in geflammte. Und das machen sie ziemlich auffällig. So ist die Vielfalt billiger. Genug.

Auf dem Flughafen Ferihegy 2 kannst du deinen Gepäckwagen nicht lösen. Die Münze hast du aus Versehen nicht in den ersten, sondern in den darauffolgenden Wagen gesteckt. So hält der erste den schon bezahlten zweiten gefangen. Du stehst unglücklich da und wartest, daß jemand endlich diesen verfluchten störenden Wagen wegnimmt und du deinen befreien kannst. Aber niemand will dir helfen, obwohl es ihn kaum etwas kosten würde. Genau 20 Forint, so wie dich auch. Der kleine untersetzte Ungar mustert dich: Na und, wen interessiert es, dein Pech, bestimmt willst du schnorren?! Dir fällt die holländische Beamtin ein, die sich so um dich gesorgt hatte. Wie hat sie das alles wohl vorherahnen können?!

Schon steckst du den zweiten Zwanziger rein, damit du dich bloß nicht mit dem Dummkopf identifizierst, der du jetzt eigentlich bist. Du siehst zu, wie er trampelt, von einem Fuß auf den anderen tritt. Du denkst daran, wie gut ich es habe, der ich jetzt Jümp bin.

Im abendlichen Amsterdam werden jetzt gerade die Jalousien heruntergelassen. In der Erinnerung wird das feine Motorengeräusch zu grobem Krach, so wie der kleinliche Abend die bunten Schaufenster trübt.

Mich würde nicht einmal trösten, wenn jemand mit Blumen auf dem Flughafen warten würde. Nur weg von hier. Welch ein Glück, daß du noch nicht zu Hause angekommen bist.

Bei den Schmolls beginnen die zerbrechlichen Details am Abend zu leben: Ein Tropfen perlt am Glasrand herunter, unerwartet springt der große Zeiger weiter. Als die Uhr laut sechs schlägt, ist die Familie beisammen. Der Schlüssel aller Geheimnisse klappert neugierig in Jümps reicher Sammlung. Darunter prangt auf dem auffälligsten Platz der mit den drei Schnörkeln. Der Mann mit den Handschuhen, der aus dem Museum, hat auch heute nicht vergessen, den Schlüssel wie immer nach der Schließzeit abzugeben, bis zum Morgen braucht er sich nicht darum zu kümmern.

Ich lausche. Ein leichtes Tacken zerschneidet die Stille. In mir ticken kleine und große Zeiger. Ich mache mich für morgen fertig, so als wenn Jümp mit einem Mal seine gesamte Uhrensammlung aufzöge, und spule tickend ab: Ich werde selbstbewußt, entschlossen und zielstrebig sein. Die Zahnräder zerkrümeln und mahlen. Das unzählige kurze Ticken geht in ein starkes, endloses Summen über, als stelle der Meister der Weltzeit die Turmuhr. Die Konstruktion wächst, wird immer größer, bis sie über den Amsterdamer Markt hinauswächst. Irgendwo füttert ein dunkelhäutiger Pfarrer Tauben. Sein Sekretär hat ein paar Meter weiter einen Beutel Vogelfutter von einem Kärrner gekauft. Niemand kennt die Seele der Fütterer besser als der Verkäufer. Wenn sich die Tauben auf ihre schwarzen Schultern setzen, fühlen sie sich wenigstens für einen Augenblick heilig. Die Pfarrer oder die Tauben? Egal. Der Marktplatz, das ist überall ein Marktplatz, und die Turmuhr ist auch hier unerreichbar, dabei ist das nicht mehr Amsterdam.

»Haben Sie Schmoll-Paste?« Mit dieser Frage standest du eines Abends vor der Tür.

»Natürlich, welche Farbe soll es sein?« fragte Jümp interessiert und geleitete dich zufrieden ins Haus.

Drinnen deckte er dann die Reisetruhe, wir setzten uns in die uns vorbehaltenen samtenen Kinosessel, auf die Plätze 38 und 39, er zündete die Eisenbahnlampen an und stellte die Weichen um. Die Züge in uns konnten nach Hause fahren.

Christine Schlosser

Ádám Bodor

DER GERUCH UNSERER VERWANDTEN

An dem Abend, bevor die Herskovits-Schwestern aus dem fernen Ruthenien im Flüchtlingslager eintrafen, waren wir in Opicina zu zweit daheim im Steinhaus und warteten auf Vater. Ich ordnete meine gepreßten Blumen, die ich auf der Hochebene gesammelt hatte, für die Ausstellung des Naturkundezirkels am nächsten Tag, Marie-Luise löste Kreuzworträtsel. Sie lag im Hauskleid bäuchlings aufs Bett gestreckt, ab und an zuckte ihr Bein, solange, daß ihr schließlich ein Pantoffel vom Fuß rutschte. Ich sah hin, und plötzlich – ich weiß nicht, was in mich gefahren war – kniete ich mich ans Bettende und zog ihr den weichen Lederpantoffel mit langsamen, fachkundigen Bewegungen, wie ein Garderobenmeister, wieder an und setzte mich dann an meinen Platz, neben die getrockneten Blumen, zurück. Vielleicht etwas zu spät: mein Finger war bereits auf der sensiblen Wölbung zwischen Sohle und Knöchel auf das Pochen einer Ader getroffen, und die Wärme ihres Körpers hatte mich innerhalb eines Augenblicks durchflutet. Es war das erste Mal, daß ich sie berührte. Marie-Luise war Vaters Geliebte. Ich erinnere mich gut an jenen Abend, denn am Morgen danach traf Vater ein und mit ihm, was die Hauptsache war, die Herkovits-Schwestern.

Die beiden Frauen, die, wenngleich ein wenig abgerissen, doch wundervolle Namen trugen, Hortensia und Ambulancia, kamen nach dem obligatorischen Bad und der Desinfektion gleich in Quarantäne, denn es entströmte ihnen ein hartnäckiger und beißend schwerer Geruch von unbekannter Herkunft, der selbst nach mehrmaligem Duschen und gründlichem Abschrubben nicht aus ihrem Umkreis weichen wollte. Im Lagerbüro entschied man, daß sie mit niemandem in Berührung kommen dürften, ehe sie sich nicht einer gründlichen Untersuchung unterzogen hätten. Der Flachbau der Isolierstation stand einsam am Ende des Hofs, die Fenster vernagelt, die Tür vergittert, und drinnen brannten Tag und Nacht riesige Lampen, die weißes Krankenhauslicht verbreiteten, damit man auch von draußen jederzeit die drinnen verwahrten Personen beobachten konnte.

Mit ihnen Kontakt aufnehmen konnte man durch eine separate Telefonleitung, eine Regelung, von der nur die Ärzte ausgenommen waren. Die Apparate waren in der Nähe des Fensters angebracht, damit die Gesprächspartner einander auch sehen konnten. Wir wohnten damals schon außerhalb des Lagers. Vater hatte ein kleines Steinhaus noch jenseits der Vorstädte, auf der Hochebene von Opicina, gemietet.

Die Herskovits-Schwestern hatte Vater aus den Karpaten hergeführt, hatte sie über etliche Grenzen geschmuggelt, noch bevor sich der harte Winter zwischen den Bergen und Tälern der Tescovina einstellte. Einige Wochen zuvor, irgendwann Anfang Oktober, hatte er sich auf den Weg gemacht, um sie zu holen. Eines Abends wurde er während des Abendessens plötzlich still, sein Gesicht unter dem kurzen Bart unergründlich, und daraus, wie er den Blicken auszuweichen begann, wurde klar, daß er wieder zu tun bekommen hatte, daß er bald den mit Dollarscheinen und falschen Papieren prall gefüllten wasserfesten Beutel unter seinen Lenden befestigen und sich auf seine gefahrvolle Reise begeben würde.

Auf seinem Zündapp-Motorradgespann fuhr er los, als wolle er nur wegen irgendeiner Heilkräuterangelegenheit zu einer der benachbarten Siedlungen hinüberschauen. In Wahrheit benutzte er das Motorrad gar nicht lange; kaum waren die Rücklichter auf der Anhöhe zwischen den Häuschen und blinkenden Feuern der Kalkbrennerei verschwunden, stellte er die Maschine in einem Hof im Dorf ab und reiste von dort aus per Bus, Bahn, Pferdegespann und schließlich zu Fuß weiter. Wenn er auf diese Weise verschwand, dann wußte man, daß er etliche Wochen nicht mehr auftauchen würde.

Der Herbst neigte sich seinem Ende zu, die Kräuterernte war gerade abgeschlossen. Jetzt folgte das Mahlen, Portionieren und Verpacken der Pulver in verschiedenfarbige, unterschiedlich beschriftete Döschen, die die Auftraggeber schon früher abgeliefert hatten. Nachmittags, nachdem ich aus der Schule gekommen war, verrichtete ich diese Arbeit zusammen mit Marie-Luise. An ruhigeren Tagen, wenn man nicht fürchten mußte, daß der Wind die trockenen Pflanzenpulver fortbläst, setzten wir uns ins Freie, an den Steintisch unter den Zedern, und rebelten und portionierten still vor uns hin, während um uns herum im trägen Sonnenschein herbe Düfte durch die Luft schlängelten, die uns an herrliche Salate erinnerten und an die Vergänglichkeit.

Wenn Vater nicht gerade auf einer seiner Schmuggeltouren durch ferne Wälder streifte oder über fremde Wasser glitt, beschäftigte er sich mit dem Sammeln von Kräutern, hauptsächlich von Lavendel. Seine Geliebte Marie-Luise wohnte natürlich bei uns.

Vater war kurz vor seiner letzten Abreise von zwei vornehmen Fremden, einem Mann und einer Frau, aufgesucht worden. Die Besucher kamen mit einem metallicgrauen Lamborghini-Sondermodell, waren Verwandte der Herskovits-Schwestern und gerade auf der Suche nach Mitteln und Wegen, wie sie ihre fernen Angehörigen aus dem Land schmuggeln lassen könnten. Untereinander wechselten sie einige leise Worte auf ruthenisch, und obwohl Vater diese Sprache auch nahezu perfekt beherrschte, waren sie nur über einen Vermittler bereit, mit ihm in Kontakt zu treten, mit Hilfe jener Marie-Luise, die im übrigen die offizielle Dolmetscherin des Flüchtlingslagers war. Die Sache sah merkwürdig aus: es schien, als wollten sie das Wort nicht direkt an Vater richten, an eine Person, deren Tätigkeit sie zutiefst verachteten. Vater mußte das gespürt haben, denn er verlangte unter Berufung auf den späten, kühlen Herbst, das kalte Flußwasser und den morgendlichen Rauhreif das Mehrfache des üblichen Preises.

Vaters Methode war übrigens die folgende: Gemeinhin kam er nach Einbruch der Dunkelheit, wenn nicht gerade in der tiefsten Nacht, am Ufer des Grenzflusses an. Dort ließ er seinen Schützling die Kleider ausziehen, die er dann in einen wasserfesten Foliensack verstaute. Den Körper des Flüchtlings beschmierte er gegen die Kälte mit Öl oder Wagenfett und ließ ihn über den Fluß zum anderen Ufer schwimmen. In ein anderes Land. Dabei spielte es keine große Rolle, ob die Person schwimmen konnte oder nicht, denn Vater band sie an schwimmende Wurzeln, die den Körper nicht untergehen ließen. Die Grenzwächter hielten sie, auch wenn der Lichtkegel ihrer Scheinwerfer manchmal an den im Dunklen aufblitzenden Wurzeln hängen blieb, für Geweihe, dachten, sie sähen wanderndes Damwild, das seiner uralten Route folgend den Fluß überquerte. Vater hatte sie gewiß bestochen.

Als ob er es von vornherein geahnt hätte, mit was für einer bedenklich duftenden Fracht er Wochen später am Tor des Flüchtlingslagers ankommen würde, verlangte Vater also diesmal unverschämt viel. Und die Verwandten der Herksovits-Schwestern zahlten ohne zu feilschen – offenbar hingen sie sehr an ihren Angehörigen. Vor langer, langer Zeit schon hatten sie ihre Minen, ihre riesigen Wälder in der Bukovina, die Weiden in Galizien verloren und waren nach Davos gezogen, der Wohlstand aber war ihnen auch dort treu geblieben. Der Reichtum zeigte sich bei ihnen jedoch nicht in Ketten, Ohrgehängen, goldenen Armreifen, sondern eher im edlen Fall der Kleiderstoffe, in der zurückhaltenden Sprache, der Frisur, in den geheimnisvollen Feuern, die zwischen den Locken verweilten, in den perlmuttfarbenen, matten Fingernägeln und vor allem im feinherben Duft, der noch Tage nach ihrem Besuch selbst durch die Schwere des Lavendeldufts hindurch in den Zimmern zu spüren war.

Diese ganze Sache mit der Schmuggelei, mit Vaters unergründlichen Reisen, seinen geheimnisvollen Verbindungen hatte vor ziemlich langer Zeit, kurz nach unserer Ankunft, begonnen. Kaum waren wir zerzaust, schlammbesprenkelt und zerlumpt eingetroffen, verbreitete sich im Flüchtlingslager die Kunde, wie raffiniert Vater die Flucht geplant hatte, als er sich unter einer schwimmenden Wurzel versteckte und als Rotwild getarnt die Grenzflüsse überquerte. Und wie viele Jahre allein die Vorbereitung in Anspruch genommen hatte, bis er nach ausdauerndem, fleißigem Training erreichte, nur durch leichte Bewegungen der Füße riesige Entfernungen zurückzulegen, ohne daß auch nur ein leises Plätschern seinen Weg verriet. Und daß er allein schon am Ton und an der Farbe des Wassers dessen Temperatur erkannte und rein vom Gehör her bereits wußte, wieviel Öl oder Wagenfett für das Einschmieren nötig sein würde, um sich nicht zu erkälten. Aber da sich Vater dieses Wissen ausschließlich angeeignet hatte, um mit mir zusammen die Heimat für immer zu verlassen, wollte er anfangs überhaupt nichts davon hören, anderen – wenn auch gegen sehr gute Bezahlung – mit seiner Methode zu helfen. Schließlich aber mußte er doch nachgeben. Bevor er sich endgültig geschlagen gab, wurde er von einem ganz in Schwarz gekleideten Mann besucht, der im Mund silberne Zähne und an der Hand eine Tätowierung trug. Der Mann war der Erzbischof von Tescovina, der vor seiner Priesterweihe als Oberst bei den Dobriner Gebirgsjägern gedient hatte. Von Marie-Luise wußte ich, daß auch Vater eine Zeitlang – das war natürlich schon lange her – für die Gebirgsjäger gearbeitet hatte.

Die Herskovits-Schwestern kamen an einem Morgen im Spätherbst an, Vater brachte sie im Beiwagen seiner schäbigen alten Zündapp in die Stadt. Sie tauchten aus dem gelblichen, weichen Nebel auf, der morgens die Umgebung der Bucht bedeckt. Den letzten Abschnitt des Wegs legten sie zu Fuß zurück, Vater ging voran, gerade als gehörten sie nicht zusammen, oder als würde er vor ihrem Geruch fliehen. Am Tor des Lagers zeigte er ihnen das

Empfangsbüro, wo sie sich melden sollten. Auf dem Weg nach Hause kaufte er einige knusprige Hörnchen, frühstückte, legte sich hin und schlief fünf Tage ohne Unterbrechung.

Die Herskovits-Schwestern hatten nichts von der Vornehmheit und Würde der reichen Davoser Verwandten, allenfalls die Statur. Sie waren klapperdürr, ja ausgemergelt. Zu zweit trugen sie eine alte Kindersonnenbrille mit Horngestell, die sie sich manchmal gegenseitig von der Nase rissen, außerdem waren sie fast vollkommen gleich gekleidet. Ihre Kleidung bestand trotz des späten Herbsts nur aus einem einfachen grauen Leinenkleid mit weißem Kragen; an den Füßen trugen sie ausgetretene Sandalen, und auf dem Kopf wippte eine Art Häubchen wie bei manchen religiösen Fanatikerinnen. Und dann dieser furchtbare Gestank, den sie verbreiteten. Nach dem obligatorischen Bad geleitete man sie unter Aufsicht sofort in die Quarantäne.

Im übrigen sprachen die Herskovits-Schwestern ausschließlich ruthenisch, weswegen man Marie-Luise noch am selben Tag ins Lager bat, damit sie dolmetschte. Vater schlief da schon längst, also begleitete ich sie in die Stadt, bis zum Lagertor. Für eine Frau war es damals nicht ratsam, sich alleine zu zeigen; überall trieben sich ausgehungerte, gierige Flüchtlinge herum. Zudem war Marie-Luise trotz ihres kleinen Wuchses ein sehr ansehnliches Geschöpf, nicht selten blieben sogar die Blicke der Frauen an ihr hängen. Ihre braune Gesichtshaut war um die gebogene Nase herum mit Sommersprossen gesprenkelt, die Augen waren mandelförmig, die Haare glatt und schwarz. Wenn sie in die Stadt ging, trug sie Lederkleider, die sich an ihren Körper schmiegten, zu Hause aber hatte sie meist nur ein rosa-rot-blau gemustertes Hauskleid an, unter dessen Saum ihre marmorweißen Knöchel hervorblitzten. Es war wohl nicht allein ein Werk des Zufalls gewesen, daß ich dort jede Ader ertastet hatte.

Nachdem Vater erwacht war, wollte ihn der Lagerkommandant sehen; vielleicht hätte er ja eine Erklärung für den Geruch der Herskovits-Schwestern. Vater aber zuckte nur mit den Achseln, nein, er wisse nichts. Die nachlässige Handbewegung sagte indes auch: Selbst wenn er etwas wüßte, hielte er es nicht für sinnvoll, es irgend jemandem zu erzählen, denn: »Die hier begreifen doch sowieso nichts.«

Was denn tatsächlich mit den Herskovits-Schwestern passiert war? Nun, im Grunde gar nichts Besonderes. Eine ganz gewöhnliche Sache, könnte man sagen. Der vergangene Winter war in ihrer Gegend außergewöhnlich kalt geraten, rauhe Winde hatten die Täler der Tescovina heimgesucht, und wer nicht als gewöhnlicher Eisblock enden wollte, vergrub sich noch rechtzeitig in den tiefsten Tiefen der Müllberge, die die Stadt umgaben. Die tödliche Jahreszeit des Frosts überdauerten die Leute in der Tescovina in Sicherheit, in der lebensspendenden Wärme des Abfalls.

Damals wurde der ganze Müll der angrenzenden Gebiete und der benachbarten Länder in der Tescovina gelagert. Davon lebte der Bezirk. Die stetig wachsenden Müllberge verbargen nach einiger Zeit die Stadt vor den Augen der Ankommenden, später wuchsen sie sogar über die benachbarten Hügel hinaus. Um den Müll streiften in verschiedenfarbigen Horden die Füchse herum, ihre Gänge durchwoben den Abfall; in die tangigen Ranken des Dunsts, der über den Hügeln schwebte, nahmen Elstern, Krähen, Stare ihr Bad, und auch die letzten Sperber und schwarzen Adler kamen hierher. Die Herskovits-Schwestern wollten gar nicht so recht hervorkriechen, bis sie in ihrem ewigen Dämmerschlaf beide gleichzeitig denselben Traum sahen: Ein Mann mit ergrautem Bart würde sie unter ihrer alten Adresse suchen. Also stolperten sie halb blind ans Tageslicht, und ihre erste Tat war, aus den Tiefen einer Schublade jene alte Kindersonnenbrille hervorzukramen, die sie dann abwechselnd trugen. Zum Naschen, zum Knabbern kehrten sie noch ab und zu in die winterliche Höhle zurück, ansonsten saßen sie Tag und Nacht vor dem Tor und warteten auf den erträumten Fremden wie auf einen geheimnisvollen Brautwerber, bis der in Vaters Gestalt dann tatsächlich bei der angegebenen Adresse eintraf. Von ihrem eigenen Geruch ahnten sie nichts, und nachdem Vater sie auf die übliche Art und Weise durch die Flüsse hatte schwimmen und sie jenen Reichtum hatte ahnen lassen, den das Äußere der Davoser Verwandten verhieß, verstanden sie nun nicht, was all das sollte: die vernagelten Fenster, die Telefoniererei, die strenge Welt der Quarantäne. Sie konnten nicht wissen, daß ein Geruch, den sie niemals auch nur für einen Augenblick gespürt hatten, für ihr ganzes Leben oder noch darüber hinaus, für immer, in sie eingedrungen war.

Von alledem wußten natürlich auch die Davoser nichts. »Was habt ihr denn bloß?« erkundigten sie sich durch das Telefon der Isolierstation mit leiser, bitterer und besorgter

Stimme. »Damit wir wissen, was wir für euch tun können.« »Wir haben nichts«, zischelten drinnen die Schwestern in den Hörer. »Schaut uns doch genauer an, ihr könnt sehen, uns geht es prächtig. Wir fühlen uns pudelwohl.« »Man sagt, daß angeblich etwas nicht in Ordnung sei mit eurem Geruch.« »Mit unserem Geruch?! Schnupper' an mir, Hortensia, ich bin gespannt, ob du etwas riechst. Komm her mit deinem Rüsselchen, Ambulancia und sprich. Nichts, gar nichts. Irgendeiner hat es auf uns abgesehen, das ist alles.«

So ging das Woche um Woche.

Immer wenn neue ärztliche Untersuchungen anstanden oder die Schwestern die Verwaltung mit verschiedenen, immer neuen Wünschen behelligten, wurde Marie-Luise zum Dolmetschen ins Lager gebeten. Wenn Vater dann gerade in Kräutergeschäften unterwegs war, mußte ich sie begleiten. Wir fuhren mit der Straßenbahn in die Stadt, der Zug bestand aus einem einzigen kleinen Waggon und fuhr alle halbe Stunde zum Oberdan-Platz. Unter den Passagieren waren viele fremde Flüchtlinge, die gegenüber Frauen nicht selten direkt zudringlich wurden. Ich schlang mir eine Fahrradkette um die Taille und trug scharfkantige Steine in der Tasche – so saß ich neben der Geliebten meines Vaters. »Was wäre, wenn Sie eines schönen Tages Vater verließen?« fragte ich, da sich auf dem Sitz gerade unsere Schenkel berührten. »Wenn Sie von uns wegziehen und irgendwo heimlich warten würden, bis ich erwachsen bin. Ich denke, das kann sich nur noch um wenige Monate handeln.« Sie antwortete nicht, aber ihr Schweigen geriet zu lang. Wer weiß, ob es etwas bedeutete. Am Abend sagte sie jedoch zu Vater:

»Das mit den Stinkenden war das letzte Mal. Versprich mir, daß du nie wieder fortgehst. Sonst verlasse ich dich.«

»Ich kann es nicht versprechen«, sagte Vater traurig. »Es ist mein Beruf.«

»Es ist nur, weil es da jemanden gibt, der sich nach mir verzehrt. Und soviel kann ich sagen: Auch mir ist er nicht ganz gleichgültig.«

Einmal die Woche erschienen mit immer düstereren Mienen und jeweils nur für ein halbes Stündchen die Verwandten aus Davos im Flüchtlingslager. In gemessener, vornehmer Haltung marschierten sie über den Hof und nahmen in den geflochtenen Sesseln Platz, die neben den Telefonapparaten aufgestellt waren. Sie, die Träger exklusiver, geheimnisvoller Düfte, vis-à-vis den miasmatischen Booten ferner Landstriche und fauliger Pestilenz.

Die Herskovits-Schwestern, nun am Ende ihrer Geduld angelangt, schubsten sich gegenseitig aus dem Weg und zischten in den Hörer. »Im Traum haben wir Wasser gesehen, das bedeutet Reisen. Bald werden wir uns auf den Weg machen, wartet im Hafen auf uns.«

»Zu uns fahren keine Schiffe«, wandten die Davoser frustriert ein.

»Es wird so kommen, wie wir es gesagt haben. Im Hafen. Und sorgt dafür, daß wir so bald wie möglich heiraten. Kümmert euch um die Aussteuer. Wir stammen aus der vornehmsten Familie der Bukowina.«

So ging das viele Wochen lang. Schließlich, beim letzten Besuch der Davoser, rissen sich die Schwestern das Krankenhaushemd vom Leibe und zeigten sich ihren Verwandten nackt, stellten ihre dürre Gestalt zur Schau, ihre

Körper mit den Leichenflecken der Tescovinaer Höhlengänge und den vernarbten Wunden zahlloser Fuchsbisse.

»Seht her, wir sind kerngesund. Draußen mögen alle krank sein, aber uns fehlt nichts, gar nichts.«

Und das stimmte tatsächlich. Die Schwestern konnten noch gar nicht wissen, daß an jenem Tag das endgültige Ergebnis der ärztlichen Untersuchungen eingetroffen war, wonach sie außer den sicherlich unangenehmen Ausdünstungen, die ihre Eingliederung ohne Zweifel in gewissem Maße erschweren würden, keine benennbaren ansteckenden Krankheiten hatten.

Deshalb fuhren die Davoser nach der exhibitionistischen Begegnung auch nicht wie sonst eilig wieder nach Hause, sondern suchten erneut meinen Vater auf. Sie kamen nach Einbruch der Abenddämmerung, den Lamborghini ließen sie in der Nähe der Straßenbahn-Remise auf dem Parkplatz stehen und liefen zu Fuß über die spärlich beleuchtete Straße, obwohl sie gerade Unmengen von Bargeld bei sich trugen. Sie setzten sich an den Steintisch unter die Zedern, wo wir einst die duftenden Kräuter sortiert hatten, der Nachtwind nestelte an dem riesigen Banknotenhaufen vor ihnen. Nun bestanden sie nicht einmal mehr auf die Vermittlung eines Dolmetschers, sie wünschten mit Vater unmittelbar, freundschaftlich zu verhandeln. Vor jedem Wort sahen sie sich besorgt um, sprachen leise, blickten Vater nicht einmal zufällig in die Augen, sondern über seinen Kopf hinweg in die weite Ferne, zu den vorbeiziehenden Wolken, auf deren Rippen die abendlichen Lichter Opicinas dämmerten. Es kamen verschiedene Dinge zur Sprache. Zum Beispiel Vaters mannigfaltige Betätigungen, seine unvergleichliche Bewandertheit in allem, was mit Wasser zu tun hat, die Natur der örtlichen Gewässer wie der Wellengang in der Bucht und die Sicherheit einer Bootsfahrt. Man sprach sogar über Vaters ferne Vergangenheit, seine freundschaftlichen Beziehungen zu Obersten und Erzbischöfen. Wer weiß, woher sie von diesen alten Sachen wußten.

Schließlich kam die Rede natürlich auf die Herskovits-Schwestern: Nun ja, sie seien also tatsächlich nicht krank, jetzt könne es passieren, daß man sie innerhalb weniger Stunden freilasse. Und dann würden auch sie früher oder später nach Davos ziehen. Es sei denn, Vater ließe sich geschwind etwas einfallen. Der Abendwind strich manchmal sanft über das Bündel Banknoten.

Während Vater die Davoser hinausbrachte, schaute ich zu Marie-Luise hinein. Sie trug das besagte rosa-rot-blaue Hauskleid, lag bäuchlings langgestreckt auf dem Bett und las. Als sie sich umdrehte, fiel ihr ein Pantoffel vom Fuß. Ich kniete mich hin und zog ihr langsam, fachkundig den Pantoffel wieder an. Als mich das Pochen der Adern berührte, durchströmte mich die Wärme ihres Körpers.

»Jetzt halten Sie aber Wort«, sagte ich beinahe drohend.

»Meinst du, er wäre dazu fähig?«

Auf solche Fragen pflegte ich nicht zu antworten. Ohnehin näherte sich Vater schon vom Tor her. Er winkte mich zu sich und schickte mich in das nahe Restaurant Opicina, damit ich einen Tisch reservierte. Die Bäume im Garten des Lokals dämmerten dunkel hinter der Straßenbahn-Remise. Das Restaurant Opicina war ein teurer und vornehmer Ort, vor seinem Zaun stand allabendlich eine

Reihe glänzender Markenautos. Von innen hatten wir es noch nie gesehen.

Ich hätte auch nie gedacht, daß die herrschaftlichen Kellner im Smoking mit ihren rollenden Servierwagen einmal ausgerechnet meinen Tisch umschwirren würden. Und jetzt trat plötzlich genau dieser Fall ein. An jenem Abend lehnten wir uns auf ein schneeweißes Tischtuch, zwischen daunenzarten Servietten wie die Reichen.

»Du wirst sie zurückbringen«, murmelte halb fragend Marie-Luise in Vaters Richtung.

»Irgend etwas muß ich mir jedenfalls einfallen lassen.«

»Wenn du ihr Geld schon behalten hast, nicht wahr.«

»Tja, so ist das.«

Solche und ähnliche kurze Sätze schwebten, kreisten über dem möwenweißen Damast. Über das Hallen des Saales hinweg, durch den Dunst der Austern, Hummerscheren, Schwertfische in Aspik, Pilzpasteten, warmen Käsesoßen und kalten Salate, durch den Schleier der klingenden Messer, Gabeln und Gläser hindurch beobachtete ich nur noch Vaters Gesicht. Ich wartete, wann er verstummen würde, wann sein Gesicht unter dem kurzen, ergrauten Bart endgültig unergründlich und schließlich entschlossen werden würde, ganz so, wie wenn er sich auf eine große Reise vorbereitete. Und dabei wünschte ich mir, er würde sich endlich ein Herz fassen und nirgends mehr hingehen. Oder aber endgültig gehen, sofort, daß wir ihn nie mehr wiedersehen.

Terézia Mora

István Szilágyi

DREIKÖNIGSTREFFEN DER STERNLÖSCHER

Der Stern an der Spitze des Heldendenkmals wurde von Scheinwerfern aus drei Richtungen angestrahlt. Rings um dieses Lichtgebilde war ein heckenumfriedeter Hain angelegt, das heißt die verschneiten Promenierwege entlang hockten Buchssträucher; Bäume waren da nicht gepflanzt worden, damit durch sie – da ihnen ausladendes Wachstum eigen ist – die Größe des Denkmalsanblicks nicht beeinträchtigt werde.

Es war elf Uhr am Abend, wir standen an der Ecke eines der Gäßchen, die dem Platz entwichen, vor unserem Internat. Links ragte die Bastei der griechisch-orthodoxen Kathedrale empor, durch deren schmale Fenster diesig fahlgelbes Licht schimmerte; vor dem Haupteingang gab's einiges an Bewegung, weiß der Himmel wessen halber zu solcher Stunde. Auf der rechten Seite reichte unser Blick bis zum zieratüberladenen Portal der Oper, wo sich um die Zeit keine Seele mehr regte. Auf halbem Weg zwischen beiden gewichtigen Bauten ragte jene spitzenbestirnte dreikantige Lichtpyramide, um die sich die Sträucher der Parkanlage duckten.

Um die Zeit, bei der allabendlichen Heimkehr aus der Kinovorstellung, galt es zu entscheiden, an den Kellerfenstern welcher der nahe gelegenen Palais oder Mietshäuser wir uns entwässern sollten, eh wir das schwere Eisenrouleau vor der Eingangstür unseres Quartiers so weit hochzogen, daß wir darunter durchkriechen und uns einbuddeln konnten in den Menschenmieten unter unseren elendigen Decken, na und was wir draufpackten auf die

Decken an Wintermänteln, Wattejacken, Pelzwämsern und allem erdenklichen Bekleidungsgelumpe.

Das Internat genannte Nachtasyl war im Parterre einer einstigen Kreditbankfiliale eingerichtet worden, nachdem wir die dem Zeitlichen entratene Institution befreit und okkupiert hatten. Freilich war der saalartige Kundenraum in den Jahren nach dem Krieg vor uns auch schon durch andere befreit und okkupiert worden, denn wir fanden ihn, nachdem wir das Hängeschloß am Bügel des Eisenrouleaus durchgesägt hatten, leer vor. Die verbogenen und verbeulten eisernen Bettgestelle, die mit fauligem Werg vollgestopften Matratzen und die Pferdedecken hatten wir aus dem Militärhospital – von wo man sie rausgeschmissen hatte – eigenhändig herangeschleppt. In dem Raum waren der mächtige, reichverzierte Kachelofen und der langholzige Eichenparkettboden wundersam heil geblieben; allerdings hatte die Güte des Fußbodens, da die Bettgestelle beim Einrichten tiefe Furchen zogen, bereits bei unserem Einzug stark gelitten, wohingegen dem Kachelofen keinerlei Leid geschah; doch weil es uns an Heizmaterial gänzlich mangelte, war es uns schon mal durch den Kopf gegangen, ihn abzutragen, um Platz zu gewinnen. Dann aber hatten wir die Idee fallengelassen. Zudem lag unser Hauptproblem ganz woanders; daß wir bibberten, ging ja noch, aber die meisten Verwicklungen rührten daher, daß die requirierte Unterkunft weder mit einem Waschraum noch mit einer Toilette ausgestattet war. So also wurde dazumal der Stahl gehärtet, und so richtig erst, wenn es dazu weder Feuer noch Wasser gab.

Allein schon unsere Schule selbst dürfte, so schwante mir, eine Art requirierte Errungenschaft gewesen sein; die wirre ebenerdige Gebäudeansammlung umschloß einen recht großen Hof, und da gab's abzüglich des Internats von Werkstätten bis Waschräumen, von der Kantine bis zum Zeichensaal, von der Bibliothek bis zur Roten Ehrennische alles, was man sich in einer auf Eigeninitiative gegründeten mittleren technischen Lehranstalt nur vorstellen konnte. Und wenn es an etwas fehlte, mußte man bloß dem Direktor Bescheid sagen. Schon traf er Anstalten, daß Sorge getragen werde. Oder drückte irgendwo der Schuh – schon leitete er Maßnahmen in die Wege. Und wenn nicht, erklärte er eben die Lage. Sein Tick Nummer eins war, jawohl, jeder wende sich an ihn, falls es ein Problem, welcher Natur auch immer, geben sollte. Dies war Grund genug für uns, ihn zu meiden wie der Teufel den Henker. Einmal allerdings soll sich die Frage erhoben haben, ob das zum Fassen bereitgestellte Frühstück nicht ergiebiger ausfallen könnte. Denn da war, nicht wahr, das dünne Scheibchen Brot und der Klecks Salzquark von der Größe einer halben Streichholzschachtel, na und das Würfelchen Mehrfruchtmarmelade, dem Ursprung nach überwiegend Futterkürbis, schließlich noch ein Schälchen Tee bis Nachmittag um zwei, also ich will mal sagen, alles was recht ist … Woraufhin das quakelnde Männlein, von uns selbstredend mit dem Kosenamen Quakel bedacht, eine düstere Miene zog. Und er lieferte eine Erklärung: Aljoscha habe, nachdem er die Deutschen aus den Räumen vor Moskau vertrieben hatte, zwei (2 ganze Stück) Kekse in seinem Ranzen verstaut, so sei er losgezogen, und so lief er und lief und befreite da und befreite dort und gelangte bis Berlin, und das befreite er auch, und da hatte er immer noch das eine (1 ganzes

Stück) Keks im Tornister, und das schenkte er dann einer Hunger leidenden deutschen Mutter. (Alsodasollsichdocheinerbeölen …)

Das Ganze mit der Schule hatte er sich ausgedacht. Ist doch klar: für sich selbst. Wir haben nie rausbekommen, welche Laufbahn er wo eingeschlagen hatte, wo und wann die Karriere auf Sand geraten oder gar zu Bruch gegangen war; fest steht, er war weder Ingenieur noch Lehrer von Beruf, weder Rumäne noch Ungar (Direktor freilich konnte er deswegen noch durchaus sein), doch dürfte er von irgendwelcher Gier nach einer Art von technischem Snobismus umgetrieben worden sein, denn wie sonst wäre sein absurder Eifer zu erklären gewesen, aus unserem Haufen eine technische Elite heranzubilden. Und das zu einer Zeit, da sich auf halbem Weg zwischen Nachkriegsenttrümmerung und der im Nebel ferner Zukunft wabernden neuerlichen technischen Revolution keinerlei Bedarf zeigte. Zudem meinte er es todernst, verschaffte sich dazu alle nötigen Berechtigungen und trommelte für sein leistungsgeiles Konzept auch noch das ausgefallenste Lehrerkollegium zusammen. Vor allem ging der Paukertruppe die in friedlicheren Zeiten als Stamm geltende Altersklasse zwischen dreißig und fünfzig völlig ab, allerdings war diese durch Krieg und Gefangenschaft teilweise bereits aus dem Verkehr gezogen. Also beschäftigte er für den Theorie-Unterricht in den Realfächern leistungsstarke Studenten kurz vor ihrem Abschluß mit der Zusage, sie, falls sie sich »bewährten«, in die vorsorglich eingerichteten Lehrämter, sobald sie ihr Diplom in der Hand haben würden, einzusetzen. Die waren dann aber auch darauf aus, sich zu bewähren – uns ging die Luft aus. Die andere Altersklasse bestand aus Ingenieur-Opas; Krauter so um die sechzig, siebzig, die ihr Diplom irgendwann zu Jahrhundertbeginn in Wien, Budapest oder Berlin erworben hatten, von denen mehrere auch an der Technischen Universität lehrten und nach denen die aus der Arbeiterschaft berufenen Werkleiter der sich aufrappelnden Maschinenfabriken öfter mal den Dienstwagen in Marsch setzten. Dann hatten wir auch noch zwei Damen, Dozentinnen für Ungarisch und für Rumänisch, beide von der lieben, müden Kriegswitwensorte, die mit großer Selbstbeherrschung Hingabe für die Neue Ordnung und Quakels Erziehungsideal mimten. Sie waren die einzigen Rockträgerinnen, die es in diese von Mikrometern und fauligem Kohlgestank, Rollagern und dieselölgetränkten Dielen, vom Odeur halbstarker Eliteferkel und den Metallspanblüten der Drehbänke durchwirkte Gegend verschlagen hatte.

Selbstverständlich schulterte Quakel auch von der Lehrtätigkeit den Löwenanteil; er lehrte sowohl für die Rumänen als auch für die Ungarn die Fächer Staatsbürgerkunde und Atomschutz ... Von denen hat niemand gewußt, was und wieso, offenbar auch er nicht, denn – sicher ist sicher – im Unterricht las er einzelne Kapitel aus der Geschichte der Großen Sowjetunion vor. Dieses Nichtsistunmöglich-Männlein bezog bei Tagesanbruch seinen Posten in der Schule und ging erst aus dem Haus, wenn spätabends auch der letzte rostige Kochtopf gespült war; so viel unverwüstliche Wesenheit konnte nur von einer mit entschiedenem Selbstwertgefühl und erhobenen Hauptes durchgehaltenen Impotenz auf die Welt losgelassen worden sein.

Die Schule war also gewaltig am Wirken, nur hatten wir halt von morgens bis abends das Gefühl, Opfer von Verwechslungen zu sein. Während nämlich unsere dozierenden greisen Ingenieure Quakels Technikum als Vorzimmer zur Technischen Universität ansahen, kommandierte uns der fürs Betriebspraktikum zuständige Meister in eine der Werkhallen ab, postierte uns dort hinter dem einen und anderen Aktivisten, um denen dann die Rohlinge zuzureichen. Einmal war irgendein urzeitliches Exemplar von Kraftmaschine zerlegt worden, um die Kolbenringe und Ventile zu erneuern, und da fertigte so ein Vorzeigearsch auf seiner Drehbank so viel Ventile, daß wir für einhundertundachtzig Jahre abgesichert waren, nur eben die Maschine hat man nicht in Gang gekriegt. Quakel organisierte von diesem Betrieb alljährlich eine LKW-Ladung mit schlammgrauen Wattejacken, gummibesohlten Schnürstiefeln und auf russisch zugeschnittenen dunkelblauen Mützen mit Ohrenklappen. Das alles wurde zum Winterbaumfest an uns verteilt, nachdem der Anstaltsdirektor in der Hofmitte eine armselige Tanne, behangen mit blinkenden, kringeligen Metallspänen, hatte aufrichten lassen. Das war ja vielleicht ein Ikebana! Hinter dem Pförtnerhäuschen stand eine riesige Kiste, zur Maienzeit begann darin die von der Arbeiterklasse erbettelte Kleiderhilfe zu verwesen; die Wattejacken glichen Tierkadavern, aber dort endeten auch die Stiefel, deren Hartgummisohlen sich vom Öl aus den Fußbodendielen wie Speckschwarten verzogen. Von Zeit zu Zeit gab der Pförtner diese Abdeckerei frei, und Scharen von Abfallsammlern fielen wie Aasgeier über das Zeug her.

Abends, wenn wir uns die mit lila Sirup übergossene Griespappe einverleibt hatten, stand vom Lustspiel der Irrungen des Alltags nur mehr ein Akt aus: der Zapfenstreich. Die mal mehr und mal weniger betrunkenen Aufsichtserzieher (beide Uraltstudenten der Jurisprudenz) trieben uns um halb neun auf dem Schulhof in so viele Rudel zusammen, wie es Schlafsäle gab, und dann schwärmten wir aus in der Stadt: Zwanziger-, Dreißigertrupps in lockerer Ordnung je nach der Örtlichkeit der Schlafsäle. Unsere Unterkunft am Platz des Sieges mag als die vornehmste gegolten haben; sie lag nicht weit weg von der Schule und so richtig im Herzen der Stadt. Falls einer der Erzieher uns bis zum Schlafsaal begleitete, mußten wir uns unverzüglich ausziehen und zu Bett gehen, denn sie rückten einfach nicht ab, eh wir das Licht ausgemacht hatten; aber sobald sie weg waren, zogen wir uns auch schon wieder an und trabten ins nächstgelegene Kino. Wohin aber auch sonst, um uns aufzuwärmen.

Paßte es jedoch keinem der beiden Aufseher in den Kram, mit uns zu kommen, wurde die Abwicklung des Zapfenstreichs mal Bandi Tusa oder mir und mal einem der drei rumänischen Primaner anvertraut. Solch ein Stubenältestenauftrag galt als recht lästig, denn für den auserkorenen Zapfenstreichverantwortlichen war es nicht ratsam, den Schlafsaal bis zum nächsten Morgen zu verlassen. Es war nämlich zu befürchten, daß eines schönen Tages (natürlich Abends) auch die Kleinen nicht mehr zu halten sein und losrennen würden ins Kino. Oder wer weiß wohin. Von ihrem Tagewerk ab sechs Uhr früh bis abends um neun waren sie allerdings ziemlich abgekämpft; wenn der Erzieher fort war, maunzten sie eher um neuerliches Licht anknipsen, weil sie noch Aufgaben zu machen hatten.

Wie kam's eigentlich, daß wir uns so viel um die Kleinen scherten, und überhaupt: Was hieß schon klein? Schließlich trennten uns allerhöchstens zwei oder drei Jahre von den beiden untersten Jahrgängen. Wir sind, als wir so alt wie sie jetzt waren – ich weiß nicht wieso – keine Kleinen gewesen. Und das kam so, daß auf der Schwelle des Krieges die aufeinanderfolgenden Altersklassen blöderweise auseinandergezerrt, zerstückelt und verschoben worden waren und man beim Aufräumen in den Jahren danach verabsäumte, die einzelnen Generationen der Größenordnung nach, wie in der Turnstunde, in friedlicher Reihe zu ordnen. Die wir dazumal den Windeln kaum erst entwachsen waren, blickten, als der Krieg vorbei war, frühgealtert der Pubertät entgegen; und die ein paar Jahre Älteren fingen, zumal wenn es sie bei den letzten Runden noch auf Kriegspfade verschlagen hatte, als »gestandene« Männer wieder von ganz vorn an, sofern sie aus Eurasiens Gefangenenlagern überhaupt zum Vorschein kamen. Für sie gab es uns so gut wie gar nicht; nicht als ob sie herabgesehen hätten auf uns, nein, so weit hinab, wo wir vorkommen konnten, reichte ihr Blick nicht. Wir trieben also, wo wir doch auch in Sachen Eltern recht miserabel ausgestattet waren, »herrenlos« dahin.

Nicht wenige Veteranen mit kaum sprießendem Bart sammelten erst Fronterfahrungen, eh sie das Abitur ablegten. Ihrer zwei oder drei sollen auch Quakels Technikum aufgesucht haben, noch ganz am Anfang, und unser Onkel

Makarenko immatrikulierte sie auf der Stelle in die erste Klasse, die unterste, versteht sich, da es ja höhere noch nicht gab, woraufhin diese zum Zeichen ihres Dankes – irgendwann im Frühjahr '46? – durch das Fenster eine Handgranate ins Direktorenzimmer warfen. Quakel wurde freilich kein Härchen gekrümmt, denn falls einer an eine Mission glaubt, deren alleiniger Erwählter er selbst ist, kann ihm so bald nichts widerfahren. Er betrat den Raum, so wurde erzählt, vom Lehrerzimmer her, vielleicht um seinen Mantel zu holen; es war spät am Abend; wie er das Licht anmachte, schepperte es mächtig vom Fenster her, und gegen den schlachtschiffgroßen Schreibtisch schlug jener Gegenstand, von dem er meinte, es sei ein faustgroßer Steinbrocken. Er machte sofort einen Schritt zurück, es hätte ja ein zweiter Brocken, ohne vom Schlachtschiff abgefangen zu werden, hinterherkommen können. Mehr kamen nicht, aber der eine zählte noch bis zwei, zerflederte das Schlachtschiff und fegte den Rest der Fensterscheiben samt Rahmen hinaus auf die Straße.

Gemessen an dem Scherz mit der Sturmgranate in den Anfängen war das Spannungsangebot, an dem wir später teilhatten, ein milder Mäuschenfurz.

Am markantesten dürfte die Aufeinanderfolge der Generationen durch die Unterschiedlichkeit grade der beklemmenden Erlebnisse und der Ursachen für die jeweiligen Ängste zerhackt, gegliedert und in ihrer Eigenheit geprägt worden sein. Wir haben zwar nicht mehr mit Handgranaten gemurmelt und mußten uns mit dem Abfackeln des Pulvers aus Patronenhülsen und Knallereien mit Knoten in Zündschnüren zufriedengeben, die Kleinen jedoch konnten nicht einmal mehr an solcherlei Streichen ihren Spaß haben, allein schon darum nicht, weil die Welt mittlerweile dermaßen friedliebend geworden war, daß einer wegen einem rostigen Gewehrschloß, von den Schweinen aus dem Misthaufen gewühlt, im Knast landen konnte.

Gewiß, die Ursachen für die Ängste, deren Verschiedenheit uns von ihnen trennte, dürften nicht grad diese gewesen sein, vielmehr der Umstand, daß wir bereits mit wachem Erlebnishunger verfolgen konnten, wie bei Nachbars zum Fenster reingeschossen wurde, weil man dort vorm Lichtanzünden vergessen hatte, das lilane Verdunkelungspapier runterzuziehen. Als dann die Front durchzog, bekamen wir allerlei zu sehen: zerschossene Panzer, krepierte Pferde, tote Soldaten und was es sonst noch an Gemeinplätzen von Kriegszuständen gibt – live. Wobei wir sogar einigermaßen mitkriegten – als wir es hinter uns hatten –, daß wir Überlebende waren, was freilich, bei Lichte besehen, gar nicht unbedingt so sein mußte. Das war den Kleinen entgangen, selbst wenn sie ansonsten solchermaßen mittendrin gewesen sind, daß der Luftdruck sie mitsamt dem Kacktopf an die Wand knallte. Aber was das ganze Getöse sollte, wußten sie halt nicht. Dafür sind ihnen später weit ausgefallenere Varianten von Beklemmungen zugefallen: all die Wehwehchen der Eltern, denn in den Familien heimen blubberten im Abwaschwasser viele Jahre hindurch ebensoviele unaufgearbeitete Ängste, und denen konnte das Bürschlein keine selbsterworbenen markanten Traumata mit separatem Eingang entgegensetzen, wodurch es möglich gewesen wäre, jene zwar nicht zu neutralisieren, aber von den eigenen doch eine Spanne weit fernzuhalten. Die großen Familienszenen wechselten freilich unversehens meist in Flötentöne der Mahnung zum Guten hinüber: »Du mußt aber sehr aufpassen, mein Kleiner«; »siehst du, was uns alles zugestoßen ist, mein Kleiner«; »auf dich ist all unsre Hoffnung gesetzt, mein Kleiner« ... Davon kriegten die armen Luder dann ein ständiges Vibrieren, ohne zu wissen, daß es davon gekommen war; also klagten sie immerzu über irgend etwas, oder sie kloppten sich mal mit, mal ohne Grund, dann winselten sie wieder, wir sollten entscheiden, wer recht hatte, obwohl wir auf die ersatzväterliche Rolle ja nun wirklich nicht scharf waren. Letztlich sind wir durch sie zu (halbgewalkten) »Großen« geworden, allerdings ohne daß wir für sie zu verbindenden Klammern zu den Erwachsenen hin werden konnten.

Weiß der Himmel, wann und wo der Gedanke sich in uns festhakte, daß die sogenannte »Lage« nie nur darin besteht, was wir über sie wissen, ja sogar allemal eine andere ist, als was sie über sich selbst zugibt. Es gab auch die vage Mutmaßung, daß es nicht immer ratsam ist, solcherlei Ahnungen laut werden zu lassen, obwohl wir uns so recht gar nicht im klaren darüber waren, mit welchem Risiko es verbunden sein könnte.

Verborgenes aufzudecken und beim Namen zu nennen war für uns besonders spannend. Daß der Schlafsaal unseres Internats zum Beispiel vormals eine Kreditbank beherbergt haben mag, fanden wir drei, das Trio Tusa-Daczó-Csoboth, heraus. Die anderen hatten davon lange Zeit keine blasse Ahnung. Als wir einzogen, konnten wir mehr ja auch nicht wissen, als daß wir einen mit einem Eisenrouleau gesicherten Raum besetzten. Allerdings hatte Jóska Daczó bereits beim Einzug bemerkt, daß die Ordnung der beiden Randreihen aus Parketthölzern in einem der inneren Saalwinkel abbrach und in ein Dielenviereck mündete. Er raunte uns zu, wie die Lage war, und schon bugsierte Tusa ein Doppelstockbett in die betreffende Ecke, damit das Ding den anderen nicht ins Auge stach. Und dann brauchte nur mehr die passende Gelegenheit organisiert werden, um den Untergrund der Brettchen zu lüften. Als sich eines der Hölzer abhob, kam ein schlüssellochartiger Schlitz zum Vorschein, in welchen wir ein am Ende zum Haken zurechtgebogenes Stück starken Draht einführten, und als wir daran zogen, kam uns natürlich das ganze Fußbodenviereck entgegen. Am eisernen Bettgestell banden wir ein zusammengerolltes Laken fest, klappten die Falltür hoch und ließen uns, ausgerüstet mit einer Taschenlampe, hinab in den Keller unterm Schlafsaal. Der Raum drunten war mit robusten Regalen vollgestellt, die wiederum bis an das Deckengewölbe bepackt waren mit handtellerstarken Folianten von der Größe einer halben Tischplatte. Wir leuchteten alles ab bis in die letzte Ecke, aber da war nichts außer den Buchmonstern. Eines davon, an die zehn Kilo schwer, hängten wir ans Lakenende und zogen es, als wir wieder oben waren, hinauf. Wir legten das Beutestück auf ein Bett, schlugen es auf, und was sahen wir? Seiten liniert und gekästelt sowie Namen, Zahlen, Datierungen, Befristungen, sodann Vermerke über soundsoviele Hundert Hektar, des weiteren Erklärungen über Bürgschaften und wer weiß noch was alles. Auf dem elfenbeinfarbenen Papiergrund überall, wo wir das Buch aufschlugen, die gleiche überaus normgerechte, mit gemächlichem Schwung zu Papier gebrachte schwarze Tintenschrift.

Sollte da unten wirklich nichts anderes zu finden sein, fragten wir uns verdrossen. Es war nichts. Nichts, außer jenen enormen Hauptbüchern. Wir hielten noch einmal Umschau, nahmen mehrere Bände aus den Regalen und konstatierten bei Taschenlampenlicht besehen, daß die Datierungen von den zehner Jahren an nicht weiter auf uns zu kamen. Daraus schlossen wir, daß die Tür zum Keller zugemauert worden und ein Zugang zu dem Raum nur mehr durch die Falltür möglich war. Zudem konnte, da wir ausschließlich ungarischsprachige Eintragungen fanden, angenommen werden, daß diese tonnenschwere ungarische Bankiersvergangenheit bereits bei der vormaligen Regime-Wende eingemauert und in den verflossenen dreißig Jahren vor uns vielleicht von niemandem entdeckt worden war. Was nun aber hätten wir damit anfangen sollen. Wir klappten die Falltür zu und bemühten uns, das Ganze zu vergessen.

*

Wir standen also, grad aus dem Kino gekommen, vorm Internat bei uns an der Ecke, den Platz und das Denkmal vor Augen. Der Eingangsbereich zur orthodoxen Kathedrale war inzwischen menschenleer, nur von den schmalen Fenstern her kam ein Hauch fahlgelben Lichts.

Tusa setzte sich endlich in Bewegung, mit ein paar Schritten überquerte er den von Eisrinnen überzogenen

Fahrdamm und prüfte am Parkrand angelangt mit einem Blick über die Schulter, ob wir ihm folgten. Er war es gewohnt, daß wir ihm folgten. Sein Altersvorsprung von anderthalb Jahren machte nach damaliger Rechnung, nicht wahr, mindestens fünf Jahre aus ... Jóska Daczó zögerte, ihm waren Ungewißheiten zuwider, nur hielten halt Bandi Tusas Draufgängertum und Bullenkräfte, kurzum alles das, woran es uns gebrach, auch ihn im Banne. Tusa hatte übrigens Macht über uns, ohne daß er sie uns aufzwingen wollte. Also gingen wir wie stets auch jetzt mit ihm. Und wenn er sich anschickte, die gegenüberliegende Lichtquelle, von der das Denkmal angestrahlt wurde, aus der Deckung eines vollgeschneiten Buchsbaums zu bepinkeln, versuchten wir den beiden anderen Strahlern gleicherweise beizukommen. Klar, daß es ihm zuerst gelang, die 1500-Watt-Glühbirne zum Platzen zu bringen. Mit viel Ausdauer nahm auch ich die Ritze zwischen der beschneiten Fassung und der starken Schutzscheibe aufs Korn, bis die Birne mit einem Knall hinüber war; Jóska Daczó allerdings wollte das Gleiche einfach nicht gelingen. Möglich, daß die starken Knalleffekte unserer Sprengmeisterschaft bei ihm eine Retention bewirkten, jedenfalls konnte so der Platz um das Denkmal nicht verdunkelt werden, und schon kam von gegenüber aus einer Seitenstraße eine Gestalt mit dunkler Schirmmütze angetrabt, vermutlich jemand, dem die Bewachung des Denkmals oblag und der wohl gemeint hatte, der Klassenfeind hätte sich längst zur Ruhe begeben, folglich könne er sich zum Aufwärmen in eine der verräucherten Stehkneipen zurückziehen.

»Haut ab!« gebot Tusa, wiewohl wir uns in seiner Nähe jetzt irgendwie sicherer gefühlt hätten.

»Aber nicht zusammen. Nimm du deine Tschapka ab«, rief er mir nach, sehr richtig, denn die blöden Ohrenklappen hätten leicht verraten, daß wir in Quakels Bildungsanstalt den Schliff für unseren Geist holten.

Er selbst begann ebenfalls zu rennen, was gar nicht seine Art war, allerdings ohne Anstrengung auch jetzt, doch immerhin, um sich einerseits dem Verdacht nicht zu entziehen und andererseits, um den Bullen zu seiner Verfolgung zu veranlassen, bis wir beide uns verkrümelt hatten. Der Mann in Blau, massiv wie ein mobiles Bollwerk, hetzte natürlicherweise hinter dem her, der am leichtesten einzuholen war; es brauchte ja bloß einer erwischt und in Handschellen auf die Wache gebracht werden, dort konnte man die Namen der »Mittäter« dann in aller Gemütlichkeit herausprügeln. Nur ist halt Irren auch in Bullenkreisen menschlich. Bandi Tusa blieb gleich beim ersten »stai pe loc« (auf der Stelle halt) am Parkrand stehen und senkte – man hätte denken können: geständig – den Kopf, doch als der Weihnachtsmann mit Schildmütze bei ihm angelangt war, umschlang er den plötzlich mit beiden Armen oberhalb des Koppels und der Pistolentasche und nahm ihn mit solchem Druck in die Zwinge, daß dem mit der Puste auch der Pfeifton wegblieb. Zu trillern hatte er nämlich schon angefangen, um seinesgleichen aus der Umgegend herbeizualarmieren. (Sprechfunkgeräte sollte ihnen die technische Revolution erst fünfundzwanzig, dreißig Jahre später zur Hand geben ...) Bandi Tusa, der damals bereits seit zwei Jahren bei einem Sportklub in der Ringer-Sektion trainierte, hatte diesen Griff rasch bei der Hand; ein paar Monate danach wurde er Landesjugendmeister in einer Gewichtsklasse so um die siebzig Kilo. Nun also legte er den in seinen Armen sanft erschlaffenden Sternwächter hübschfein und behutsam auf den Schnee, damit er sich ausruhe.

Alldem schaute ich von der Treppe der orthodoxen Kathedrale zu, denn zu irgendwelchem, Verdacht erst recht weckendem Gerenne quer durch das allmählich menschenleere Stadtzentrum verspürte ich wenig Neigung. Jóska Daczó hingegen hatte sich davongemacht; sobald irgendein Stunk war, schwupps, weg war er; fast unsichtbar geworden verstand er es, von einer Hauseinfahrt zur anderen zu huschen.

Tusa hatte mittlerweile gemächlichen Schritts die Fahrbahn betreten, dort sprang er aufs Trittbrett einer vorbeizuckelnden Droschke, hielt sich am Spreizeisen des Verdecks fest und schaukelte so in Richtung Leninallee von dannen.

*

Als ich ausmachen konnte, daß der Polizist sich am Parkrand aufrappelte, trat auch ich den Rückzug in Richtung Kathedralenportal an; in einer rumänischen Kirche, das heißt einer griechisch-orthodoxen, war ich ohnehin noch nicht gewesen. In der Stunde davor hatten wir am Eingang zur Kathedrale wenig Bewegung gesehen, gemessen daran war die Kirche so gut wie voll mit Leuten; in dem Raum dem Eingang gegenüber zelebrierten drei Priester das Hochamt (jedenfalls den Gottesdienst, so zumindest hatte ich das rumänische »slujbă« verstanden); in der Mitte ein

Älterer in einem reich verzierten weißen Meßgewand, die beiden anderen in einfachem schwarzem Ornat. Sie standen in hellem Licht, damit beschäftigt, Jesuskinds Ankunft zu beschwören. Die Gläubigen wiederum hielten brennende Windlichter in den vorgestreckten Händen, als wollten sie mit deren Flämmchen die eigenen Gesichter beleuchten. Die Wände hinauf rankelte orientalischer Zierat; die blassen Umrisse der Ikonen verschwammen im schweratmigen Halbdunkel. In einer Art Zwiesprache mit den Soli der Priester erklangen von oben her die klaren Stimmen eines Chors; all die Töne der Zeremonie, welche das leise Gemurmel überlagerten, der Wald schwankender Kerzenlichter, die ganze mir unbekannt-fremde, wer weiß woher wehende Andacht trieben mir Schweiß auf die Schläfen, wiewohl es arg kalt war drin in der Kirche. Zudem verspürte ich lästige Knuffe der Scham in der Magengegend, mußte ich doch ausgerechnet in der Mitternachtsmette der Rumänen dessen inne werden, daß Heiliger Abend war! Daß Weihnachten nahte, wußten wir freilich, denn in den Tagen konnte man Burschen aus den Bergdörfern mit gestohlenen Tannen hausieren sehen, mit aller Vorsicht, versteht sich, um keinem Schupo in die Arme zu laufen. Aber daß das Jesuskind grad an dem Tag geboren wurde, wo ich, gleichfalls vor einem Schupo, in die Kirche der Orthodoxen geflüchtet war … nachdem wir uns im Kino – wenn ich gut zählte – das sechzehnte Mal angesehen hatten, wie die Junge Garde gehenkt wurde! Anstatt uns der Ärmelnummern, angeheftet als eine Art Schülerausweis, zu entledigen und – kommt was kommt – »Vom Himmel hoch« singen zu gehen …! Ein paar hundert alte Herren und

Mütterchen waren an dem Abend sicherlich auch in unseren Kirchen versammelt. Na gut, die hatten nichts zu verlieren ... Wovor aber hatten wir eigentlich Angst? Daß Quäkelchen uns sein Vertrauen entziehen und nicht für die Technische Universität vorschlagen würde, falls für uns nach solcher Entgleisung überhaupt noch Abiturzeugnisse übrig gewesen wären ...? Davor hatten wir Angst? Wo wir doch grad die Scheinwerfer des Heldendenkmals zum Platzen gebracht hatten und in der ganzen Stadt nach uns gesucht wurde.

So kam ich dann auch wieder zu mir, und ich mußte mir sagen, um die Säulen des Kathedraleneingangs lungerten gewiß welche, die sich diejenigen merkten, welche nicht hätten da sein dürfen, für die der Christmettenbesuch nicht »angeraten« war. Ein paar Schritte zog ich mich nach links zur Seite, um meinen Ärmel mit der Nummer an eine Säule zu lehnen, und da bemerkte ich in der vor letzten Reihe zwei Rumänen aus der vierten Klasse, die auch bei uns im Internat hinter den eisernen Rolläden hausten. Sie hatten Pelzwämse an, in denen sie seinerzeit in die Stadt gebracht wurden und die ihnen jetzt viel zu eng geworden waren; aber von Ärmelnummern keine Spur, sollte einer sie sehen, waren es halt verirrte Dorflämmer von Hinterwalden, wohin die Lichtstrahlen der Aufklärungsarbeit noch nicht gedrungen waren. Gut und schön, aber falls einer den Kopf grad wendete – und da sie trotz Verkleidung Bammel hatten, war ein Blick nach hinten leicht möglich – und mich entdeckte, was mochte er denken? Na, was wohl? Daß ich in Quakels Auftrag da herumstand, um sie hops gehen zu lassen. Grad ich, der nicht einmal auf katholisch das Kreuz zu schlagen wußte. Eins zu fluchen hätte ich da Lust gehabt, wovon ich mich, sofern das ging, noch beschissener fühlte. Dabei vergaß ich gänzlich, daß die Kirche für mich ein Ort der Zuflucht war, und ich begann mich sachte nach draußen abzusetzen. Vor dem Eingang stand zum Glück wiederum allerhand Volk, in Erwartung nämlich, ob denn eine Prozession stattfinden würde. Da kam mir doch wieder in den Sinn, weswegen ich erst dahineingeraten war, und versuchte den Platz in Augenschein zu nehmen. Am Park war diskret überm Bordstein ein gedrungenes schwarzes Kraftfahrzeug abgestellt; da und dort verstreut ein halbes Dutzend Polizisten und vielleicht drei Kieberer in Ledermänteln bei der Ausweiskontrolle. Vorerst mieden sie größeres Aufsehen, da sie nicht wissen konnten, wie sich die Lage um die Kathedrale nach der Mette entwickeln würde. Beide Flügel des Eingangsportals wurden geöffnet, und die Menschen drängten ins Freie. Die Regung, sich die Treppe hinab mit den Gläubigen treiben zu lassen, kam von selbst; eine solche Ansammlung würde die Wichtigtuerei der polizeilichen Kontrollorgane für eine Weile ohnehin entkräften.

*

Zu einer Prozession kam es nicht, das rumänische Kirchgängervolk begab sich auf den Heimweg, so daß Fahrdamm und Bürgersteig recht gut bevölkert waren und man problemlos bis zum Internat gelangen konnte, dessen Eisenrouleau ich zwei Spann weit hochgezogen fand. Einer der »Komplizen« war demnach schon daheim und in

Sicherheit; beide waren es, erwies sich dann. Jetzt aber glitt das Rouleau ein Stück höher, damit ich durchschlüpfen konnte, ohne erst rumpeln zu müssen. Hinter der Blechgardine kam eine Tür, dann zwei Schritt tief ein Alkoven und nochmal eine Glastür, wie es sich in Geschäftsräumen zur Kundenabfertigung in Friedenszeiten gehörte; in diesem Eingangsbereich erwarteten mich Daczó und Tusa. Sie waren längst vor mir eingetrudelt, beide etwa gleichzeitig, obschon aus ungleichen Richtungen. Tusa war bis zur Kirche St. Michaelis gegondelt, wo dann auch ihm ein Lichtlein aufging, nämlich daß Heiligabend war, also stiefelte er zu Moldováns Gastwirtschaft und kaufte eine Flasche Wein, roten, einen Liter.

»Wo zum Henker warst du denn?!« fragte er zischelnd.

»Na da, genau dort …«

»Wir dachten schon …« – Sorgen machten sie sich, wollte Daczó sagen und lugte dabei unterm Rouleau zum Park hinüber, wo die Polizisten zugange waren.

»Ich hatte mich in die Kathedrale verzogen.«

»Hauptsache, du bist da«, quittierte Daczó.

Tusa versuchte mit der Klinge seines Taschenmessers, den Korken aus dem Flaschenhals zu locken, was allein schon wegen der dürftigen »Sichtverhältnisse« mißlingen mußte; also drückte er den Korken der Flasche in den Hals, nahm einen Schluck und sprach:

»Ich warne euch, ein übles Gesöff …«

»Wie üblich …«

»Egal, wir kotzen es sowieso wieder raus«, sagte ich.

»Immerhin, eine Eigenleistung«, bestätigte Tusa. »Wir sollten rein, hier erfrieren wir.«

»Drin ebenso«, widersetzte sich Daczó. »Du bist erst froh, wenn die drin gepetzt haben.«

»Das werden sie nicht«, sagte ich.

»Die Kleinen schlafen längst, und die anderen werden so tun«, erklärte Tusa.

»Wir gehn nicht rein«, versteifte sich Daczó, »wir warten ab, was hier passiert.«

»Nichts«, sagte Tusa, "die schnappen sich einen, und damit hat sichs.«

»Red keinen Stuß.«

»Wieso, was dachtest du? Es hat einen Vorfall gegeben, also muß ein Täter her. Runter mit dem Rolladen und Feierabend.«

»Nix Feierabend«, erwiderte ich, »da sind noch zwei Rumänen aus der Vierten draußen.«

»Da kannst du lange warten, die haben bestimmt Heimaturlaub«, meinte Tusa.

»Grad zu Weihnachten, was?«

»Bei denen kannst du nie wissen. Die denken sich was aus, einen Trauerfall in der weitverzweigten Mischpoke, und schon läßt man sie gehn.«

»Sie sind in der Kirche gewesen«, sagte ich.

»Das ist was anderes. Die Hundesöhne«, quittierte Tusa anerkennend.

»Na, seht ihrs?« Daczós Stimme war durchsetzt von Vorwürfen. Und von Anklagen. Und von Selbstanklagen. »Die wieder mal ...«

»Aber genau«, goß ich Öl ins Feuer, »die haben wieder mal keine Angst.«

»Und ob sie Schiß haben«, knurrte Tusa mich an. »Die haben auch Angst. Genauso wie wir, wenn nicht noch mehr. Nur haben sie halt noch mehr Angst vor dem Herrgott. Sie trauen sich nicht, nicht in die Kirche zu gehen.«

»Sei still, sie kommen«, wechselte Daczó plötzlich ins Flüstern.

Die beiden rumänischen Jungen waren eben an der Ecke angelangt, vorm Eingang sicherten sie noch ein paar Sekunden lang; Tusa hatte inzwischen die Glastür geöffnet, nun langte er unter dem Rolladen hinaus und zog den Lulatsch von den beiden mit einem Ruck herein, während Daczó den anderen an der Hand packte und so unterm Blechvorhang durchschleuste. Die beiden fielen, nun schon diesseits der Schwelle, vor Schreck fast in Ohnmacht.

Als sie allmählich zu sich kamen, versuchte Daczó in einer Gestensprache mit ihnen in Kontakt zu treten; er legte den Zeigefinger auf die Lippen und bedeutete ihnen: »Pst« oder »Schnauze«, egal, Hauptsache, es wird nicht gemaunzt, und sobald sie wieder Luft kriegten, ab in die Heia. Und: das Leben sei halt nicht leicht und hätte zumal zu Weihnachten so seine Tücken. Die waren freilich kein bißchen schwer von Begriff, sie schnallten sofort: Wir wissen, daß sie verbotene Wege gegangen waren. Das heißt: in der Kirche gewesen sind. Also hatten sie grad Grund, sich vor uns zu fürchten. Was sie nicht wissen konnten: Wir wiederum fürchteten, daß sie, vorm Internat angekommen, mit ihrem unbeholfenen Getapse aus der Gegend der kaltgestellten Scheinwerfer die Polente herbeilocken könnten, die dann womöglich (Gott behüte) sie als Täter einsammeln würde.

Tusa ersuchte nun aber Daczó: »Mach endlich Schluß, wir wollen jetzt rein; das bißchen Wein trinken wir noch aus, und dann buddeln wir uns ein in den Fallen.«

»Wir gehn nirgendwohin!« Daczós Ton war so gebieterisch, daß Tusa klein beigab und sich hinkauerte neben ihn.

*

Ohne einen Muckser suchten die zwei den Park und den Platz mit den Augen ab. Ich hockte mich zu ihnen; in der Nähe der Kathedrale war kein Mensch mehr.

»Schau nur, zwei Typen auf Bummeltour«, ließ Tusa sich vernehmen, »das könnten für die da die rechten sein.«

»Du hast nicht alle beisammen ...«

»Wieso, am Ende werden sie irgend jemanden abführen müssen. Du kannst doch nicht verlangen, daß sie sich bei dieser Scheißkälte bis in die Morgenstunden abfrieren ...«

Mitten auf dem Fahrdamm kamen vom Opernhaus her zwei Gestalten angetorkelt. Ein wenig gegenseitig um die Schultern gefaßt, ein wenig dennoch taumelnd suchten sie sich begehbare Rinnen im Eis; möglich, daß da auch Singsang zu hören war. Irgendwas Bethlehemisches. Die Polizisten nun schienen Bandi Tusas Ankündigungen zu befolgen: Ihrer drei traten aus dem Park heraus hin vor die beiden, irgend etwas wie Ausweiskontrolle lief ab, denn eine Korbflasche wurde abgesetzt, vielleicht um ein Dokument hervorzukramen; es vorzuweisen gelang kaum mehr, denn schon wurden sie zum Auto hin geschubst, dessen Lampen plötzlich aufleuchteten, und schon rollte der Wagen von den Hecken weg über die Bordsteine auf uns zu, passierte uns in einem Abstand von etwa zehn Metern und entfernte sich.

Daczó knirschte mit den Zähnen. »Das darf nicht wahr sein, diese Dreckskerle …«

Drei Bullen waren, wenn ich recht zählte, als Hüter der Reststrahlen im Park verblieben, die anderen zerstreuten sich, und die in Zivil verließen die Stätte in einem Auto.

»Was nun?«

»Nichts«, sprach Tusa beruhigend.

»Wirst sehen, die schnappen sich noch einen …«

»Quatsch! Mit den zweien stehen sie doch per Saldo dicke da. Der Klassenfeind hat ohnehin nur zwei Birnen zertöppert. Oder seh ich das falsch? Na also! Als Ersatz für dich brauchen sie niemand mehr kassieren …«

Nicht lange, und einer der Polizisten trat aus dem Park, nahm die herrenlose Korbflasche von der Straßenmitte und verhalf ihr zu einem Promeniergang in Richtung Denkmal.

»Siehst du wohl? Kannst beruhigt sein, für die ist der heutige Dienst gelaufen.«

»Hundesöhne, verdammte!« Daczós Kinn zuckte und krampfte, als hätte er ein sehniges Stück Fleisch zwischen den Zähnen, oder als würgte er an irgendeiner bitteren Salzbrühe im Schlund.

Tusa starrte Daczó ins Gesicht, es drohte zu zerfallen vor ohnmächtigem Zorn; aus Mitleid oder einem ähnlichen Grunde versuchte er auf seine tapsige Art sogar Trost zu spenden: »Gräm dich nicht, Alter, lange kann's nicht mehr dauern …« (Lange nicht, bloß noch vierzig Jahre.)

»Also dann Sperrstunde« sprach ich, öffnete die äußere Tür und zog den Rolladen sachte herab; damit war vom Denkmal her auch das Restlicht ausgesperrt.

*

Wir tasteten uns an den eisernen Bettgestellen entlang; die beiden rumänischen Jungen hatten ihre Betten am Eingangsende der Fensterreihe und waren noch dabei, sich aus- bzw. für die Nacht anzuziehen. Dabei tuschelten sie, verständlicherweise, denn leicht kriegten sie bestimmt keine Ordnung in das, was sich zugetragen hatte. Es ging ja noch an, daß wir irgendwie ihren Kirchgang mitbekommen hatten; aber welcher Gefahr entrissen wir sie an der Straßenecke? Welche andere, neuerliche, unmittelbare Gefahr soll ihnen da am Eingang gedroht haben? Noch dazu eine, von der wir drei freilich gewußt haben mußten. Dann war die Frage zu bedenken, ob sie sich deswegen nun vor uns in acht nehmen mußten oder ob sie auf unsere stille Komplizenschaft zählen konnten. Wenn ja, welches war der Preis dafür; falls nein, auf was für Folgen galt es gefaßt zu sein? Die Lage sogleich zu klären konnten sie gar nicht hoffen. Vorerst ging's um die Zweifel. Es war wechselseitig so, daß wir nicht wissen konnten, wie die Dinge zwischen uns lagen. Und da nützte es nichts, daß uns das vierte Jahr schon unter den gleichen Pferdedecken die Zähne klapperten und uns zum Frühjahr hin gleicherweise salziges Skorbutsekret aus dem Zahnfleisch sickerte. Hauptsache, der Genosse Direktor Quakel wollte uns zusammenschmieden. Uns, denen an seiner technischen Eliteanstalt im Fach Wärmebehandlung beigebracht worden war: Zwei Eisen so zusammenzukloppen, daß sie aber auch aneinander haften, ist technologisch ein absurdes Unterfangen. Sie miteinander verschmelzen, das ja. Nur täte dazu halt eine entsprechende Pfanne not. Und ein Hochofen.

Unsere damaligen Kohabitationsaffären waren am augenfälligsten dennoch dadurch gekennzeichnet, daß es zwischen uns und ihnen keine Prügeleien gab. Diese Ehre, könnte man sagen, haben wir uns gegenseitig nicht erwiesen. So sehr vertrauten wir uns nämlich nie, daß wir es gewagt hätten, dem anderen auch mal eine zu wischen.

*

Diese kollektive Gesondertheit stellte Tusa an jenem Weihnachtsabend auf die Probe. Es zeigte sich: Trotzalledem konnte auch eine Lage eintreten, in der wir wechselseitig zu Komplizen werden konnten, und das ist doch schon etwas.

Wir saßen auf dem Bettrand bei Daczó und bei mir im Dunkeln, nahmen ab und an kurz einen Schluck aus der Flasche, die wir sogleich weiterreichten. Bei den rumänischen Viertkläßlern war inzwischen Ruhe eingekehrt; geschlafen haben sie kaum, von der Mitternachtsmette dürften sie mitgenommen gewesen sein.

»So ein scheußliches Gesöff hab ich noch nicht getrunken«, klagte Daczó, »mehr schaff ich nicht.«

»Mir kommt es schon zur Nase raus ...«

»Nicht verzweifeln, wir kotzen es raus«, sprach Tusa.

»Das ist es ja grad. Bloß wohin?«

»Na wohin wohl?« Das kam von Tusa schon kaum mehr gedämpft, fast triumphal, als wüßte er, wohin ... »Meint ihr nicht auch, daß es hier viel zu still ist?«

»Doch. Wie im Leichenschauhaus«, antwortete Daczó. »Kein Schnaufer.«

»Das heißt doch, hier schläft jetzt überhaupt keiner«, sagte ich.

»Genau. Na, dann sagt doch mal«, hob Tusa die Stimme, das Wort an den ganzen atemanhaltenden Schlafsaal gerichtet, »hat einer von euch eine Kerze? Und einen Happen Brot ...«

Unter den Lumpenmaulwurfshügeln auf den Betten regte es sich fast gleichzeitig; am Ende der Bettreihe knisterte ein Streichholz, ein schmächtiges Lichtlein – einsames Flüchtlingskind von den Tausend in der Kathedrale – begann zu flackern.

»Euch ist kalt, stimmt's oder hab ich recht? Dann werden wir uns eben aufwärmen heut Nacht.«

Tusa riß die Decke vom Bett, und schon war er dabei, das Laken zu einer Rolle zu wickeln. Wir schalteten das Licht an, zogen das Doppelstockbett von der Ecke beiseite und klappten den Falltürdeckel hoch.

»Laß mich erst«, flehte Daczó, »ich kann's kaum mehr zurückhalten.«

»Ich hab' deinen verdammten Wein schon in der Nase«, sagte ich.

Von dem Rumänen ließen wir uns die Kerze geben, und wir beide, Daczó und ich, glitten in den Keller hinab. Nachdem wir uns erleichtert hatten, schleppten wir etliche von den wuchtigen Kreditbilanzwälzern unter die Luke. Etwa ein Dutzend davon hievten wir am Lakenende noch in der Nacht herauf, die übrigen Mal um Mal bis zum Frühjahr.

Inzwischen hatte Tusa die Bearbeitung des Heizmaterials organisiert. Alldieweil Bücher nicht so leicht Feuer fangen, mußten die Schwarten präpariert werden: die Deckel zerknickt, die Blätter geknüllt. Mit dem so gelockerten klassen- und regimefremden Brennstoff speiste er dann den froststarren Kachelofen.

Anfänglich gloste die Flamme bloß, dann aber kam sie in Schwung. Es hörte sich zunächst wie Knacken und Knistern an, als pflügte ein Heer von Büroangestellten ellenbogengeschützt mit Stahlfedern die Seiten, dann wirbelten die Lohen brennender Schober in die Höhe, Herrenhäuser gingen in Flammen auf, Pistolenschüsse peitschten, weil Bürgschaften gefälscht waren …

Aber den Winter kriegten wir dann irgendwie hinter uns; bis zum Frühjahr gab's drunten nicht nur keine Bücher, sondern nicht einmal Regale mehr. Lediglich Überreste einiger Zwangslagen blieben, und davon stieg zuweilen ein tückischer Odem die Falltür herauf.

Paul Kárpáti

Zsolt Láng

BEGEGNUNG IN N.

Im Herbst 1987 war ich wochenlang krank. Ans Bett gefesselt, versuchte ich die Zeit, die ja so langsam verging, mit Nachdenken auszufüllen – aber dabei gelang es mir nur, die in mir schlummernden Dämonen wachzurütteln. Vielleicht lag es an diesem langen, lästigen Alleinsein, daß mich plötzlich eine schreckliche Sehnsucht erfaßte, jemanden zu finden, der so war wie ich, damit ich spürte, daß es außer mir auf dieser Erde noch jemand anderen gab. Ich fing an zu lesen (in verrückter, zerfahrener Hektik!) und blätterte in meinen einst generalstabsmäßig zusammengekauften Büchern. Ich wollte woanders, bei einem anderen, meine eigenen Sätze wiederfinden. Lange Zeit nichts ... Nur ein einziges Mal begann mein Herz höher zu schlagen, als sich vor meinen Augen aus den sich vielversprechend wölbenden Konstruktionen seiner Sätze ein Schriftsteller namens Sz. erhob, bevor schließlich alles (der Satz) Hals über Kopf zusammenstürzte und so meine leicht beschwingte Freude unter sich begrub.

Die Frau, mit der ich damals zusammenlebte und die sich bereitwillig Nacht für Nacht an meinen fiebergeschüttelten Körper schmiegte, als wüßte sie nicht nur von meiner Krankheit, sondern auch von jenen Qualen der Einsamkeit, die ich in mir entdeckt hatte, obwohl sie gar nichts davon wissen konnte, weil ich mich darüber ausschwieg, sagte in einem glücklichen, langen (leeren) Augenblick oder kurz danach, seit sie mit mir zusammenlebe, kenne sie auch sich selbst besser als je zuvor. »So etwas brauche ich auch!« dachte ich bei diesen Worten, »auch ich brauche jemanden, mein Ebenbild, meinen Zwillingsbruder, mein *Homonym*!« (Pessoa provincia ...)

Laufend hatte ich das Gefühl, sofern es jemanden gäbe, der ernsthaft und beharrlich für mich tun würde, was ich brauchte, würde ich *währenddessen* aber auch alles tun können, wozu ich nur Lust verspürte ...

Als ich ihn dann endlich fand, war auch der Winter vorbei. Sein Name war mir kein Begriff. Ich bat einen Freund, einen Redakteur, in seiner Kartei nachzusehen. »Er ist 70 Jahre alt, der betreffende Roman ist sein drittes Buch, an unveröffentlichten Manuskripten wird es von ihm wohl noch viel mehr geben, es würde sich lohnen, der Sache nachzugehen, wer weiß ..., er wohnt in N., und das ist alles.«

»Was mag er wohl für ein Mensch sein?« Ich hatte keine älteren Freunde; mit alten Leuten sprach ich voller Ehrerbietung, aber doch mit einem gewissen Befremden. Aber jetzt wünschte ich mir sehnlichst, ihn kennenzulernen ... Hingebungsvoll labte ich mich an seinen Sätzen, unbeschreiblich entzückte mich diese schwelgerische Unpersönlichkeit, die auf einmal doch persönlich wurde, und oft mußte ich in Anbetracht von so viel Vollkommenheit, wie ich sie schwerlich je erreicht hatte, neidisch aufseufzen ...

Bis zum Frühling wurde ich mehr oder weniger wieder gesund, jeden Tag machte ich einen angenehmen Spaziergang an der frischen Luft. Einmal schlenderte ich Arm in Arm mit meiner Freundin am Ufer des Baches, der an der Burgruine vorbeifließt, entlang. Das Gras war feucht, hier und da auch schlammig, es wimmelte von Fröschen, sie quakten und blubberten und suchten selbstvergessen nach ihren Artgenossen; und ein Stückchen weiter, in den brotscheibengroßen Buchten, wirbelten als Frucht des vollzogenen Bundes die dunklen Wolken von tausend und aber tausend Kaulquappen umher …

Es begann zu regnen, und mangels eines besseren Unterschlupfs zogen wir uns in eine steinerne Höhle zurück, deren Boden mit Müll und Krümeln übersät war. Wir paßten kaum hinein, aneinandergepreßt starrten wir in den Regen. Der Frühlingsduft des Haares dieser Frau und ihre Brüste, die an meiner Brust leise vor sich hinatmeten, brachten mich um den Verstand, ich wurde wild und wollte sie sofort. »Hier?!« Aufgebracht deutete sie um sich. Mit verzerrter Miene rangen wir miteinander, schließlich befreite sich die Frau aus meinen Armen, und ohne sich um den Regen oder den Schlamm zu kümmern, ließ sie mich verächtlich stehen.

Lange stand ich so da und zitterte. Ich wußte, daß zu Hause ein müder, fader Abend auf mich warten würde. So hatte ich mit fluchtartiger Plötzlichkeit den romantischen Einfall, nach N. zu reisen und mein schriftstellerisches Ebenbild aufzusuchen.

Eine Zeitlang verfolgte mich noch das vorwurfsvolle, fremdartige Gesicht meiner Liebsten. Ich versuchte, mich auf das verblichene Bild einer Stadt zu konzentrieren, das an der Abteilwand hing. Das Bild war schmutzig, und die Stadt existierte in Wirklichkeit gar nicht mehr, beziehungsweise sie hatte einen neuen Namen bekommen, der wiederum mit jenem alten Namen übereinstimmte, der dem auf dem Bild angegebenen vorausgegangen war. Auf dem Platz unterhalb des Bildes rieb sich ein großköpfiger Mann ununterbrochen mit dem Zeigefinger die Stirn, als quälten ihn schwere Sorgen, was er noch deutlicher zum Ausdruck brachte, indem er unter tiefstem Seufzen seinen Kopf auf die Handflächen stützte. Später stand unser Zug aus mir unbekannten Gründen lange Zeit auf offener Strecke herum; von der umständlichen Erklärung des Schaffners verstand ich kaum etwas. Langsam fing ich an zu bereuen, daß ich mich zu dieser Eskapade mit zweifelhaftem Ausgang hatte hinreißen lassen, aber jetzt war bereits nichts mehr zu machen; auch den letzten Bahnhof, von wo aus ich vielleicht einen Wagen in Richtung Heimat hätte erwischen können, hatten wir schon seit geraumer Zeit hinter uns gelassen. Ich war also ein Gefangener der Zeit und des Abteils. Allerdings vertiefte ich mich schon bald in eine angenehme Träumerei, und erst in N. kam ich wieder zu mir.

Als ich aus dem Jugendstilgebäude des Bahnhofs heraustrat, blieb ich stehen: Vor mir tat sich ein relativ geräumiger Platz auf, offensichtlich begann hier die nicht allzu breite Hauptstraße, die schließlich in den vieleckigen Marktplatz mündete. Von hier gingen in alle Richtungen die kleineren Gäßchen mit ihren eingeschossigen Häuserzeilen ab, mit den gepflegten Gärten usw. Ein solches Bild habe ich von der Struktur dieser kleinen Stadt in meiner Erinnerung bewahrt.

»Vermutlich kennt hier jeder jeden.« Ich hatte recht. Ein altes Weib mit Kopftuch wies mir ausführlich den Weg. Das Ziel meiner Reise würde ich ganz in der Nähe finden, auf der anderen Seite des Bahnhofsvorplatzes. Hinter den spärlich belaubten Bäumen erblickte ich die gelbliche Fassade des Hauses. Die Sonne war hervorgekommen und ließ den Putz leuchten.

Ich ging um den Park herum. Ich blieb wieder stehen, denn ich hatte großes Herzklopfen. Ich sah, wie hinter dem einen Fenster ein Schädel aufblitzte, und da war es um all meine Tapferkeit geschehen. Ich lief quer hinüber, um mich ihm im Schutz der Hauswand zu nähern. Es war warm geworden, man konnte zusehen, wie die Hitze die Pfützen am Straßenrand nach oben hin verschlang.

Der Alte döste auf der anderen Seite der Fensterscheibe vor sich hin. Ich versuchte zu lächeln, aber es reichte gerade für eine gezierte Grimasse. Vergebens verglich ich sein Gesicht mit dem, wie ich es mir vorgestellt hatte, ich konnte keine Ähnlichkeit feststellen, nein, noch nicht. Langsam öffnete er die Augen. Auf seinem dürren, faltigen Hals zitterte der kahle Schädel. »Eine Schildkröte«, kam es mir zwangsläufig in den Sinn. Jede Geste, jedes Wort und jede Bewegung wären erzwungen gewesen, ich ging weiter.

»Vielleicht ist er es doch nicht«, versuchte ich die unerwartete (da ungünstige) Entwicklung der Dinge beruhigend umzuinterpretieren. Meine größte Sorge bestand darin, wenigstens einen vertrauten, Wärme ausstrahlenden Zug an ihm zu entdecken: eine bläuliche Furche an der Nasenwurzel, witzige Härchen auf der Nasenspitze, eine lustige Warze, weiche Falten um die Augen herum usw. Ich sehnte mich nach Sicherheit, nach einer Nische, wo ich mich in Betrachtung dieses unbekannten Gesichts würde ausruhen können. Ich hätte ihn gern noch einmal in Augenschein genommen, ohne meine Rückkehr dadurch indiskret erscheinen zu lassen, und ihn aus dem für den Beobachter unentbehrlichen Objektzustand gekippt.

Also hockte ich mich hin und kroch zurück unter das Fenster ... Jetzt trat ich schon ganz gefaßt auf; aus den Augenwinkeln starrte ich ihn an. Die Augäpfel des Alten stiegen aus ihrem tiefen, faltenbeschatteten Bett und folgten mir. Dieses auf seine Art bemerkenswerte Kunststück fesselte mich so sehr, daß ich auf nichts anderes mehr achten konnte. Noch mal, und noch mal!

Beim vierten Mal stutzte ich und wandte mich ihm zu. Der Schrecken ergriff ganz und gar von mir Besitz, gleichzeitig kam eine dunkle Neugier auf, die der Schrecken fast schon wieder davongeschwemmt hatte, ein kaum bewußtes Bestreben, zu ergründen, wie dies alles geschah. Ich ging noch zweimal unter dem Fenster vorbei, dann bremste ich von neuem ab und bewegte mich auf das an die Fensterscheibe gepreßte Gesicht zu. Das Zittern des Schädels legte sich, besser: übertrug sich auf die Fensterscheibe; die Augen glänzten ausdruckslos wie bei einem ausgestopften Tier, nur der vor dem Mund auf der Scheibe entstandene schmetterlingsförmige Atemfleck gab zu erkennen, daß Leben in ihm war. Ich war versucht, etwas zu sagen, denn ein solcher Blick verleitete mich dazu, zu sprechen und mit meinen Worten den leeren Raum zu füllen, selbst dann noch, wenn ich gerade nichts zu sagen hatte. Statt dessen zwinkerte ich ihm nur freundlich zu, aber ich spürte, wie ich dabei ein besonders listiges Gesicht schnitt. Der Alte streckte mir die Zungenspitze heraus, als habe er sich die Lippen befeuchten wollen und es dann vergessen. Ich wandte mich vom Fenster ab und lehnte mich mit dem Rücken an die Wand. Keuchend schnappte ich nach Luft.

Auf der anderen Straßenseite, diesseits des Parks, erblickte ich drei kleine Jungen. Der eine hatte sich hingehockt, er äffte meinen Froschgang nach und stachelte die anderen zum Mitmachen an. Ich grinste verlegen und machte eine lässige Handbewegung in ihre Richtung. Inzwischen hörte ich, wie neben mir unter Zerren und Stoßen das Fenster geöffnet wurde. Ich stieß mich von der Wand ab und rannte los. Der Alte brüllte kreischend und fluchend hinter mir her. Ich rannte, durchquerte den Park und blickte nicht zurück. Ich beschloß, mich nicht umzusehen, bis ich zu Hause ankam, was einer schweren Prüfung gleichkam, weil eine Frau, die voller Ausdauer hinter mir herrannte, mich auf meinen staubigen Mantel aufmerksam machen wollte. Gezwungenermaßen stellte ich mich taub, wodurch das Problem gelöst und mir sogar noch das Mitleid der Frau zuteil wurde. Die erfolgreiche Aktion brachte mir meine gute Laune zurück. Falls es mir gelingen sollte, rechtzeitig nach Hause zu kommen, wollte ich die ganze Szene meiner Freundin vorspielen, vielleicht würde es mir ja gelingen, ihren frostigen Widerwillen gegen mich zu verscheuchen ... Dann fiel mir ein, daß sie von meinem Verhalten enttäuscht sein und sich daraufhin nur noch mehr abschotten würde, während ich mich wie in einem verstaubten Melodrama zu fragen hätte: Wo führt das alles bloß hin? Würde es mir endlich gelingen, das Richtige zu tun, oder würde ich endgültig eingeholt werden von einem dunklen, namenlosen Fremden?

Karin Höpp

Zsolt Láng

REISE AUFS DORF

(Der Bahnsteig ist sehenswert) Eine schon leicht ergraute Matrone spazierte auf und ab, es war schwer zu entscheiden, ob sie ihre mächtigen Brüste vor sich herschob oder ob die Brüste das gewaltige, hervorstehende Hinterteil zogen. Neben ihr tippelte ein winziger Mann, und wenn sie umdrehten, fehlte jedesmal nicht viel, und er wäre fast erstickt vor Eifer, um mit dem Frachtschiff an seiner Seite Schritt halten zu können. Im Hauptbereich des Bahnsteigs angekommen, verlangsamte die Riesenfrau das Tempo, der Zwerg tippelte in noch winzigeren Schritten bis zum tiefen Abgrund der Bahnsteigkante, öffnete seinen schwarzen Schirm und versuchte, indem er sich beinahe im rechten Winkel nach vorn beugte, den Horizont zu erspähen: Er fürchtete, ein schwirrender Luftstrom könnte ihn in das ölbefleckte Schienenbett stoßen. Der Regen tröpfelte auf den gespannten Stoff, da zuckte die nichtsnutzige Mannsperson auf komische Art zusammen und zog die üblichen Grimassen. Aus einer Dampflokomotive quoll, wie aus der Tube gedrückt, ein schwerer, schwarzer, breiiger Qualm, hinter dem – vielleicht auch direkt aus dem Qualm heraus – trat ein hauptstädischer Lackaffe hervor, das hübsche Gesicht immer wieder von einem karierten Regenschirm verdeckt. Eine Weile balancierte er ziemlich ungeschickt auf den Schienen, hielt dann plötzlich inne, wandte sich mit unmutigen Blicken um und entschwand wieder im haushohen Dampfwolkenbett. Vermutlich hatte er sich nicht ganz freiwillig auf diesen Vorortabstecher begeben, vielleicht hatten ihn seine kränkelnden Eltern zu sich gerufen, möglicherweise auch eine arme Näherin, mit der er eigentlich schon lange Schluß machen wollte. Ich hätte gern gehabt, daß er erneut auftauchte, und liebäugelte mit dem Gedanken, ihn kennenzulernen, unsere Beziehung hätte sehr wohl eine Perspektive haben können, wobei ich danach leicht und sehnsuchtsvoll wieder hätte hierher zurückkommen, mein Heim also von Zeit zu Zeit frohgemut hätte hinter mir lassen können ... Ein kleiner Junge kam aus der Halle gerannt, sauste über den Bahnsteig, blieb schwankend an der steinernen Kante stehen, griff in die Regenwand und fing das Wasser genüßlich in seinen offenen Händen auf. Tobend kam die Mutter gerannt, ergriff ihn am Arm und zerrte ihn wortlos beiseite, was das Kind mit steinerner Miene über sich ergehen ließ. In der Tür zur Halle waren zwei Männer ins Gespräch vertieft, manchmal berührten sich ihre Arme vertraulich. Zu ihnen gehörte eine junge Dame, sie drehte immer wieder unruhig das Gesicht hin und her, das ohnehin vor Nervosität zuckte wie ein flakkernder Kerzenstummel, doch wenn sich ihr Blick zu dem älteren der beiden Männer verirrte, dann lächelte sie mechanisch: Ihr Gesicht wurde traumhaft schön. Ein Mann im Webpelzmantel schob mit der Schuhspitze Zigarettenkippen vor sich her, er schaute mit geneigtem Kopf in alle Richtungen, als würde er eine illegale Last schleppen, langte dann blitzschnell nach unten und stopfte sich die Kippen in die Taschen, eine jedoch zündete er sich begierig an. Durch die mörderisch-hektischen Bewegungen sprang der Mantel auf, Abscheu erregend blitzte die Hose hervor: Sie wurde von einem Strick gehalten, den er so um den Hosenbund geschlungen hatte, daß die darunter hervorlugende Unterhose gleich mit befestigt war.

Der Qualm legte sich zunächst über die tiefer liegenden Bereiche, mit der Zeit wälzte er sich über die Bahnsteigkante und verschlang unbemerkt alles, als wäre er nichts anderes als der nahende Abend. Kaum einer kümmerte sich darum.

(Männer wie Monde mit Hof) Ihr Erscheinen mehrte das Dunkel, es war tatsächlich, als würden sie eine dunkle Hülle tragen; sie kamen gleichzeitig aus der Halle, obwohl sie einander nicht kannten, doch wer weiß, es deutete jedenfalls nichts darauf hin. Der Jüngere trug seinen bis zu den Knöcheln reichenden Ledermantel aufgeknöpft, so konnte jedermann die kniehohen Schnürstiefel bewundern, in die er das schwarze Beinkleid bauschig hineingestopft hatte, er trug einen Vollbart und einen Filzhut mit breiter Krempe, den altmodischen Hut hatte er in die Augen gezogen. Er betrachtete sein Schuhwerk, während er in tiefen Zügen eine Zigarette rauchte. Ich hätte ihn für eine Art Künstler gehalten, vor allem, weil ich ähnlich gekleidete Dichter kannte, wäre da nicht diese übermäßige Bewußtheit und Selbstsicherheit, dieses über alle Maßen Berechnende an ihm zu spüren gewesen, jene Art von Kraft, die uns nicht in die Höhe reißt, sondern zu Boden wirft und mit sich schleift ... Der andere schien wesentlich älter zu sein, wenngleich er leichten Schrittes hin und her spazierte; heimisch und heiter, wie einer, der Herr über sich selbst ist und in die Welt ausstrahlt. Mit weicher Bewegung zog er den Hut und grüßte hierhin und dorthin, zu Gestalten, die im Dunkeln schon fast nicht mehr auszumachen waren.

(Gespräche mit Fremden) Meine Frau saß eine Armlänge von mir entfernt. Auf langen Reisen reagiert der Mensch empfindlicher als sonst, was oft zur Folge hat, daß er jenseits der Grenzen von Erschöpfung und Gleichgültigkeit erschöpft und gleichgültig in sich zusammensacken möchte. So ließ ich gleichgültig geschehen, daß ein Fremder, der in unserer ungarischen Muttersprache zu uns herüber grüßte, meine Frau ins Gespräch verwickelte. Der Gentleman sprach über Bücher, die auf weiten Reisen die Langeweile vertrieben, und er sage das aus eigener Erfahrung, da er dieses Land nämlich in jungen Jahren der Länge und der Breite nach bereist habe, heute seien die Wege ja kürzer geworden, oder besser die Geschwindigkeit sei höher, und dadurch verginge die Zeit sozusagen anders. Seinem Enthusiasmus war anzumerken, daß er überaus stolz war auf seine Belesenheit, daß er gebildet genug zu sein vermochte, um sich nicht zu langweilen, und daß er auf die tingelnden Fahrgäste des Lebens ein wenig herabschaute. An seiner Aussprache, besonders bei der Bestandsaufnahme ausländischer Autoren, merkte man, daß er seine Bildung nicht in der Schule oder in lockeren, geistreichen Gesprächen erlangt hatte, sondern daheim unter Schweiß und Qualen – das ist kein Makel, es gehört nur zur Charakteristik dazu. Seine rechte Hand ließ er, als sei sie gelähmt, flach auf der Brust ruhen. Er schmähte die Schriftsteller von heute, die sich zurückzögen, statt hier unter uns zu leben und sich eifrig Notizen zu machen – wie das ihre Aufgabe wäre. Die Schriftsteller sind unter uns, sagte ich lächelnd und stand auf. Offenbar verstand er meine freundschaftliche Ironie nicht. Die alten … Was diese hochbegabten Männer nicht zu schreiben vermocht hätten, müsse nun heute getan werden. Nach kurzer Pause ließ er meine Frau auf ihrem Koffer hocken und trat zu mir; blinzelnd neigte er den Kopf zur Seite und schaute mich prüfend an. Wenn ich mich nicht irre, sind Sie dieser Schriftsteller … wie war doch gleich der Name?

Mich stört es, wenn ich nach meinem Namen gefragt werde, wenn sich wildfremde Leute für meinen Beruf oder Familienstand interessieren. Auch jetzt kam mir der Gedanke, mich unter einem Pseudonym vorzustellen, ja, ich zog in Erwägung, den Namen eines von jedermann hoch geschätzten Autors zu verwenden. Vielleicht wegen meiner Frau nannte ich dann doch meinen eigenen. Wie? fragte er und formte seine Hand hinter dem Ohr zum Schalltrichter. Ich wiederholte. Wie? Er kam mit dem Ohr näher an mein Gesicht und verringerte den Abstand auf ein Minimum. Die B-Laute meines Namens ließen die aus seiner Ohrmuschel herauswuchernden Härchen erzittern. Großartig! bestätigte er lauthals, ich hoffe, Sie wollen mich nicht an der Nase herumführen! Mich rufen jetzt dringende Bedürfnisse, aber wenn Sie erlauben, würde ich noch einmal wiederkommen …

(Eine peinliche Szene) Der Bärtige hatte mich, als ich ihn bemerkte, wohl schon länger beobachtet. Er drückte die Zigarette aus und kam gelassenen Schrittes auf uns zu. Ich bemühte mich, mir die Worte des Gentleman ins Gedächtnis zurückzurufen; es war mir zur Gewohnheit geworden, im unbestimmten Grenzbereich der Ereignisse zu verweilen und zurückblickend etwas mit einem Blick abzuschließen –

ohne Abschied könnte ich das Darauffolgende nur unter unvermeidlichen Verlusten in Besitz nehmen, poetischer ausgedrückt: Die zerbrechlichen, zarten Triebe der Zukunft wurzeln in diesen Momenten.

Alles geschah rasch, wie im Film, wo man den Ereignissen nachrennt. Obgleich es unmöglich ist, etwas in Besitz zu nehmen, indem man unentwegt seiner Spur hinterherwalzt. Nach vorn müssen wir preschen, dann wird es uns gehören. Ich möchte anmerken, daß man doch mit ruhigem Gewissen nicht davonschlendern kann, wenn sich die Ereignisse bereits vor den Mauern sammeln …

Hab' ich dich aber lange nicht gesehen, sagte der Mann zu meiner Frau, was natürlich ein Scherz war, auch er lachte darüber. Hast du keine Angst? Bei uns gehen Damen nicht ohne Leibwächter. Sie sind von hier, schaltete ich mich in die Szene ein. Mir waren vom harten Rand der steinernen Bank die Beine eingeschlafen, ich hätte mir gern durch massierendes Klopfen die Schenkel gelockert, das ging jetzt freilich nicht, jedoch war ich während der ganzen Zeit unseres peinlichen Wortwechsels gezwungen, das unangenehme Gefühl durch verschiedenartige gymnastische Tricks zu mildern, was unseren bärtigen Besucher sichtlich nervös machte. Friert der Herr etwa, oder muß er aufs Klo? fragte er zum Beispiel. Seine Sätze trieben an den unmöglichsten Stellen Ableger, sie verzweigten sich zum Beispiel, wo es nicht logisch war, und machten es unmöglich, zu folgen, was er soeben bewies oder aus welchen Prämissen er schlußfolgerte. Manchmal argumentierte er vorsätzlich falsch, und ich, bestrebt und bemüht, die Dinge richtigzustellen, ging ihm auf den Leim. Seine Worte waren wie Knospen an einem verseuchten Stamm, seine Worte wurden meine Worte ... Jeder könnte behaupten, er sei mit dieser Dame verheiratet, es zählt nicht; mal angenommen, ich würde es glauben: Welche Rechte hätten Sie denn damit gewonnen?! Und als ich ihn über Rechte, beziehungsweise über die den Rechten vorausgehende Gefühlsgemeinschaft informieren wollte, forderte er erwidernd Beweise. Ich begann nervös in den Reisepapieren zu suchen; mit einem geringschätzenden Zucken der Lippen schaute er zu, wie ich in meinen Taschen kramte. In ratloser Verlegenheit argumentierte ich mit einer abgelaufenen Brotmarke, die er mir lächelnd zurückreichte ...

Unser Auftritt wurde durch die Rückkehr des älteren Herrn beendet. Oder auch fortgesetzt, denn der junge Mann wechselte von seiner bisherigen Rolle in eine andere und gab ausführlich zum besten, wie er mich gefoppt habe. Ich nickte, hätte meine vorherige Verlegenheit gern vor dem Gentleman verborgen. Sie lachten, und die gute Laune zog auch mich langsam in ihren Bann. Wir prusteten wie Armeekameraden, die sich zufällig irgendwo über den Weg gelaufen sind und sich nun in Erinnerung an alte Abenteuer ein paar lustige Minuten machen, die sich wie alte Kumpane zuzwinkern, einander mit den Fäusten gegen die Brust schlagen, bis einer von ihnen vorschlägt, in der nahegelegenen Bahnhofskneipe doch noch das eine oder andere kühle Bierchen zu trinken.

(Wechselbäder am Telefon) Es war mir gelungen, die Einladung des Alten abzuwehren, die der Bärtige unter Klopfen auf meinen behaarten Rücken bekräftigt hatte, obwohl ich im selben Moment überlegte, daß es wohl richtiger gewesen wäre, sie anzunehmen, und ich ehrlich gesagt auch ganz gern ein, zwei nervenstärkende Halbe getrunken hätte.

Mich quälte das Heimweh. Hätte meine Frau mit nur einem einzigen Wort von Heimkehr gesprochen – ich hätte mich, notfalls zu Fuß, auf den Weg gemacht. So etwas war von ihr freilich nicht zu erwarten, wenn sie erst einmal irgendwohin aufgebrochen ist, kehrt sie niemals um.

Ich beschloß, meinen Freund zu Hause anzurufen und ihn zu überreden, uns nachzureisen. Ich durchquerte die menschenleere Halle und wechselte bei einer Losverkäuferin Geld. Das Telefon schaltete hin und her, und ich hörte alle möglichen Gespräche mit, eine Frau zählte zum Beispiel Daten mit für mich unbekannter Bestimmung auf, die ein Mann mechanisch wiederholte; von einer anderen Frau erfuhr ich, daß der, den sie liebt, unfähig sei, sie glücklich zu machen, obgleich er sie auch liebe, vielleicht wäre gerade dort das Problem, im übermäßigen Bemühen; einem Mann war die Mutter gestorben, und damit nicht genug, denn weitere Prüfungen stünden ihm bevor, sein Gesprächspartner verstand nicht, was er meinte, worauf der Mann mit einem passenden Gleichnis Klarheit schaffen wollte, dessen Sinn freilich außer ihm keiner begriff. Einmal war mir, als hörte ich die Stimme meiner Frau, wie sie zärtlich zu einem Baby sprach, das sein Bäuerchen machen sollte, das Ganze wurde plötzlich übertrieben heftig und steigerte sich bis zum Geschrei. Ich konnte nicht aufhören und wählte hastig … Ein Vater nervte seinen Sohn, z.B. damit: Wieviel beträgt die Fläche eines Dreiecks, und nachdem er vergeblich auf die richtige Antwort gewartet hatte, begann er in barschem Ton zu schimpfen – vergeblich flüsterte ich in bester Absicht die Lösung, sie konnten mich nicht hören. Der Hörer wurde feucht vom Atem, einen dicken Tropfen wollte ich wegpusten, ich blies heftig, mir wurde vor Anstrengung schwindlig, erschrocken kam ich zu mir, preßte den Nacken nach hinten, kleine Sterne fielen aufwärts. Die Losverkäuferin winkte mir unmißverständlich zu, ich winkte verdutzt zurück. Stark frequentierte Leitungen überlagerten sich, oft sprachen so viele, daß ich den Text nicht verstehen konnte, von Zeit zu Zeit hätte ich schreien mögen, doch mir war der Mund verschlossen. Jemand rief einen Arzt, ein Junge oder ein Mädchen, der Arzt redete sich teilnahmslos heraus, ich gebe alles, wenn Sie nur kommen, bitte kommen Sie! alles, auch das …? alles, wenn Sie nur kommen, ich beschwöre Sie bei Gott! Männer lachten und begannen dann ohne Übergang bei allem, was heilig ist, ungehobelt zu fluchen, dazwischen plapperte eine Frau wie ein Papagei, er war es nicht, verstehen Sie, er war es nicht, verstehen Sie, lassen Sie uns in Ruhe! Plötzlich weinte ein Kind: ich war es nicht … Ich nahm den Hörer in die rechte Hand und wählte mit der linken, ich pustete mehrfach über die kribbelnden Fingerkuppen. Lustigere Sachen kamen mir zu Ohren und wer weiß wie viele witzige Szenen: Zum Beispiel sprachen zwei miteinander, ein Dolmetscher vermittelte, führte jedoch seine Auftraggeber in die Irre und lenkte das Gespräch nach Lust und Laune, so daß sie sich in unterhaltsame Dinge verstrickten …

Ich mußte Geld wechseln und wandte mich wieder an die Losverkäuferin. Aus einem blauen Topf löffelte sie gerade ihre Fleischsuppe, die Brühe floß zu beiden Seiten des Mundes in dickem Strahl herab. Warum macht die denn nicht ordentlich den Mund zu?! Sie blickte mürrisch zu mir. Auf ihrem Schoß hatte sie ausländische Zigaretten, Seife, Pudding sowie Kaugummis. Mit einem Wink gab sie mir zu verstehen, daß ich mich näher zu ihr beugen solle. Ich habe auch die Antibabypille, flüsterte sie. Ich bemerkte, wie viele Zahnlücken sie hatte, und begriff, warum sie die Suppe so ungeschickt geschlürft hatte.

(Auf der Bühne der Bahnhofshalle) Inzwischen war die Zeit ziemlich vorangeschritten, immer mehr Leute warteten, rundherum nur breitschultrige Männer mit gesunden roten Wangen; offensichtlich hatte ihnen die Arbeit im Freien und die harte Witterung auf dem Lande Gestalt gegeben. Sie standen, die Mäntel über den drallen Körpern straff zugeknöpft, in Vierer- oder Fünfergruppen um das Gepäck herum und unterhielten sich. Diese Anordnung änderte sich pausenlos, weil gleich mehrere ständig von einer Gruppe zur anderen wanderten; es schien, als versuchten sie, die Sitzordnung des bald kommenden Zuges schon rechtzeitig vorher unter der Leitung eines unsichtbaren, aber resoluten Regisseurs festzulegen. Hinter diesem wogenden Gebilde sah ich entlang der Mauer, die sich vom Bahnsteig zur Halle herüberzog, abtrünnige Gruppen, darin auch Frauen und Kinder; sie verbrachten die Zeit, deren eintöniges Drängen keiner mag, mit Futtern und Füttern.

Ich blickte auf die Uhr, mir blieb noch soviel Zeit, um einen gewissen Ort aufzusuchen. Wenn wir später im Zug

Platz genommen haben würden, brauchte ich dann nicht aufzustehen und mich nicht durch den engen Gang hindurchzuzwängen, sondern würde mich bequem zurücklehnen und nahezu unbeschwert reisen können.

(Vom Hund gefangen) Örtlichkeiten dieses Zwecks sind an den Enden dunkler, salpetriger Gänge zu suchen; der Geruch weist uns den Weg. Ich begab mich in einen Seitengang, es war dunkel, es stank. Jemand huschte an mir vorbei. Wenn meine Frau jetzt losginge, nach mir zu suchen, dachte ich, würden wir uns kaum finden, denn es brannte kaum eine Lampe, obendrein waren wir beide stark kurzsichtig und hatten die Brillen aus Eitelkeit weggeworfen. Im Klo hing eine nackte Glühlampe von der bröckelnden Decke herab, links befanden sich drei leere Kabinen in einer Reihe, rechts unten an der Wand verlief eine Steinrinne. Solch unverhüllte bauliche Lösungen erfüllen mich mit Schauder. Ist es möglich, daß ich für einen Mann übermäßig schamhaft bin? Während meiner Armeezeit war solcherlei Verklemmtheit oft Grund für höhnisches Gelächter gewesen, was mich nicht gestört hatte, wußte ich doch, daß sie dabei meinen auch im Ruhezustand stattlichen Schwanz mit neidischen Blicken betrachteten. Ich trat in die nächstgelegene Kabine, zog die Tür zu und freute mich über den Haken und daß es auch eine Öse gab, in die er eingehängt werden konnte; ich wandte mich um und knöpfte die Hose auf. Die Stille wurde vom gewaltsamen Zuknallen der Eingangstür durchbrochen; unter Stöhnen stieß und schubste man jemanden, der sich dagegen wehrte, er schnaubte wütend. Ein scharfer Knall, der vom Zerplatzen der Glühbirne herrührte, Wasser rieselte mir in den bloßen Nacken, wahrscheinlich hatte man Wasser auf die heiße Glasumhüllung gespritzt.

Obwohl ich kein starker Raucher bin, habe ich doch immer Streichhölzer bei mir; während ich mit der einen Hand den Haken zu ergreifen versuchte und in der anderen Hand die spärliche Flamme des Streichholzes hoch hielt, spähte ich nach einer Weile hinaus. Zu meiner Überraschung erblickte ich einen Hund mit verklebtem Fell, so ein streunendes Großstadtungetüm; vor seinem wütenden Angriff zerrte ich erschrocken die Tür zu. Er versuchte, durch den spannbreiten Türschlitz einzudringen. Ich spürte die Versuchung, ihn auf die zähnefletschende, schaumspeiende Schnautze zu treten, wenn er jedoch Tollwut hat, dachte ich, ist es besser, jede Art von Kontakt zu vermeiden. Ich versengte mir die Finger an der Streichholzflamme. Was war hier los? Wer machte das, und was wollten die? Neugierig suchte ich nach den Ursachen, unsere Neugier ist so stark und fordernd, daß sie leichter einen Irrtum erträgt, als daß sie unbefriedigt bleiben könnte. Ich stellte mich auf den Deckel, schaute mich um und sah über die Bretterwände hinweg. Wenn ich vielleicht bis zum Belüftungsfenster gelangen könnte! Mit tastenden Armen versuchte ich, zu einem Entschluß zu gelangen.

(Die Flucht) Unter Umgehung des Kleiderhakens schwang ich mich auf die Querlatte über den Türen, kniete mich darauf und stemmte die Fersen gegen die Seitenwand. Ein bißchen wurde mir schwindlig. Wenn ich nun abstürzte? Verletzt würde ich mich nicht einmal mehr verteidigen können, meine Flucht würde zum Pyrrhussieg. Warum war ich auch hier hochgeklettert? Die Zelle war sicher, hier würde ich sogar Wochen durchhalten, zwar hatte ich nichts zu essen, aber Wasser war da, und das war das Wichtigste; gegen die nächtliche Kälte hätte ich mich durch Laufen am Ort schützen können, obwohl mir davon der Hunger nur noch mehr zusetzen würde. Voraussichtlich würde ich jedoch nicht wochenlang in dieser Lage bleiben müssen, meine Frau würde nach mir suchen, um jeden Preis würde sie mich finden, sie ist meine Frau und liebt mich. Doch würde sie dazu in der Lage sein? Würde sie nicht vielleicht auch gefangen sein? Ich dachte an meine Frau, an ihr seidiges, brüchiges Haar, ihre kleinen Brüste, die weichen, geschmeidigen Schenkel, ihre warmen Umarmungen, und zu all dem gesellten sich dunkle Ahnungen. Das entstandene Konglomerat war eine grauenhafte Last, die ich nicht tragen konnte, ich hätte auf der Stelle vergehen, von hier verschwinden mögen, jedoch nicht nur räumlich, sondern auf eine viel wirksamere Weise. Zurück ins Zeitalter der Ritter, als die Worte des Mannes noch wie Blumen rings um die Frauen blühten ... Doch war es damals wirklich so? Wenn es tatsächlich eine Entwicklung gibt, wenn die Welt, wie man sagt, von Tag zu Tag besser wird, schöner und menschlicher, wenn wir mit der Zeit immer höhere Gipfel erklimmen, dann muß die Vergangenheit von hier aus gesehen randvoll gewesen sein mit geistesgestörten, niederträchtigen Gestalten und unerhörten Bosheiten.

Alles war klamm und klebrig, wie die Haut entlang meines Rückgrates. Seitwärts mit den Beinen rudernd, versuchte ich, die nächste Trennwand zu erreichen. Alles tat ich keuchend und ungeschickt, was mich vermutlich oft tollkühn erscheinen ließ. Als ich mich durch das enge Fensterkreuz zwängte, mit dem Kopf nach unten hing und den Boden nicht sah, schoß es mir durch den Kopf, daß ich aus meiner Hose und weiteren Kleidungsstücken ein Seil, eine Art Seil hätte knoten sollen. Durch das Zappeln rutschte ich immer weiter nach draußen, noch immer wußte ich nicht, was unter mir war. Das Pochen im Kopf breitete sich im ganzen Körper aus; ich wartete, bis ich von allem genug hatte, dann ließ ich mich schließlich fallen.

Unmittelbar nach dem Sturz, beziehungsweise bereits während des Sturzes, hatte ich die Vision von einer gutwilligen Welt, die es, während wir uns unbefriedigt nach läppischen Erfolgen sehnen, so einrichtet, daß unser strampelnder Körper auf weichen Untergrund fällt. Der Regen hatte aufgehört, von ferne war Licht zu sehen, als würde es tagen – nur die Frische fehlte. Die Hüfte tat mir weh, ich krümmte mich und versuchte meine Glieder zu bewegen. Es tat gut, den Schmerz zu steigern. Doch wagte ich nicht, das bis zur Unendlichkeit zu treiben, es hätte irgendwo irgend etwas reißen können. Durch einen Spalt in den Wolken drang Licht hervor, es schien mir, als sei dort ein anderer Bahnhof. Die Stille des unendlichen Raumes erfüllte mich mit Entsetzen, ich sprang auf. Mir war, als würde mich von oben jemand auffordern: Weine nur, weine!

(Zugpfeifen) Der Zug stand zischend am Bahnsteig eins. Zwar hatte es aufgehört zu regnen, doch rann den Reisenden genügend Wasser aus der undichten Rinne in den

Nacken, um das Einsteigen zum Sturmangriff werden zu lassen. An den äußeren Wagen, wo nicht so viel Licht hin drang, standen die Reisenden in weniger dichten Trauben. Ich erblickte meine Frau, wie sie gehetzt unsere Koffer schleppte. Ich eilte ihr nach, rief jedoch nicht. Ob etwas passiert war, vermochte ich nicht einzuschätzen. Wortlos beobachtete ich, wie sie mit ihren schmalen Schenkeln das Gepäck nach oben stieß. Ihr stummes Leiden machte mich fassungslos, ich hätte sie heftig schütteln wollen. Laß uns umkehren! Warum? Oh, wie viele Arten von Warum gibt es?!

(Glückliches Ende) Ich lehnte meine Stirn mit dumpfem Aufprall gegen das kühle Fenster im Gang und starrte auf den vorüberziehenden Bahnhof. Plötzlich entdeckte ich meinen alten Bekannten: Vor der Bahnhofshalle, in der Hand einen Bierkrug schwenkend, erklärte er dem bärtigen Jüngling etwas. Ihre Heiterkeit war sichtlich ungetrübt. Über ihnen, in den Glasfenstern der Halle, glitt langsam das Spiegelbild des Zuges vorüber. Unwillkürlich winkte ich ihnen zu. Der Herr bemerkte mich, wurde ernst, begann dann einen langen Hals zu machen und stellte sich sogar auf die Zehenspitzen, als hielte er unbefriedigt nach einer Erklärung Ausschau. Der Bärtige hob die Arme wie in einer grotesken Burleske und setzte nach einem winzigen Sprung zum Laufen an; der Zug beschleunigte, die Reisenden wurden in die Polster ihrer Sitze gedrückt, der Bärtige blieb zurück. Langsam erwachte in mir das Gefühl einer formlosen Masse, geknetet aus Angst, Bitterkeit, Panik, Haß, Übelkeit, Beklemmung und namenlosen Qualen, formbar, sogar zum Sieg. Alles in einem Wort zu komprimieren – das wär's. Wir wissen, es wäre nutzlos, wenn es nicht erklärt würde; fängen wir jedoch an, es zu erklären, zu erklären und zu sezieren, dann träte alles in seinem ursprünglichen Durcheinander auf; das wollten wir verhindern. Alles läuft rasch auseinander, so wie der vom Stein verursachte Sprung in der Fensterscheibe sich einem Spinnennetz gleich ausbreitet.

Haik Wenzel

NATIONALFARBEN

Am Theater überraschte mich am meisten, daß die Frauen schrecklich viel fluchten. Vor allem die Schauspielerinnen, aber auch die Sekretärin, die Kassiererin, die Souffleuse und die Garderobenfrau fluchten, noch dazu auf die ordinärste Weise. Freilich waren alle gereizt, die Truppe hatte gerade ein neues Gebäude bekommen, das neue Gebäude war eigentlich ein altes Bordell, jedenfalls erzählten das die älteren Leute, die hier in ihrer Jugendzeit angenehme Stunden verbracht hatten; das alte Bordell mußte zu einem ansehnlichen Theater umgestaltet werden. Maurer und Maler glätteten und verschönerten die Wände von innen und außen, und wir Tischler wechselten das morsche Parkett aus und hobelten, fügten und nagelten aus dicken, schweren Brettern eine halbkreisförmige Bühne zusammen, was uns keine weiteren Schwierigkeiten bereitet hätte, wenn nicht die Truppe währenddessen auf der halbfertigen und noch mit Sägemehl überstreuten Bühne hätte proben müssen; die wirklich sehr lauten Proben machten uns verrückt, die Schauspieler aber und den Regisseur machte unser Gehämmer verrückt. Außerdem war das Stück, das sie bei solchem Lärm einüben wollten, ziemlich schwach, sagten die Schauspieler, ich verstand davon nichts, aber mir gefiel es auch nicht. In dem Stück »Veranda mit Geranien«, das vor etwa 50 Jahren ein ortsansässiger Schriftsteller namens Béla Boskovics geschrieben hatte, ging es im wesentlichen darum, daß ein hübsches reiches Mädchen und ein gutaussehender armer Junge ineinander verliebt sind, aber die Eltern des Mädchens gegen diese Liebe sind, sie wollen das Mädchen einem ungeschlachten Rechtsanwalt zur Frau geben, aber am Ende kriegen sich die Liebenden auf der mit Geranien und anderen Blumen bepflanzten Veranda doch. Die Geschichte war dürftig; Tibor Alföldy, der magenkranke, stets schlecht gelaunte Regisseur, versuchte sie mit Tanz und Gesang anzureichern; Ferenc Fügedi, der männliche Hauptdarsteller, sang ständig von seinem betrübten Herzen, und Ágota Király, die Hauptdarstellerin, sprang häufig auf den Tisch und führte Tänze auf, dann sprang sie wieder auf die Bühne herab, tanzte dort weiter, und das alles in hochhackigen Schuhen, ein ganz und gar nicht ungefährliches Unterfangen, und das Stück wurde dadurch auch nicht viel besser, die armen Schauspieler merkten das, waren sowohl deswegen gereizt als auch wegen unseres Gehämmers, darum fluchten sie also, besonders die Schauspielerinnen, und mit ihnen zusammen die anderen Mitglieder des Theaterpersonals, nur Tamara Dévics, die Friseuse, fluchte nicht, vielleicht, weil sie der Parteisekretär des Theaters war; im Bewußtsein ihrer Verantwortung verurteilte sie sicherlich das freizügige Benehmen, aber sie blieb hoffnungslos in der Minderheit. Ich konnte die obszönen Reden der Schauspielerinnen auch nicht billigen, aber darüber sprach ich lange mit niemandem, allenfalls hieb ich, wenn mich das Fluchen zu sehr störte, lauter auf die dicken Bretter ein; ich bemühte mich, eine stabile und ewig haltbare Bühne zu bauen. Doktor Tamás Gajdos jedoch war eine viel empfindsamere Seele als ich, ihn empörte das unflätige Gerede der Schauspielerinnen zutiefst.

Dr. Tamás Gajdos war durch mich zum Theater gekommen. Ich war am Ufer der Donau zu später Stunde auf ihn gestoßen, damals lief auch ich noch partner- und ratlos in dieser Stadt umher, aber deshalb war ich doch nicht einsam, ich ging gemächlich am Fluß spazieren und dachte über das Schicksal eines Mädchens mit sehr blauen Augen und weiten Pupillen nach, das Mädchen ging mit seinen weiten blauen Augen an mir vorbei, als liefe es in der Luft, und ich dachte, es habe sich sicherlich mit Rauschgift vollgestopft, deshalb bedauerte ich es einen Moment lang, aber nicht länger, denn ich bemerkte Dr. Tamás Gajdos, der auf einer einsamen Holzbank herumsaß. Er betrachtete das schwarz dahinwogende Flußwasser oder vielleicht den schon fast schwarzen Wald am anderen Ufer; jedenfalls war er sehr traurig, daran erkannte ich ihn, denn Dr. Tamás Gajdos war immer traurig gewesen. Schon in seiner Kindheit. In unserem Dorf waren wir acht Jahre lang gemeinsam in die Grundschule gegangen, er hatte von uns den klügsten Kopf; wenn wir abgefragt wurden, wußte er immer alles, was man wissen mußte, auf dem Schulhof aber und auf der Straße war er der Ungeschickteste, am liebsten ließ er trübsinnig den Kopf hängen, ständig grübelte er vor sich hin, dieses Betragen reizte uns, deshalb ohrfeigten wir ihn ständig, jagten ihn weg oder schubsten ihn, davon wurde er noch trübsinniger, und er wehrte sich überhaupt nicht, das bekamen auch die gewitzteren Schüler der unteren Klassen bald mit, sogar sie stießen Tamás Gajdos herum, das war mir manchmal zuviel, dann schützte ich ihn vor den Schikanen der kleineren Jungen, obwohl auch ich ihn manchmal ärgerte, denn auch mich nervte seine ständige traurige Nachdenklichkeit, mit der er uns scheinbar absichtlich die gute Laune verderben wollte.

Außerdem ließ er uns wissen, daß er, wenn wir erwachsen wären, der Erfolgreichste von uns sein würde, sicher würde er Arzt, das sagte er zwar nicht, aber wir wußten es auch so, und zu jener Zeit hatten wir noch großen Respekt vor Ärzten, denn sie erschienen nur selten in unserem Dorf, aber wenn, dann kurierten sie alle, da machte es uns natürlich wütend, daß wir auch vor Tamás Gajdos irgendwann einmal solchen Respekt würden haben müssen. Und er wurde Arzt, aber er blieb auch weiterhin ein trübsinniger Mensch, deshalb erkannte ich ihn auf der einsamen Holzbank am Ufer der Donau. Ich setzte mich neben ihn, klopfte ihm auf die Schulter, davon bekam er für etwa zwei Minuten gute Laune, aber dann wurde er schnell wieder traurig. Er beklagte sich, daß er in schrecklicher Einsamkeit lebe. Er sei zwar ein erfolgreicher Arzt, Leiter der Rehabilitationsstation im Krankenhaus, trage zur Nachbehandlung und endgültigen Heilung von Menschen mit Knochenbrüchen und Verrenkungen bei, auf diesem Gebiet erreiche er auch bemerkenswerte Ergebnisse, seine Patienten seien wirklich dankbar und verehrten ihn sehr, aber wenn er das Krankenhaus verlasse, überfalle ihn eine große Einsamkeit, und deswegen sei er so unglücklich, daß er sich manchmal nach den alten Dorfzeiten zurücksehne, zwar sei er auch damals einsam gewesen, aber er wurde wenigstens oft verprügelt, was letztendlich bedeutete, daß er irgendwohin gehörte. Jetzt aber sei er ganz allein. Ich kannte mich im Krankenhausleben nicht aus, bis dahin hatte ich nur einen Nachmittag und eine halbe Nacht in der Klinik verbracht, eigentlich im Irrenhaus, nachdem ich mich ohne eigene Schuld bis zur Bewußtlosigkeit betrunken hatte und mein

Magen gespült werden mußte; nach der Magenspülung hatte sich eine hübsche Schwester über mich gebeugt, und deshalb stellte ich mir jedes Krankenhaus voll mit hübschen Krankenschwestern vor. Aber Dr. Tamás Gajdos winkte nur ab, er sei für sein ganzes Leben von den Krankenschwestern enttäuscht, denn er habe vor nicht langer Zeit ein dauerhaftes Verhältnis mit einer blonden Krankenschwester namens Lucia gehabt, aber Lucia habe ihn wegen eines anderen einsamen Mannes verlassen, der Emil Karikó hieß, den Dr. Tamás Gajdos aber Posaunen-Emil nannte. Dann erzählte er mir lang und breit, traurig und ein wenig konfus von Posaunen-Emil und Lucia. Posaunen-Emil war Musiklehrer, er brachte begabten Kindern die kunstvolle Bedienung von Blasinstrumenten bei, was seine Ordnung gehabt hätte; wenn er jedoch aus der Schule nach Hause kam, überfiel ihn die Einsamkeit, besonders nachts. Er wohnte gegenüber der Klinik in einem Hochhaus mit zehn Stockwerken und einem flachen Dach, und wenn die Einsamkeit unerträglich wurde, ging er mit einem Jagdhorn auf das Dach des Hochhauses und blies solange in das Jagdhorn, bis er müde war. Der schmetternde Ton des Jagdhornes ist sehr weit zu hören, besonders in stillen Nächten, von dem Geschmetter wachten die Kranken im Krankenhaus auf und wurden unruhig, die Ärzte und Pfleger wurden nervös, riefen mehrmals die Polizei, Posaunen-Emil bekam jedesmal eine Geldstrafe, die er ohne Widerrede bezahlte, aber er blieb weiterhin allein, auch in den folgenden Nächten blies er auf dem Jagdhorn. Lucia machte diesem unseligen Zustand ein Ende. Sie ging zu Posaunen-Emil und unterzog ihn einem ernsthaften Gespräch. Es ist nicht genau bekannt, worüber sie sich unterhielten, aber Posaunen-Emil hörte von da an mit seinen nächtlichen Ruhestörungen auf, allerdings behielt er Lucia bei sich. Deshalb hatte Dr. Tamás Gajdos nun für sein ganzes Leben genug von den Krankenschwestern. Ich bemühte mich, ihn zu trösten, erzählte ihm von einem schwachsinnigen Jungen, der den ganzen Tag auf der Flöte spielte, und ich machte Andeutungen darüber, daß die Liebhaber von Blasinstrumenten vielleicht alle ein bißchen bekloppt seien, aber das tröstete ihn auch nicht, daraufhin ließ ich unsere gemeinsamen Jugenderinnerungen aufleben, und als er sich nicht einmal darüber freute, riet ich ihm, er solle doch ab und an ins Theater kommen, dort sei immer etwas los, niemand sei allein, viele kämen dorthin, um bei den Arbeiten oder Proben zuzusehen, selbst gebrechliche alte Leute würden wieder jung und schwelgten in lieben alten Erinnerungen. Dr. Tamás Gajdos wurde nachdenklich, sagte nichts, und ich glaubte nicht, daß er meinen Rat annehmen würde, ich ließ ihn also auf der Holzbank zurück, denn ich war müde und erschöpft, das Wasser der Donau war immer dunkler geworden, den Wald auf der anderen Seite konnte man in der Dunkelheit schon fast nicht mehr erkennen.

Dr. Tamás Gajdos kam doch ins Theater. Er traf genau zur rechten Zeit ein, denn auf der Bühne hatte es gerade einen Unfall gegeben. Ferenc Fügedi hatte herzergreifend von seiner Liebesqual gesungen und Ágota Király hatte in hohen Stöckelschuhen auf dem Tisch getanzt, dann war sie vom Tisch heruntergesprungen, und es war das geschehen, was ich schon lange befürchtet hatte: Ein Absatz brach, Ágota Király fiel auf die Knie, sprang auf, dann setzte sie sich hin, betastete ihr Knie und fluchte. Das Knie wurde rot und begann sichtbar anzuschwellen. Wir standen um Ágota Király herum und bedauerten sie lautstark. Eine andere Schauspielerin, Beáta Blahó, die in dem Stück Ágota Királys neidische Rivalin spielte, fluchte auch und sagte:

»Ich hatte einen Bekannten, der war Sportreporter. Er ist auch einmal aufs Knie gefallen, auf der Tribüne im Fußballstadion, und sein Knie ist so dick geworden, daß nachher das Bein am Oberschenkel amputiert werden mußte. Bald darauf war er tot.«

Ágota Király jagte Beáta Blahó daraufhin kreischend zum Teufel.

»Es wird keine Premiere geben«, seufzte Tibor Alföldy, der magenkranke Regisseur. Er nahm einen kleinen Kunststoffbeutel aus der Tasche, riß ihn mit zitternden Händen auf und saugte eine weiße Flüssigkeit aus ihm heraus.

Da bemerkte ich Dr. Tamás Gajdos. Er war mit seiner Arzttasche ins Theater gekommen, stand unschlüssig da, sicherlich suchte er mich. Ich winkte ihm, daß er schnell auf die Bühne kommen solle. Er kam, und ich stotterte: »Die Primadonna ist verletzt. Ihr Knie schwillt an. Hilf ihr, du verstehst dich auf so etwas.«

Mit überraschender Bestimmtheit schob Dr. Tamás Gajdos die lärmenden Schauspieler und Bühnenarbeiter beiseite, beugte sich zu Ágota Király herunter und betastete ihr Knie, dann öffnete er seine Tasche, nahm eine Spritze heraus und stach sie Ágota Király ins Bein, schließlich verband er schnell das geschwollene Knie. Ich begann daran zu glauben, daß Dr. Tamás Gajdos ein guter Arzt war; er verrichtete seine Arbeit fachmännisch und schien überhaupt nicht auf die zeternden Männer und Frauen um sich herum zu achten. Aber er bemerkte sie doch, denn als er sich aufrichtete, war sein Gesicht kreidebleich. Er trat zu mir, zog mich beiseite und sagte:

»Das ist schrecklich.«

»Muß das Bein abgenommen werden?« fragte ich.

»Nein, muß es nicht«, sagte Dr. Tamás Gajdos.

»Was ist dann so schlimm?«

»Diese Frauen fluchen dermaßen ordinär.«

»Früher war hier ein Bordell«, sagte ich. »Das hat einen schlechten Einfluß auf sie.«

»Nie wieder setze ich meinen Fuß in dieses Etablissement«, sagte Dr. Tamás Gajdos. »Lieber bitte ich Lucia auf Knien, daß sie zu mir zurückkehrt.«

Da kamen Tibor Alföldy und Ferenc Fügedi auf uns zu. Der Regisseur fragte ängstlich:

»Wird das Knie der Schauspielerin gesund werden?«

»Kann sein«, sagte Dr. Tamás Gajdos eisig.

»Wie soll ich das verstehen?«

»Der Herr Doktor könnte das schmerzende Knie heilen«, erklärte ich, »aber er ist vom Theater tief enttäuscht.«

»Warum?« fragte der Regisseur.

»Diese Truppe ist arg verdorben«, sagte ich. »Besonders die Frauen. Die haben wirklich Schandmäuler.«

»Das ist wahr«, räumte Tibor Alföldy mit leidvoller Miene ein. »Man müßte den Direktor herunterrufen, damit er hier endlich Ordnung schafft.«

»Rufen Sie ihn«, sagte ich.

»Er würde mich aus dem Büro werfen«, sagte der Regisseur. »Und überhaupt ist mein Magengeschwür wieder schlimmer geworden. Holen Sie ihn.«

»Ich kenne den Direktor nicht«, sagte ich.

»Er heißt Sándor Till und ist ein Fleischturm von wenigstens hundertzwanzig Kilo«, sagte Ferenc Fügedi, der Hauptdarsteller. »Er schläft in seinem Büro und wacht immer sehr mürrisch auf. Uns wirft er alle schonungslos aus dem Büro. Ich glaube, er kann die Kunst und die Künstler nicht leiden. Aber mit dir springt er vielleicht nicht so um. Du bist ein ehrlicher Handwerker, hoch genug gewachsen, und außerdem hast du nichts zu verlieren. Du könntest die Premiere retten.«

Ich hatte ein bißchen das Gefühl, als wäre ich wieder im Irrenhaus gelandet, unsicher sah ich mich in dem lärmenden Theater um und dachte, daß hier wirklich endlich Ordnung geschaffen werden müßte.

»Ich gehe jetzt«, sagte Dr. Tamás Gajdos.

»Das wirst du nicht tun«, fuhr ich ihn an, so wie damals, in der Kindheit, in der Dorfschule, als Tamás Gajdos von allen kräftigeren Jungen getreten wurde.

Dr. Tamás Gajdos blieb an seinem Platz, und ich ging in den ersten Stock hinauf. Ich wußte selbst nicht, warum ich das tat; von mir aus hätte die Premiere ausfallen können, aber ich wollte Dr. Tamás Gajdos helfen, wollte ihn aus seiner traurigen Einsamkeit reißen.

Ich klopfte an die Tür des Direktors, von drinnen kam keine Antwort, ich wartete ein bißchen, dann öffnete ich die Tür. Ich kam in ein riesiges Büro, in dem riesigen Büro saß hinter einem kleinen Schreibtisch ein mächtiger, dicker

Mann auf einem im Verhältnis zu seinen Ausmaßen winzigen Drehstuhl und schlief. Das konnte nur Sándor Till sein. Hinter ihm stand ein schmiedeeisernes Blumengestell, voll mit stachligen Kakteen. Seinen Kopf, der nach hinten gesunken war, trennten von den Kakteen keine zehn Zentimeter, und ich fürchtete, wenn er sich bewegte, würden ihm die Stacheln der bösen Pflanzen das Gesicht zerstechen. Ich verstand nicht, weshalb er auf diesem unbequemen Drehstuhl saß, er hätte auch in den ausladenden Sesseln sitzen können, von denen sich vier in der Ecke breit machten, über ihnen hing ein Farbporträt des Vorsitzenden, dort hätte ihm keine Gefahr gedroht.

Ich stellte mich vor Sándor Till, der Direktor öffnete die Augen und fragte gelangweilt:

»Wer bist du?«

Ich antwortete nicht, sondern fragte meinerseits:

»Warum setzen Sie sich nicht in einen Sessel? Dort könnten Sie viel bequemer schlafen, und es sind auch keine Kakteen in der Nähe.«

»Mein Bauch ist zu dick, und diese Sessel sind überhaupt nicht bequem«, sagte er. »Auf diesem Stuhl hier kann ich dagegen gut schlafen. Ich habe Erholung dringend nötig, denn ich mache schon seit Wochen die Nächte durch. Ich zeche mit Politikern, nur so kann ich Geld für das Theater aus ihnen herausquetschen. Milutin liebt diese nächtlichen Vergnügungen über alle Maßen, und ihm machen sie auch nichts aus. Wenn du den Namen Milutin Budzsárov hörst, empfehle ich dir, Habacht-Stellung anzunehmen, jedenfalls solange, bis wir mit dem Theater fertig sind. Bisher haben wir in einer dreckigen Hundehütte gespielt, aber jetzt kann dieses arme ungarische Theater mit Milutins Hilfe in ein Gebäude ziehen, das seinem Rang entspricht. Deshalb opfere ich mich jede Nacht, und ich erwarte auch von anderen Opfer. Wer bist du denn nun eigentlich?«

»Ich bin Tischler«, sagte ich. »Ich mache die Bühne, wenn ich damit fertig bin, gehe ich woanders hin. Ein befreundeter Dichter hat mich hierher empfohlen. Vorher habe ich in einer hübschen Kleinstadt in seiner Werkstatt gearbeitet, und er hat währenddessen Gedichte geschrieben. Schöne Gedichte.«

»Ich war einmal Ballettänzer«, sagte der dicke Direktor. »Glaubst du das?«

»Nein.«

»Das war ich tatsächlich. Aber dann habe ich lieber geheiratet, eine Familie gegründet und dabei gründlich zugenommen. Das viele nächtliche Essen und Trinken macht auch dick, aber das muß ich auf mich nehmen. Wegen des Theaters. Dabei verabscheue ich das Theaterleben im Grunde. Gedichte kann ich auch nicht leiden. Du siehst wie ein anständiger Mensch aus, ich wundere mich, daß du bereit warst, für einen Dichter zu arbeiten. Die Dichter sind heutzutage die reinsten Bauernfänger.«

Ich verstehe nicht viel vom Dichten, und überhaupt meinte ich, wir hätten uns nun ausreichend bekanntgemacht, und so ging ich zum Zweck meines Kommens über.

»Ágota Király hat sich gerade auf der Bühne verletzt«, sagte ich.

»Ich weiß, man hat mir schon Bescheid gegeben«, sagte Sándor Till und zeigte auf das Telefon auf dem Schreibtisch. Schlechtgelaunt legte er die Stirn in Falten. »Diese Nutten springen mit Vorliebe in Stöckelschuhen herum, da ist doch völlig klar, daß sie sich irgendwann die Knöchel verstauchen. Außerdem schenken sie mir Kakteen ...«

»Die Schauspielerin hat sich das Knie gestoßen, und ihr Bein schwillt rasant an«, sagte ich. »Kann sein, daß deswegen die Premiere ausfallen muß.«

»So schlimm ist die Verletzung?«

»Ziemlich schlimm«, sagte ich. »Zum Glück ist gerade einer meiner Freunde hier, ein hervorragender Arzt, ein Spezialist für verstauchte Arme und Beine. Er könnte das Knie der Schauspielerin schnell heilen.«

»Na, dann soll er das doch tun«, sagte der Direktor und schloß die Augen. »Und mich laßt schlafen.«

»Mein Freund ist vom Theater enttäuscht«, sagte ich.

»Ich bin schon tausendmal vom Theater enttäuscht worden. Schon als ich noch Ballettänzer war.«

»Die Frauen hier fluchen auf ordinärste Weise. Meiner Meinung nach darf das nicht geduldet werden.«

»Das finde ich auch«, stimmte mir Sándor Till mit geschlossenen Augen zu. »Die Frauen fluchen gräßlich und umzingeln mich mit Kakteen. Irgendwann einmal schaffe ich Ordnung dort unten.«

»Es muß dringend Ordnung geschaffen werden«, sagte ich. »Mein Freund ist ein sehr sensibler Mensch, er ist nicht bereit, fluchende Frauen zu behandeln.«

Sándor Till öffnete die Augen, zog den Kopf aus der Nähe der Kakteen weg, schnaufte tief und verbittert und sagte: »Siehst du, darum hasse ich das Theaterleben.«

Er hob den Telefonhörer hoch, drückte einen Knopf und sprach mit seiner Sekretärin im Nachbarbüro.

»Évike, in fünf Minuten findet im Zuschauerraum eine äußerst wichtige Besprechung statt. Alle sollen da sein.«

Er legte den Hörer auf und sah mich an, als ob ich die Ursache allen Übels wäre.

»Ich schaffe jetzt Ordnung«, sagte er. »Aber das wird unsere Probleme nicht auf Dauer lösen. Ich kenne die Frauen. Früher hatte ich mit schrecklich vielen Ballettänzerinnen zu tun. Die haben auch viel geflucht. Aber nicht immer. Ich habe sie beobachtet, und mir ist aufgefallen, daß sie nur dann fluchen, wenn sie von den Männern vernachlässigt werden. Schon morgens, wenn sie zur Probe kamen, sah ich an ihren Augen, welche von ihnen in der letzten Nacht gestreichelt worden war, deren Augen strahlten hell und sie sprachen den ganzen Tag gewählt und höflich, die Vernachlässigten aber betraten die Bühne mit glanzlosen Augen, tanzten wütend und fluchten oft. In unserem kleinen Theater lungern die Frauen mit glanzlosen Augen herum. Man muß sich also nachts mit ihnen beschäftigen. Ich habe dazu keine Zeit, und außerdem bin ich zu dick geworden.«

»Ich werde Ferenc Fügedi Bescheid sagen«, sagte ich.

Sándor Till winkte verächtlich ab.

»Zu diesen Künstlern habe ich kein Vertrauen. Ich rate auch dir, ihnen nicht zu vertrauen. Die Arbeiterklasse muß im Interesse der guten Sache mobilisiert werden.«

»Wir tun, was wir können«, sagte ich.

»Ich habe dir gleich angesehen, daß du in Ordnung bist. Wenn du dich weiter so anständig benimmst, kannst du auch nach der Premiere am Theater bleiben.«

»Vielleicht will ich ja gar nicht?«

»Ich könnte dich auch ans Meer schicken. Ich habe dort eine Wohnung gekauft und sie mit alten, klobigen Möbeln vollgestopft. Die Möbel müßten verkleinert werden. Magst du das Meer?«

»Vor einiger Zeit habe in einem Hotel am Meer Rolläden an die Fenster montiert. Ich habe mich dort wohlgefühlt. Und ich habe einen begabten Maler kennengelernt.«

»Hüte dich vor den Künstlern. Sie sind unernst, kindisch und haben alle einen Hang zur Obszönität. Na, gehen wir runter Ordnung schaffen.«

Sándor Till sprang von seinem Stuhl auf und ging mit überraschender Wendigkeit zur Tür, woraufhin ich nun doch fast zu glauben bereit war, daß er irgendwann einmal Ballettänzer gewesen sei. Wir gingen hinunter in den Saal. Die Mitglieder der Truppe saßen im Zuschauerraum, nur Dr. Tamás Gajdos stand beleidigt und ein bißchen verschreckt in der Nähe der Tür herum. Ich hieß ihn sich hinsetzen und setzte mich zu ihm. Der Direktor ging auf die Bühne und holte tief Luft wie jemand, der eine lange Rede halten will. Aber er hielt eine kurze Rede.

»Ich hätte drei, vielleicht dreieinhalb lebenswichtige Anweisungen«, erklärte er streng. »Erstens: Da wir zur Modernisierung und Renovierung dieses Gebäudes ausreichend Geld bekommen haben, wird am 25. Oktober, in drei Wochen also, am Tage der Befreiung unserer Stadt, das Theater eröffnet, es werden vor großem Publikum Festreden gehalten, und es wird eine erfolgreiche Uraufführung geben.«

»Daraus wird nichts«, rief Ágota Király vom Zuschauerraum her. »Mein Knie ist geschwollen, ich kann mich kaum bewegen. Und das tut mir nicht einmal leid, denn die ›Veranda mit Geranien‹ ist das schlechteste Stück, in dem ich je mitgespielt habe. Ich möchte mal wissen, wer diese Scheußlichkeit ausgegraben hat.«

Danach ließ sich Ágota Király noch mit schmutzigen Worten wirklich abschätzig über die Person aus, die diese Scheußlichkeit ausgegraben hatte.

Sándor Till antwortete Ágota Király mit tödlicher Ruhe.

»Ich habe die ›Veranda mit Geranien‹ ausgesucht. Der Autor hat einen guten Namen, das Stück ist wirklich schwach, aber wenn ihr viel singt und tanzt, werden alle glauben, daß wir glücklich sind, und auch das verehrte Publikum wird glücklich sein. Was dein schmerzendes Bein angeht: Hier ist ein ausgezeichneter Arzt, er wird dich heilen, in der Vorstellung wirst du attraktiv und beweglich sein. Ab jetzt halte den Mund und kuriere dein Knie.«

Ágota Király öffnete erzürnt den Mund, aber dann machte sie ihn schnell wieder zu.

Sándor Till fuhr in seiner Rede fort.

»Zweitens: Bis zur Vorstellung dürfen die Mitarbeiter des Theaters keine Schuhe mit hohen Absätzen tragen.«

»Das bezieht sich doch sicher nur auf die Schauspielerinnen«, sagte Évike, die Sekretärin.

»Das bezieht sich auf alle«, sagte Sándor Till. »Ich bin Direktor des ganzen Theaters, und ich sorge mich um jeden gleichermaßen.«

Die Truppe nahm auch das zur Kenntnis, und der Direktor tat seine dritte wichtige Anweisung kund.

»Von jetzt an dürfen die Frauen im Theater nicht mehr fluchen.«

Diese Äußerung erregte die Gemüter.

»Wie?!« »Warum?!« riefen sie von überall her.

Am lautesten schrie Dóra Juhász, die in der »Veranda mit Geranien« Ágota Királys zänkische Mutter spielte und deshalb ständig wütend war, denn sie spielte nicht gerne alte Frauen. Sie verlangte eine Erklärung.

Sándor Till gab sie ihr.

»Gutes Theater kann man nur mit sensiblen, distinguierten Damen machen, mit Damen, die nicht fluchen. Und ich will gutes Theater machen. Darauf hat die Gesellschaft, die uns für unsere ungestörte und erfolgreiche Tätigkeit Geld zur Verfügung stellt, ein Anrecht.«

»Der Genosse Direktor hat vollkommen recht«, sagte Tamara Dévics, Friseuse und Parteisekretär. »Unser Theater ist eine bedeutende kulturelle Einrichtung, Kultur kann man nur mit distinguiertem Benehmen und Reden verbreiten. Das ist unser aller Pflicht, es wäre gut, wenn das alle zur Kenntnis nähmen.«

Dóra Juhász maulte noch immer. Sie fragte:

»Die Männer dürfen fluchen?«

»Ich habe keine diktatorischen Neigungen und will kein Willkürsystem einführen«, sagte Sándor Till. »Die Männer dürfen also fluchen, mit Anstand, versteht sich, nur in einem Maße, das ihre Männlichkeit unter Beweis stellt. Ich mag männliche Männer, aber männliche Frauen mag ich nicht. Noch Fragen?«

Es gab keine weiteren Fragen, und Sándor Till nickte befriedigt.

»Dann an die Arbeit! Die Schauspielerin mit dem schmerzenden Bein schließt sich dem Arzt an, ihre Rolle wird in den Proben von Editke Fülöp übernommen, die Arbeiterklasse baut und renoviert in noch schnellerem Tempo als bisher das Theater, und ich gehe jetzt schlafen, denn mich erwartet eine anstrengende Nacht, ich will weiteres Geld aus den Genossen herauspressen, ich möchte, daß wir im Keller einen stimmungsvollen Künstlerclub einrichten, wo wir uns nach der anstrengenden täglichen Arbeit erholen und entspannen können. Dort wird den Frauen das Fluchen natürlich auch streng verboten sein.«

Damit ging Sándor Till, um zwischen den Kakteen zu schlafen. Ágota Király hinkte wütend zu mir und Dr. Tamás Gajdos, sie bewegte ihren Mund, sagte irgend etwas, aber ganz leise, so leise, daß wir kein einziges Wort verstanden. Dr. Tamás Gajdos war zufrieden.

»Jetzt gehen wir ins Krankenhaus und röntgen Ihr Knie«, sagte er.

Ágota Király widersprach nicht und hüpfte an der Seite von Dr. Tamás Gajdos aus dem Saal.

Editke Fülöp rannte eifrig auf die Bühne; sie war eine Schauspielerin von grauem, unscheinbarem Äußeren und spielte in der »Veranda mit Geranien« nicht mit, aber sie war bei jeder Probe anwesend, sie freute sich sehr, daß sie die Hauptdarstellerin bei den Proben für einige Tage ersetzen durfte; es war zwar schwer zu glauben, daß sich gutaussehende junge Männer ausgerechnet in sie verlieben würden, den Text jedoch wußte sie, wie sich später zeigte, auswendig; sie konnte tanzen und sogar singen. Das schien Tibor Alföldys Magengeschwür zu besänftigen. Die Probe wurde ohne weitere Zwischenfälle fortgesetzt.

Imre Uracs, der Leiter der technischen Abteilung des Theaters, blieb neben mir stehen und sagte anerkennend:

»Unser Direktor kann mit Menschen umgehen, das muß man ihm lassen.«

»Der Direktor hat noch eine geheime Verordnung erlassen«, sagte ich.

»Und die wäre?«

»Seiner Meinung nach fluchen nur solche Frauen ständig, die von den Männern vernachlässigt werden. Von jetzt an müssen wir uns im Interesse eines anhaltenden Erfolgs mehr mit den Frauen beschäftigen, die im Theater arbeiten. Das ist ein Befehl.«

Imre Uracs verstand zuerst nicht, wovon ich sprach, aber dann verstand er doch. Er grinste breit.

»Ich schätze den Direktor über alle Maßen«, sagte er. »Ich komme all seinen Befehlen nach. Ich werde auch mit den Jungs sprechen.«

Zu diesem Zeitpunkt hatte auch ich Sándor Till schon zu schätzen gelernt, ich sah mich um, und weil Tamara Dévics in meiner Nähe stand, trat ich zu ihr und sagte:

»Ich gratuliere. Sie haben sehr schön und klug gesprochen. Ich finde, jeder Parteisekretär müßte so sprechen, denn solche Reden stärken das Ansehen der Partei und sichern es für lange Zeit.«

»Ich gratuliere Ihnen auch«, sagte Tamara Dévics. »Sie haben es geschafft, unseren schwerfälligen Direktor zu uns herunterzuzerren, und uns damit geholfen, die Beziehungen zwischen den Menschen zu verbessern.«

»Ich halte Sándor Till nicht für einen schwerfälligen Menschen«, sagte ich. »Er bewegt sich wendig und entscheidet schnell. Er war früher Ballettänzer.«

»Aber jetzt läßt er sich gehen«, sagte Tamara Dévics. »Er ist furchtbar dick geworden. Ein Theaterdirektor darf nicht soviel zunehmen.«

«Er tut es im Interesse der guten Sache«, sagte ich.

Tamara Dévics musterte mich von oben bis unten; ihr Blick blieb an meinem Kopf hängen, und sie sagte: »Sie sind auch in einem ziemlich verwahrlosten Zustand. Ihre Haare sind lang und fettig.«

»Ich gehe nicht gern zum Friseur«, sagte ich. »Man muß sich in einen Stuhl setzen, bekommt ein weißes Tuch um, und eine Schere klappert um den Kopf herum. Und ich kann mich nicht wehren. Ich fühle mich beinahe so wie beim Zahnarzt. Ich habe Angst vor dem Zahnarzt und vor dem Friseur.«

»Haben Sie auch Angst vor mir?«

»Nein, vor Ihnen habe ich keine Angst.«

»Kommen Sie abends nach der Arbeit in die Garderobe«, sagte Tamara Dévics. »Dann setzen Sie sich vor einen Spiegel, und ich bringe Ihre Haare in Ordnung.«

Das ging also glatter, als ich es mir vorgestellt hatte; ich hoffte, Sándor Till helfen zu können, obwohl ich zu diesem Zeitpunkt mit meiner Hoffnung noch vorsichtig war, bei Parteisekretären konnte man nie wissen …

Tamara Dévics benahm sich anständig. Abends in der Garderobe ließ sie mich vor einem großen Spiegel Platz nehmen, untersuchte meinen Kopf fachmännisch, band mir ein weißes Handtuch um den Nacken, kämmte mich und schnitt mir dann mit einer glänzenden Schere die Haare. Währenddessen zogen sich die Schauspielerinnen hinter meinem Rücken aus und an, sie waren müde, aber sie fluchten nicht; sie wußten, daß ich sie im Spiegel sehen konnte, aber sie ließen sich nicht stören, sie zogen sich rasch um und eilten nach Hause oder woandershin, wo sie sich vielleicht wohler fühlen würden. Nach dem Haareschneiden wusch Tamara Dévics meinen Kopf in warmem Wasser, trocknete meine verbliebenen Haare, kämmte mich wieder und war mit ihrer Arbeit zufrieden. Bis dahin hatten schon so gut wie alle das Theater verlassen, ich bot Tamara Dévics an, sie nach Hause zu bringen. Sie hatte nichts dagegen. Dann verließen wir das Theater und gingen lange zu Fuß, denn Tamara Dévics wohnte in einem Neubaugebiet in der Vorstadt. Unterwegs erzählte ich ihr ausführlich von einem Bekannten, einem Friseur, der immer gute Laune gehabt und viel geredet, seine Arbeit geliebt und auf allen möglichen Friseurwettbewerben Preise gewonnen habe; einmal sei ihm bei einem Wettbewerb der Magen geplatzt, er mußte ins Krankenhaus gebracht werden, dort wurde ihm der halbe Magen herausgenommen, seither arbeite er nur noch halbtags und nehme nicht mehr an Friseurwettbewerben teil; er sei ein verbitterter, wortkarger Mann geworden. Danach unterhielten wir uns über Tibor Alföldy, den Regisseur mit dem Magengeschwür, den Tamara Dévics aus irgendeinem Grunde nicht mochte, dem sie aber trotzdem nichts Schlechtes wünschte. Unser Gespräch entwickelte sich nicht gerade günstig; es war so traurig, daß ich mich beinahe freute, als Tamara Dévics vor einem Mietshaus stehenblieb und mir mitteilte, daß wir angekommen seien.

»Ist Ihr Mann um diese Zeit zu Hause?« fragte ich.

»Ich habe keinen Mann«, sagte Tamara Dévics. »Ich habe auch kein Zuhause. Ich wohne bei einer halb tauben, herzensguten alten Frau zur Untermiete, die mir billig ihr schöneres Zimmer vermietet hat und sich freut, wenn ich ihr vom Theater erzähle. Aber ich muß dabei schreien, und das ist wirklich anstrengend.«

»Ich würde gern allerlei über das Theater schreien«, sagte ich.

»Kommen Sie hoch, wenn Sie wollen«, sagte Tamara Dévics. »Die alte Frau freut sich bestimmt über Sie. Vielleicht bietet sie Ihnen sogar Mohnstrudel an. Sie bäckt sehr leckere Strudel.«

»Nehmen Sie öfter Gäste mit hoch?« fragte ich dämlich.

»Bisher habe ich noch keinen mit hochgebracht«, sagte Tamara Dévics beleidigt.

»Ich habe schon seit Jahren keinen selbstgebackenen Strudel gegessen, dabei mag ich ihn sehr«, sagte ich schnell und begleitete Tamara Dévics in den zweiten Stock.

Die schwerhörige alte Frau empfing uns wirklich freundlich, ließ uns in der Küche Platz nehmen, kochte uns Kaffee, und ich erzählte laut vom Theater, ich berichtete ihr, daß gerade ein tolles Stück geprobt würde, daß die Schauspieler darin viel tanzten und sängen und daß alle glücklich seien. Die dankbare alte Frau bewirtete uns danach mit Mohnstrudel, dann zog sie sich in ihr Zimmer zurück. Ich aß viel Strudel, denn er schmeckte wirklich sehr gut, später zogen wir uns in das andere, schönere Zimmer zurück, ich blieb bis zum Morgen, Tamara Dévics benahm sich überhaupt nicht wie ein Parteisekretär, morgens duzten wir uns schon, ich war zufrieden und guter Laune, für einen Moment fiel mir allerdings ein, daß ich diese Nacht eigentlich umsonst gearbeitet hatte, denn Tamara Dévics hatte ja auch sonst nicht geflucht, aber wir hatten uns sehr wohl gefühlt, und so verbrachten wir auch die folgenden Nächte zusammen, während ich aufrichtig hoffte, daß Imre Uracs und die anderen an einer sinnvolleren Front aktiv waren.

Vermutlich war es so; die weiblichen Angestellten des Theaters sahen aus, als wären ihnen die Augen poliert worden, und fluchten nicht. Auch Sándor Till war nachts erfolgreich im Kreise der Politiker tätig, denn im Keller entstand jetzt ein Künstlerclub. Die Maler strichen die Wände grün, stämmige Möbelträger brachten von irgendwoher eine mächtige Theke, weiße Tische und rote Samtstühle.

Da erwachte eines Nachts der Parteisekretär in Tamara Dévics. Ich lag still neben ihr im Bett und streichelte ihr Haar, als sie nervös auffuhr.

»Mit dem Klub werden wir noch großen Ärger haben.«

»Es wird keinen Ärger geben«, beruhigte ich sie. »Ab und zu werden die Leute sich betrinken und randalieren, aber das ist in jedem ordentlichen Künstlerclub so, und keiner wird deswegen Ärger machen.«

»Darum geht es nicht«, sagte Tamara Dévics. »Die Farbzusammenstellung ist das Problem. Rote Stühle, weiße Tische, grüne Wände. Woran erinnert dich das?«

»An einen Künstlerclub.«

»An die ungarische Fahne!«

»Was?«

»Rot, weiß, grün. Sie werden dem Theaterkollektiv Separatismus und Nationalismus vorwerfen.«

»So etwas kann keinem einfallen.«

»Mir ist es eingefallen.«

»Du bist Parteisekretär«, sagte ich. »Es ist deine Pflicht, wachsam zu sein. Die Leute kommen aber nicht in den Künstlerclub, um wachsam zu sein. Ganz im Gegenteil.«

»Die Arbeit des Theaters wird von viel wachsameren Genossen als mir beobachtet«, sagte Tamara Dévics. »Ihnen wird die nationalistische Farbzusammenstellung sofort auffallen. Sie werden den Direktor entlassen. Und wir können noch froh sein, wenn weiter nichts passiert.«

Ich glaubte Tamara Dévics nicht, aber ich wollte nicht, daß Sándor Till die Leitung des Theaters vielleicht doch weggenommen würde, deshalb ging ich am nächsten Morgen zum zweiten Mal in sein Büro. Zufällig schlief er diesmal nicht, aber er sah sehr müde aus, wahrscheinlich war er gerade dabei, einzuschlafen, denn er fuhr mich unfreundlich an:

»Was ist denn nun schon wieder?«

»Der Club ist nationalistisch gefärbt«, sagte ich. »Rot, weiß, grün. Rote Stühle, weiße Tische und grüne Wände.«

Sándor Till sah mich ungefähr fünf Minuten lang an, als ob ich verrückt geworden wäre. Aber dann diskutierte er doch nicht mit mir. Er seufzte auf und fragte:

»Habe ich dir schon gesagt, daß ich das Theaterleben hasse?«

»Ja.«

Er seufzte wieder, griff nach dem Telefon und sprach in den Hörer:

»Évike, sagen Sie den Malern, daß sie die Wände im Künstlerclub blau übertünchen sollen.«

Dann sah er mich wieder lange und vorwurfsvoll an. Stotternd verteidigte ich mich:

»Mich hat das Rot-weiß-grün nicht gestört ... Andere aber haben die Rede darauf gebracht und es mißbilligt. Es könnte deswegen Ärger geben.«

»Rot-weiß-blau ist vielleicht besser«, sagte Sándor Till. »Das sind die Farben der Staatsflagge. Nach der einen oder anderen erfolgreichen Premiere werden die glücklichen Schauspieler und Förderer des Theaters Weingläser an die blaue Wand werfen, das kann auch Ärger geben, aber darüber können wir uns dann immer noch Gedanken machen. Jetzt will ich schlafen. Auf mich wartet eine schwere Nacht, ich will eine Büste organisieren. Die Büste des Vorsitzenden.«

Ich stahl mich aus dem riesigen Büro hinaus, Sándor Till schloß die Augen und senkte seinen Kopf zwischen die Kakteen; ich hatte das Gefühl, daß immer mehr Kakteen hinter seinem Rücken standen.

Die Mauern des Künstlerclubs wurden rasch blau überstrichen, Tamara Dévics beruhigte sich, nachts benahm sie sich nun wieder so, wie sich junge Mädchen im allgemeinen benehmen, wenn sie sich wohl fühlen und wissen, daß im Nachbarzimmer eine gütige taube alte Frau schläft, die von kleineren Geräuschen nicht aufschreckt. Im Theater wurde fieberhaft und eifrig gearbeitet. Das Gebäude wurde immer schöner, die »Veranda mit Geranien« nahm ganz hübsch Gestalt an, und auch Dr. Tamás Gajdos sah entschieden glücklich aus. Er begleitete Ágota Király, deren Knie verbunden war, jeden Abend zur Probe, Hand in Hand setzten sie sich in die erste Reihe des Zuschauerraums, Ágota Király beobachtete argwöhnisch Editke Fülöp, die interessanterweise beim Tanzen und Singen schöner wurde; das gefiel Ágota Király vermutlich nicht, Dr. Tamás Gajdos aber nahm von alledem überhaupt nichts wahr, denn er war verliebt.

Der Abend der öffentlichen Generalprobe war gekommen. Die Bühne und die Kulissen für die Veranda mit den Geranien waren fertig, an den Wänden war innen und außen die Farbe getrocknet, die Scheinwerfer waren auf ihren Plätzen, aus dem einstigen Bordell war ein richtiges Theater geworden, auch die Schauspieler hatten ihre Texte fast vollständig auswendig gelernt und machten einen gutgelaunten Eindruck. Zur Generalprobe waren viele Interessierte gekommen, der Zuschauerraum war voll. Alle rechneten wir damit, daß jetzt Ágota Király das schöne reiche Mädchen spielen würde, aber Dr. Tamás Gajdos war sehr verliebt, er sorgte sich sehr um Ágota Király, er erlaubte nicht, daß sie die Bühne betrat, er ließ sie in der ersten Reihe Platz nehmen, kam für einen Moment zu mir heraus ins Foyer und strahlte glücklich. Er sah überhaupt nicht einsam aus und machte mich auf ein blondes Mädchen aufmerksam, das ungefähr in der Mitte des Zuschauerraumes nach seinem Platz suchte.

»Das da ist Lucia«, sagte Dr. Tamás Gajdos. »Sicher ist sie hier, um mich eifersüchtig zu machen. Vergebliche Mühe. Ich bin in Ágota verliebt, es geht mir gut, und das verdanke ich ein wenig auch dir.«

Lucia hatte sehr viele blonde Haare, die sie in einem großen Knoten trug; ich wunderte mich, wie sie mit so vielen Haaren als Schwester im Krankenhaus arbeiten durfte, obwohl es sein konnte, daß sie für diesen Anlaß ein künstliches Haarteil benutzt hatte, jedenfalls war es hinreichend auffällig, wie sie sich zwischen den Sitzreihen bewegte. Ein breitschultriger Mann mit gewölbtem Brustkorb stolperte hinter ihr her.

»Und dieser athletische Kerl da ist also Posaunen-Emil?« fragte ich Dr. Tamás Gajdos.

»Ja.«

»Er dürfte eine entwickelte Lunge haben«, sagte ich anerkennend. »Er bläst das Jagdhorn sicher sehr laut, es wundert mich nicht, daß er nachts sogar die Todkranken aufschreckt.«

»Er tutet nicht mehr mit dem Jagdhorn herum«, sagte Dr. Tamás Gajdos. »Er ist auch nicht mehr einsam, und ich freue mich darüber. Jetzt gehe ich zurück zu Ágota.«

»Wie geht es ihrem Knie?« fragte ich.

»Es heilt.«

»Sie könnte spielen.«

»Noch nicht.«

»Auch nicht zur Premiere?«

»Auch dann nicht.«

»Das ist es nicht, was die Theaterleute von dir erwartet haben.«

»Ich liebe Ágota und will nichts riskieren«, erklärte Dr. Tamás Gajdos resolut.

Er ging zurück in den Zuschauerraum, setzte sich in die erste Reihe, nahm zärtlich Ágota Királys Hand; die Schauspielerin ließ das alles zerstreut geschehen, sie beobachtete unverwandt die Bühne.

Bald darauf füllte sich die Bühne. Die Schauspieler und Schauspielerinnen spielten, sangen und tanzten mit ehrlicher

Begeisterung, ihre Gesichter röteten sich. Editke Fülöp wurde immer schöner. Freilich wurde sie nicht so schön wie Ágota Király, aber man konnte schon glauben, daß sich, wenn sie nur genügend reich war, ein gutaussehender junger Mann in sie verliebte, wenn er entsprechend arm war. Mit anderen Worten: Die Generalprobe war ein Erfolg, das Publikum klatschte, die Schauspieler verneigten sich, und alle waren zufrieden.

Besser gesagt: fast alle. Ágota Király saß schlecht gelaunt auf ihrem Platz und schien sich nicht zu freuen, daß Dr. Tamás Gajdos ihre Hand hielt. Das Publikum hatte sich schon verlaufen, die Schauspieler hatten sich in die Garderobe zurückgezogen, Ágota Király saß noch immer starr in der ersten Reihe, und Dr. Tamás Gajdos flüsterte ihr verzweifelt irgend etwas ins Ohr.

Imre Uracs und seine Leute begannen, vor dem zugezogenen Vorhang aufzuräumen. Sie bereiteten die Eröffnungsveranstaltung vor, die am nächsten Tag stattfinden sollte. Sie stellten zwei Mikrophone auf die Bühne, und ich half ihnen dabei. Die Pflanzen standen in schweren Holzkisten voller Blumenerde, wir kamen beim Schleppen ordentlich ins Schwitzen, aber die Anstrengung lohnte sich, denn das Grün der Palmen und Gummibäume wirkte gesund und frisch vor dem schweren Bühnenvorhang, dessen Farbe an faulende Kirschen erinnerte, und dieser Eindruck verstärkte sich noch, als Lajos Stefán aus dem Stellwerk die Scheinwerfer auf sie richtete. Auch die Büste des Vorsitzenden traf ein, zwei unbekannte Männer in Overalls brachten sie herein, legten sie vor der Bühne ab und gingen wieder. Ich war von der Büste des Vorsitzenden einigermaßen enttäuscht. Sie war schneeweiß und aus Gips. Sándor Till hätte auf seinen nächtlichen Zechgelagen wirklich eine bessere Büste besorgen können, wenigstens eine aus Bronze. Ich glaube, Sándor Till war selbst mit seiner Leistung unzufrieden, an die hintere Tür gelehnt beobachtete er unsere Verschönerungsbemühungen, aber als die Büste ankam, schloß er die Augen; möglicherweise war er im Stehen eingeschlafen. Imre Uracs aber war ein einfallsreicher Mann, er besorgte von irgendwoher einen mit grünem Tuch bezogenen Tisch, stellte ihn zwischen die Palmwedel, vorsichtig stellten wir die Büste des Vorsitzenden auf den Tisch, und so sah der billige Gips schon fast wie weißer Marmor aus. Die Bühne war wirklich schön geworden.

Da war Ágota Király mit ihrer Geduld am Ende. Sie sprang vom Stuhl auf, stampfte kräftig mit ihrem verletzten Bein auf und rief:

»Zur Premiere spiele ich!«

»Davon kann keine Rede sein«, protestierte Dr. Tamás Gajdos.

»Zum Teufel mit dir«, fuhr ihn Ágota Király grob an. »Ich hasse deine verdammte …«

»In diesem Theater dürfen Frauen nicht fluchen«, sagte Sándor Till von der Tür her.

Ágota Király verschlug es einen Moment lang die Sprache, aber dann sagte sie bedeutend ruhiger: »In Ordnung. Aber zur Premiere will ich spielen.«

»Wir dürfen nichts riskieren«, sagte Dr. Tamás Gajdos. »Wir haben vereinbart, daß …«

»Mich interessiert nicht, was wir vereinbart haben!« rief Ágota Király und sah Dr. Tamás Gajdos beinahe haßerfüllt an. »Ich bin Schauspielerin. Und dich habe ich zum Sterben satt.«

Sie sprang auf die Bühne, zog mit militärischen Schritten am Vorsitzenden vorbei und verschwand hinter dem Vorhang. Sicher ging sie in die Garderobe, um dem Regisseur mitzuteilen, daß sie am nächsten Abend zur Premiere spielen würde. Sie hinkte überhaupt nicht mehr.

Dr. Tamás Gajdos sah sich hilfesuchend um, aber niemand konnte ihm helfen. Dann ging auch er hinter den Vorhang.

Wir warteten. Eigentlich hatten wir bereits alles für die feierliche Eröffnung des Theaters vorbereitet, es gab nichts mehr zu tun; Lajos Stefán fummelte noch an den Scheinwerfern herum, unnötig, wie ich meinte.

Dr. Tamás Gajdos tauchte bald wieder hinter dem Vorhang auf. Lajos Stefán leuchtete ihm ins Gesicht, alle sahen wir, daß er Tränen in den Augen hatte. Was soll's, Tamás Gajdos blieb ein Waschlappen, er war in seiner Kindheit zu oft verprügelt worden. Kläglich taumelte er über die Bühne und stieß gegen den Tisch. Die Büste des Vorsitzenden schwankte, fiel vom Tisch, rollte von der Bühne und zerbrach in Stücke. Es war schon vorher still gewesen, jetzt aber wurde die Stille noch tiefer und hielt lange an.

Wir waren alle erleichtert, als Sándor Till mit schläfriger Stimme sagte:

»Räumt dieses weiße Zeug weg, holt aus meinem Büro das Porträt des Vorsitzenden und stellt es zwischen das Gemüse, dann geht nach Haus und ruht euch aus, denn morgen werden wir einen schweren Tag haben. Der Herr Doktor soll auch nach Hause gehen. Ich schätze den Herrn

Doktor wirklich sehr, er ist ein hochanständiger Mensch, meiner Meinung nach der beste Arzt auf der Welt, deshalb soll er sich in Zukunft nicht mehr auf die Schauspielerinnen verlassen, sie sind zu schön, launisch und unberechenbar.«

Alle taten, was der dicke Direktor vorgeschlagen hatte. Die Eröffnungsveranstaltung am nächsten Vormittag ging glatt über die Bühne. Sándor Till hielt eine ungarische Rede über die Kultur und die hehre Mission des Theaters, Milutin Budzsárov hielt eine lange Rede über die großzügige Nationalitätenpolitik Jugoslawiens, Ferenc Fügedi rezitierte zwei Gedichte über den Patriotismus und die Macht des Geistes, und auch ein Geiger trat auf. Danach feierten die geladenen Gäste im Klub und lachten viel. Auch die Premiere abends war ein Erfolg; die »Veranda mit Geranien« gefiel allen. Ágota Király war großartig, sie tanzte so temperamentvoll, als ob ihr nie das Knie wehgetan hätte. Dr. Tamás Gajdos saß im Zuschauerraum neben Lucia und hielt glücklich die Hand der auffallend blonden Krankenschwester. Dr. Tamás Gajdos war doch nicht so ein Waschlappen, wie ich geglaubt hatte. Nach der Vorstellung versammelten sich viele im Künstlerclub, der Lärm war groß, einige Gläser gingen an den blau gestrichenen Wänden zu Bruch, aber darüber regte sich niemand auf.

Am nächsten Vormittag hörten wir, daß Posaunen-Emil am Abend der Premiere gestorben war. Er habe Selbstmord begangen, oder es sei nur ein Unfall gewesen. Er sei, soviel konnten wir herausbekommen, in seiner großen Einsamkeit wieder auf das Dach des Hochhauses gestiegen, habe auf dem Jagdhorn geblasen und die Kranken im

Krankenhaus aufgeschreckt, woraufhin das Krankenhauspersonal die Polizei gerufen habe. Entgegenkommend habe Posaunen-Emil mit dem Fahrstuhl zu den Polizisten herunterfahren wollen. Der Fahrstuhl aber sei zu diesem Zeitpunkt gerade außer Betrieb gewesen. Posaunen-Emil habe in jeder Etage versucht, die Tür zum Fahrstuhl zu öffnen. Im sechsten Stock habe sie sich öffnen lassen, der Aufzug aber sei irgendwo anders gewesen. Posaunen-Emil sei in den Fahrstuhlschacht getreten und in den Keller hinuntergestürzt. Er habe sich in den Tod gestürzt, sein Jagdhorn jedoch sei unbeschädigt geblieben.

Darüber sprachen wir im Theater am Vormittag nach der erfolgreichen Premiere gerade, als drei schlechtgelaunte Polizisten in Zivil bei uns erschienen und den Direktor suchten. Irgend jemand weckte Sándor Till und holte ihn aus seinem Büro. Der griesgrämigste der drei Zivilpolizisten stieß ihm die Frage entgegen:

»Ist es wahr, daß hier jemand die Büste des Vorsitzenden von der Bühne entfernt hat?«

»Ja«, sagte Sándor Till schläfrig.

»Wer war das?«

»Ich.«

Die Polizisten sahen einander überrascht an, sie waren offensichtlich anders über den Vorfall informiert worden, aber sie fanden schnell wieder zu sich.

»Warum haben Sie das getan?« fragten sie.

»Wegen der Farbkombination«, sagte Sándor Till noch immer schläfrig. »Rot, weiß, grün. Roter Vorhang, weißes Standbild, grüne Pflanzen. Ich bin ein loyaler Bürger dieses Staates und dulde keinerlei nationalistische Anspielungen.«

Die Polizisten wurden unsicher, verstummten, und der griesgrämigste empfahl später:

»Gehen wir vielleicht in Ihr Büro und rufen Sie den Parteisekretär des Theaters.«

Sándor Till führte die drei Polizisten in das riesige Büro, und Tamara Dévics ging schnell hinterher. Sie unterhielten sich dort lange, ich weiß nicht genau, worüber, denn Tamara Dévics erzählte mir so gut wie nichts, in der Nacht war sie aber nervös, lag mit zusammengepreßten Schenkeln im Bett und erwähnte flüsternd, daß sie vielleicht eine Parteiversammlung einberufen müßte, damit man das in vielerlei Hinsicht verurteilenswerte Verhalten des Direktors verurteile. Ermutigt durch das Beispiel von Dr. Tamás Gajdos, begann ich zu erwägen, mit Tamara Dévics Schluß zu machen. Und das sagte ich ihr auch. Sie dachte nach und entschied zum Schluß, daß sie keine Parteiversammlung einberufen würde.

Das war eine weise, kluge Entscheidung. Es folgten gute Theateraufführungen, und die Frauen fluchten überhaupt nicht mehr, obwohl sie öfter laut miteinander stritten.

Christina Kunze

DER WEIHNACHTSBAUMFÄLLER

Großmutter Vitéz brachte die Tanne in die gute Stube. Die kalte Stube, wie ich sie nannte. Es gab keinen Ort, an dem es so kalt war – im Eiskeller des Konditors herrschte dagegen die reinste Hitze: riesige, aus der Theiß gehauene Diamantblöcke in die Arme nehmen, die Blöcke salzen und mit Schilf abdecken, dann in der glühenden Hitze erneut umarmen. Daß es die gute Stube gab, daß wir ihre Bestimmung nicht änderten, daß wir sie nicht nutzten, lag vielleicht daran, daß dort, ganz oben auf einem der aufgetürmten Betten, der schwarze Hut von Großvater Vitéz aufbewahrt wurde. Großvater Vitéz lebte schon lange nicht mehr bei uns, ich habe nie in Erfahrung bringen können, ob er das Weite gesucht oder ob Großmutter ihn vertrieben hatte. Als er dann nach einigen Jahren wieder zu uns zurückkehrte, wurde er in die Sommerküche verbannt; er durfte nie wieder in die gute Stube heraufkommen und konnte nie wieder seinen schwarzen Festtagshut tragen – den lieben langen Tag saß er mit einem schäbigen, an zwei Stellen durchschossenen, von Giftpfeilen durchschossenen Tropenhelm im Postgarten ... Ich hatte die Tanne schon gesehen und sie gründlich inspiziert. Sie war nämlich tagelang im Bodenaufgang, in der leeren Mehlkiste unter der Leiter, versteckt gewesen. Man hatte sogar noch einen leeren Mehlsack darüber geworfen. Es könnte ja etwas herunterfallen, herunterrieseln. Eisregen? Schnee, in dicken Flocken? Ja, genau dort unter der Leiter gab es nämlich die größten Schneestürme. Nach dem Mahlen verkroch ich mich immer auf die oberste Stufe der Leiter, aber sogar dort wurde mein Gesicht von den Mehlstürmen gepeitscht. Ich taumelte erst wieder herunter, nachdem die Kisten, die Weißmehlkisten, verschlossen worden waren. Einmal hatte ich beobachten können, wie sich der Clown eines Wanderzirkus auf seinen Auftritt vorbereitete: Er benutzte statt Puder einen Sack Weißmehl. Aus dem Rest des Mehls buk er mit der Seiltänzerin Hefefladen ... Noch nie hatten wir einen so kleinen Weihnachtsbaum gehabt. Großmutter würde es wohl kaum gelingen, ihn in den gußeisernen Ständer mit den Löwenkrallen zu stellen und einzuschrauben. Ich vermutete, daß sie ihn umsonst bekommen oder auf dem Markt aus dem Müll gekramt hatte. Aus dem immergrünen Müll, den die Weihnachtsbaumverkäufer zurückließen. Ich stand häufig dort herum, in Gesellschaft dieser fremden Leute, hinter dem Taubenmarkt, an der hohen Mauer des Posthofes. Wenn sie nicht hinschauten oder wenn der Markt vorbei war, stopfte ich mir oft die Taschen mit Tannennadeln voll. Die Verkäufer schienen die Tannen von sehr weit her geholt zu haben, hierher in unsere karge Ebene: ihr Geruch war der von Schnee und Bergen. Die Männer verstanden nicht, weshalb ich den ganzen Tag im durchdringenden Harzduft bei ihnen herumlungerte. Ich hätte sie gerne gefragt (ich konnte es natürlich nicht, ich hatte ihre Sprache bis dahin nie gehört), ob sie dort – oben – meinen Vater getroffen hätten? Ob sie ihn dort – oben auf dem Berg – gesehen hätten? Denn damals war ich zu der festen Überzeugung gelangt, daß dies der neue Beruf meines Vaters war (es war nicht auszuschließen, daß er auch mit ihnen in Verbindung stand, im geheimen auch für sie arbeitete): Weihnachtsbaumfäller. Großmutter hatte ihn sozusagen unter ihrer Schürze hereingeschmuggelt – nicht den Weihnachtsbaum, denn daß es kein Baum, sondern nur ein Ast, ein Zweig war, wollte sie ja gerade vor uns verbergen. Ich öffnete meine Augen nicht. Und durch den Duft des Harzes wuchs der Zweig zu einem dichten Tannenwald. Eigentlich wäre der Zweig gar nicht nötig gewesen, denn damals, als ich so im Bett lag, hätte auch eine einzige Tannennadel ausgereicht. Wenn meine Hose nicht gerade gewaschen worden wäre (sie hing auf der Leine in der Küche), hätte sich der durchdringende Duft des Harzes auch so verbreitet. Mutter, die Ärmste, war im Vorjahr mit ihren schlimmen Beinen im meterhohen Schnee bis oberhalb von Dečani aufgestiegen, auf den *Prokletije*, den Verfluchten Berg. So wußten wir genau, wo Vater mit zwei anderen Sträflingen, dem kleinen Dencs und dem baumlangen Biber, den Wald abholzte. Weihnachtsbäume fällte. Später (die zwei bis drei Jahre, die sie im Gefängnis waren, erschienen mir beinahe länger als die noch folgenden dreißig bis vierzig Jahre) ließ ich die beiden nicht mehr aus den Augen. Ich beobachtete den kleinen Dencs und den baumlangen Biber, weil sie mit meinem Vater im Gefängnis gesessen und Weihnachtsbäume gefällt hatten. Ich war oft bei Dencs zu Hause und sah schweigend zu, wie er und seine große, kräftige Frau roten Paprika mahlten. Als wollten sie den weiß glühenden Berg, den Berg der Verdammten dort an der albanischen Grenze, aus rotem Paprika neu erschaffen. Als ich später mit dem Sohn von Biber in eine Klasse kam, kaufte ich ihm alle in groben Halina-Filz gebundenen Bücher seines Vaters ab.

Ich brauche wohl nicht zu sagen, daß auch der Halina-Filz in mir die Welt des Berges, des Verfluchten Berges, beschwor. Zusammen holzten die Männer den Wald ab, nicht die Edelkastanien am Fuße, sondern den Tannenwald auf dem Gipfel. Den Weihnachtsbaumwald. Natürlich haben ich und auch die anderen Mitglieder der Familie, wie schon erwähnt, sie nie Sträflinge genannt. Diese Arbeit muß schließlich auch jemand machen – Weihnachtsbaumfällen – wie Großmama Vitéz sagte. Später, nach zwei Jahrzehnten, war ich – mit dem Ziel, über mein geliebtes Land Jugoslawien eine Landeskunde zu schreiben (sie wartet immer noch darauf, geschrieben zu werden, vielleicht fällt es mir jetzt aber leichter!) – selbst einmal zu Besuch in Dečani. Dort lebte ich viele Tage bei den Mönchen. Und während ich von ihrem Wein trank und von ihrem Käse und Quark aß: betrachtete ich den Berg. Ich badete im Weißen Drin, und einmal konnte ich sogar heimlich beobachten, wie eine Braut zwischen weißen Tüchern gebadet wurde. Ich betete in der berühmten dreischiffigen, weißen Klosterkirche, die dort, am tiefsten Punkt von Metohija, noch von König Uroš errichtet worden war – genauer gesagt, ich starrte ihn, den winzigen Uroš den Schwachen, an, der sich zwischen den Engeln mit den wunderschönen (schrecklichen) verätzten Augen, den Bildern der Apokalypse, den finsteren Zaren und Königinnen verlor; die Fresken hatte im Jahre 1348 noch Zar Dušán selbst gemalt. Zu den Bergbewohnern, die den Geruch von Schnee und Bergen verbreiteten und kleine, runde Halinamützen auf dem Kopf trugen (ich konnte eine nagelneue ergattern und trug sie zu Hause oft beim Lesen von Bibers in Halina gebundenen Büchern), hatten die bärtigen, orthodoxen Mönche so gut wie keinen Kontakt. Der Berg war genauso, wie ich ihn mir aufgrund von Mutters Erzählung vorgestellt hatte. Es war den Mönchen nicht ganz geheuer, daß ich (den sie nur wegen des Bartes zunächst duldeten, später mochten) den Berg – die Geheimnisse des Gipfels – noch besser kannte als sie, denn bis ganz nach oben (auf 2656 Meter!) wagten sich nur noch die Grenzsoldaten. Und natürlich die vermummten Sträflinge. Die Weihnachtsbaumfäller. Wie Großmutter so am Gitterbett vorbeischlurfte (es war ein großes Bett, so groß, daß mein Bruder und ich zu zweit darin schliefen – aber dieses Jahr zu Weihnachten war mein Bruder gerade nicht zu Hause, er trieb sich irgendwo herum; Mutter meinte, er sei ganz der Großvater, eines Tages würde auch er mit einem schäbigen, an zwei Stellen durchschossenen, von Giftpfeilen durchschossenen Tropenhelm auf dem Kopf hereinschneien): war es, als atmete ich diesen schönen, rauhen, verfluchten Berg ein. Ich wußte nicht, weshalb er *Prokletije* – Verfluchter – genannt wurde, ich wurde später nicht einmal in *Tolnai's Universal-Lexikon* fündig (vielleicht hätte ich besser *Tolnai's Weltgeschichte* konsultieren sollen), und merkwürdigerweise wollten sich auch die Mönche dazu nicht äußern. Ich wußte es nicht und wußte es doch genau. Ich atmete die Riesentanne ein, die der Wald, der Gipfel und auch der Zweig unter Großmutters Mantel in mir wachriefen. Eine Momentaufnahme. Mein Vater – er hatte sich im Gefängnis einen langen, kupferroten, drahtigen Schnauzbart wachsen lassen, denn irgendwie mußte man sich die Zeit vertreiben – schlägt die Riesentanne mit der Axt, fällt sie mit Axt und

Säge. Er wartet, hält einen Moment inne. Und das ist die wunderbarste Sache der Welt. Dieser Moment dort – oben. Im glitzernden Schnee. Vor der Riesentanne. Ein so unerträglich schöner Anblick hatte womöglich auch Großvater Vitéz die Sprache verschlagen. Nur ihm eben irgendwo in Afrika, im Zentrum des herzförmigen Kontinents. Und dann: berührt Vater sie. Mit dem Zeigefinger. Die Riesentanne. Denn die Sträflinge konnten so geschickt fällen (es waren nur wenige von ihnen erschlagen worden, in den zwei Jahren wohl keine zehn), daß man die Tanne nur noch berühren mußte. Und: sie stürzt. Die Riesentanne stürzt. Beim Umstürzen streift sie beinahe das Gitter meines Bettes. Die immergrünen Nadeln stechen mir ins Gesicht, wie eine duftende Pfeilwolke (aus Großvaters heißer Welt). Und so stürzt die Tanne seitdem mein ganzes Leben lang. Auch damals, als ich mit den orthodoxen Mönchen Wein trank. Auch jetzt muß ich meinen Kopf einziehen, dabei würde ich gern mein Gesicht hinhalten. Diese Momentaufnahme ließ/läßt sich niemals neu einstellen. Der Aufschlag der Riesentanne auf den Boden geschah/geschieht niemals. Inzwischen war/ist reichlich Zeit zum Schmücken. Kleine Singvögel, Adler wirbeln den Schnee auf, ein flüchtendes Eichhörnchen bringt den Eistüll zum Klirren. Die Schnee-Eule hat noch viel Zeit zum Nachdenken.

Es mag unglaublich erscheinen, aber mit dem Stürzen des Weihnachtsbaumes (mit Weihnachten), dem Fällen, dem Weihnachtsbaumfällen, verband ich noch etwas anderes. Genau in den Jahren nämlich, als unser Laden verstaatlicht wurde und Vater wegen des Verkaufs von Salicyl (scharfem Paprika, Pfeffer, Salicyl) ins Gefängnis gesteckt

mit dem Engelshaar, das Großmutter Vitéz mit schnellen, routinierten Bewegungen über den immergrünen Tannenzweig warf: perfektes Engelshaar. Denn es sah genau so aus wie die Locken, ja es waren die Locken meines seligen Schwesterchens Gyönyvér, die in zerknittertem Zeitungspapier in Mutters Nachttischschublade lagen. In meiner Erinnerung sind sie mittlerweile längst vertauscht: Weihnachten werfen wir die langen weißen Locken meiner Schwester Gyöngyvér auf die Riesentanne, während Mutter in der zerknitterten Zeitung aus dem Jahre '41 Engelshaar aufbewahrt. Nachdem das Engelshaar verteilt war, klemmte Mutter zum Abschluß nur noch ein Vögelchen an den Zweig. Und zwar eine Bachstelze. Wenn ich mir einen Vogel hätte aussuchen müssen, hätte ich immer die Bachstelze gewählt. Die Bachstelze war mein Vogel. Sie ist es bis heute. Und sie wird es auch bleiben. Dieses aus leeren Kanülen zusammengesetzte Perpetuum mobile. Manchmal fliegt sie auf, als wenn sie auf der Jagd nach der fliegenden Beute radschlagen würde, aber durch das Wippen des Schwanzes kommt sie wieder ins Gleichgewicht, schreibt mein guter alter Meister.

Wir hatten außerdem eine halb abgebrannte Wunderkerze. Erst beim Anzünden rief Großmutter: Das Christkind war da! Aber ich öffnete meine Augen noch immer nicht. Denn inzwischen glaubte ich, ich sei blind. Immer stärker drückte ich mein Gesicht gegen die Gitterstäbe. Denn ich war hinter Gittern. In meinem kleinen, gestreiften Nachthemd. Vater stand oben – mit seinem funkelnden, kupferroten Bart strahlte er auf dem Gipfel.

Ich sehe: du zitterst. Ich höre auf. Und ich verspreche, daß ich beim nächsten Mal von Afrika, dem herzförmigen

Kontinent, erzählen werde: von der kleinen schwarzen Dame namens Alma, die – allen Anzeichen nach – der Grund war, weshalb es Großvater Vitéz, den an zwei Stellen durchschossenen, von Giftpfeilen durchschossenen Tropenhelm auf dem Kopf, bis nach Moçambique verschlug.

Britta Molnár

PALIĆ

Es war noch dunkel, als Mutter uns weckte. Sie setzte sich auf die Bettkante. Sie betete und ließ den Rosenkranz unablässig durch die Finger gleiten. Putzte sich die Nase. Dann, wie immer in solchen Fällen, stieß sie meinen älteren Bruder an. Sie wußte, daß ich nicht geweckt werden mußte, daß ich schlief wie sie, wie ein Hase, ganz leicht.

»Wach auf! Vater hat das Mastschwein schon herausgelassen.«

Ich setzte mich auf. Kratzte mich. Nahm mein Taschenmesser unter dem Kissen hervor und ließ es in die Tasche meiner Turnhose gleiten. Dann kramte ich unter dem Bett die Peitsche hervor. Am Tag zuvor hatte ich einen Peitschenriemen aus Manilahanf daran befestigt. Meine Freunde hatten mir geraten, auch Kupferdraht zu nehmen. Zwei Fäden hatte ich hineingeflochten. Ich hätte mehr nehmen sollen. Oder vielleicht Stacheldraht.

»Setz dir etwas auf den Kopf, du bekommst einen Sonnenstich«, sagte Mutter. Sie packte Lebensmittel in den verschlissenen Bastbeutel. Der Beutel weckte in mir die Erinnerung an die Metzger und an die kalten Morgendämmerungen des Schweineschlachtens. Endlich setzte sich auch mein Bruder auf. Dies hier versprach selbst für ihn zu einem großen Ereignis zu werden, selbst er war aufgeregt, voller Beklemmung.

»Da in der Schublade vom Küchenschrank ist mein Wanderbecher, pack den auch ein«, sagte er und band sich den Pfadfindergürtel mit der Perlmuttlilie auf der Schnalle um. Das finnische Messer mit dem Rehbeingriff und den kleinen zitternden Kompaß hatte er schon am vorhergehenden Tag auf den Riemen gefädelt.

Mutter lugte mit erschrockenem Blick auf den Hof. Sie fürchtete sich und zitterte vor jeder Kleinigkeit, kein Wunder, daß Vaters neuester Plan sie so erschreckt hatte, daß sie nicht einmal auf den Hof kommen konnte. Sie zog nur den karierten Vorhang ein wenig zur Seite.

Vater war vor einem Jahr aus dem Gefängnis nach Hause gekommen. Er hatte sich einen großen, roten Schnauzbart wachsen lassen. Unser Geschäft war verstaatlicht worden. Kurz danach war es dann auch noch abgebrannt. Daß wir nur nicht zu hoffen wagen, bemerkte Großmutter Vitéz und starrte in die riesigen Blütenblätter der Flammen. Daß wir nur nicht zu hoffen wagen. Mit Hilfe alter Geschäftsfreunde hatte sie in Subotica eine Anstellung gefunden, im GVOŽĐAR, gegenüber dem Gelben Haus, und Mutter im ISHRANA neben dem Institut für Lehrerbildung.

Unsere Patentante hatte uns die Futterküche ihres zur Hälfte von Bomben zerstörten Hauses zur Verfügung gestellt. Ein mit Studentenblumen gesäumter Weg führte zu der abseits stehenden fensterlosen Bude. Kröten und faustgroße saure Äpfel rumpelten und polterten von außen gegen die Tür. Sie hatte erlaubt, daß wir unserem Mastschwein einen Stall bauten. In Subotica gab es nach der Bombardierung enorm viele Ziegel und Baumaterialien. Die Patentante lebte allein, der Patenonkel hatte seine Nase nämlich in die Politik gesteckt, und dann hatte er über die Grenze fliehen müssen. Wir hörten nie wieder etwas von ihm. Die Patentante lebte allein, sie betete den ganzen Tag vor dem Foto von István Kaszap. Schon bei unserem ersten Besuch hatte sie ihn mir als Beispiel empfohlen.

Mutter zitterte vor jeder Kleinigkeit, nahm jede Kleinigkeit als Vorzeichen einer weltweiten Katastrophe, und Vater wiederum war durch nichts noch so großes zu beeindrucken. Eines Tages bemerkte er beim Abendbrot so nebenbei:

»Das Mastschwein treiben wir dann zu dritt nach Subotica.«

Mutter schluchzte auf. Mein Bruder holte ohne nachzudenken seine Pfadfinderkarte, den Kompaß und den Pflanzenführer hervor.

»Hauptsache, wir geraten nicht aus Versehen über die Grenze«, sagte er.

»Die Grenzer werden es niederschießen, ihre Hunde es zerreißen«, sagte Mutter. »Ihr werdet nie ankommen. Als ich ein kleines Mädchen war, bin ich einmal zu Fuß nach Subotica gegangen. Wir sind auf allen vieren dort angekommen.«

»Das Mastschwein geht zum Glück sowieso schon auf allen vieren«, versuchte Vater zu witzeln. Aber niemand lachte.

»Ihr werdet nie ankommen. Auch ihr werdet auf der Strecke bleiben.«

»Wir gehen über den Járás«, sagte Vater. Er kannte den Járás gut; als er Kind war, hatten sie dort gewohnt. Großvater Kracsun hatte dort sein Gehöft.

Auch ich fürchtete mich vor dieser Unternehmung, aber noch mehr zitterte ich davor, daß es nun wirklich soweit war und ich Kanjiza, die Theiß und meine Freunde für immer verlassen mußte. Als mein Bruder einmal sah, wie ich im Fluß vor Kälte zitterte, sagte er:

»Der Palić ist wärmer. Du wirst sehen, dort zitterst du nicht so.«

Es war noch dunkel. Pechschwarz. Ich stieß gegen Mauern und Bäume. Das Schwein grunzte wütend.

»Wir geben ihm nichts zu fressen. In dieser Konservenbüchse wirst du vor ihm den Mais rasseln lassen«, sagte Vater und drückte mir eine gelb glänzende, große UNRRA-Dose in die Hand. Wenn ich sie ganz dicht an mein Gesicht hielt, konnte ich den ekelerregenden Geruch des Milchpulvers noch immer spüren.

Die Klauen des Schweines klopften wie Bakelit auf den blanken, abgenutzten Steinen der Straße. An der Besenfabrik gingen wir zum Kreuzweg hinüber. Vater schlug ein Kreuz und verriet damit, daß auch er sich fürchtete. Als er dachte, wir sähen es nicht, zeichnete auch mein Bruder schnell ein Kreuz unters Kinn. Ich tat, als hätte ich einen Dorn im Fuß und kniete nieder. Ich wartete, bis sie mit dem Schwein weitergegangen waren. Dann begann ich, schluchzend zu beten. Der Hügel mit seinen schiefen Kreuzen wirkte in der Morgendämmerung genauso gespenstisch wie auf einem schaurigen Gemälde in der Großen Kirche. Zum Glück rief Vater bald nach mir.

Zwischen dem Sheriff-Gehöft und der Abdeckerei wandten wir uns nach links, auf die Trift. Der Matsch legte sich auf unsere Gesichter wie eine dicke Maske. Vielleicht, um die Tränen, den Rotz aufzusaugen. Später das Blut. Auf dem Járás ging plötzlich die Sonne auf. Sie schlug glühende Nägel in den Rücken des Schweines und in unsere kahlen Schädel. Die Kiebitze kreischten immer unerträglicher. Es roch stark nach Schafen. Wir irrten herum, denn Vater ging wegen des Schlamms am Kamm entlang. Irgendwo unterhalb von Ostorka ließen wir uns zum Frühstück nieder.

Vater erzählte ein Erlebnis aus dem Gefängnis, sicherlich, um unsere Aufmerksamkeit ein wenig von dem grenzenlosen Soda abzulenken. Unmittelbar nach der Verstaatlichung unseres Geschäftes war er wegen verbotenen Handels mit Salicyl eingesperrt worden. Während wir ihm zuhörten, schien es plötzlich, als wäre der Járás mit Salicyl bestreut. Und als wäre dieses Abenteuer mit dem Mastschwein in Wirklichkeit auch ein Teil von Vaters Salicylspekulationen. Durch seine Worte stellte ich mir auch den Prokletije (wo sie damals Wald gerodet hatten) mit Salicyl bedeckt vor, mit knirschendem, bis zur Taille reichendem Salicyl und nicht mit Schnee.

Mein Bruder zupfte an der Kamille herum. Er wollte Biologe werden. Er zeigte immer wieder auf einzelne Gräser und Pflanzen: Strandflieder, Stechapfel, Sumpfgras, Kampferkraut, Wegwarte ... Das ungarische Moos (*Funaria hungarica*)! Vor kurzem hatte man entdeckt, daß es auch hier in Serbien vorkam. Einmal werde ich den Professor aus Zenta vorstellen, der es entdeckt hat.

Heimlich dachte ich, daß ich auch Biologe werde. Das ganze Leben lang die Augustfliegen studieren! Augustfliegen und Mistkäfer, setzte ich für mich fort, denn während ich Vaters Gefängniserlebnissen zuhörte, beobachtete ich zwischen den Purpursternen des Kampferkrautes einen zappelnden Mistkäfer.

Das Schwein lag wie abgestochen neben uns im Soda. Es pinkelte unter sich. Es blutete an mehreren Stellen. Seine Haut war aufgerissen wie Papier.

»Seht mal«, sagte mein Bruder. »Seine Klauen sind völlig abgeschliffen.«

»Los geht's«, sagte Vater, faßte das erschöpfte Mastschwein am Schwanz und riß es wütend hoch. Dabei rutschten dem Tier die Füße in den Bauch. In einem Gehöft bat Vater um einen Strick. Mein Bruder trieb das Schwein von hinten an, und wir zogen an dem Strick, den es um den Hals hatte. Seine Klauen begannen zu bluten. Es schäumte wie ein tollwütiger Hund.

»Leute, quält doch das arme Tier nicht so«, rief uns ein Schäfer zu, der seine Herde gerade ruhen ließ. Wir müssen eigenartig ausgesehen haben. Drei schlammige Figuren, die mitten auf der glühenden Ebene ein Schwein quälten.

Bei Mala Piaca fiel es wieder um. Aber jetzt war zu sehen, daß es nicht mehr würde aufstehen können. Hätte es nicht ab und zu geschnaubt, wir hätten gedacht, es wäre schon krepiert. Ich konnte nicht mehr laufen. Meine Schenkel waren von der Turnhose aufgerieben, mein Rücken voller Blasen. Ich hatte einen Sonnenstich. Still wimmerte ich vor mich hin. Vater ging wieder in ein Gehöft. Er blieb lange dort, dann konnte er sich mit dem Bauern einigen, daß dieser unser Mastschwein nach Subotica bringen würde. Mehrere Männer kamen hinter den glühenden Goldmauern der großen Strohschober hervor, sie halfen, das Mastschwein auf den Wagen zu hieven.

»Steig du auch auf«, forderte mich Vater auf. »Wir gehen zu Fuß, in Richtung des Sees.«

Nichts rumpelt mehr als ein Bauernwagen. Ich hatte das Gefühl, mir würden die Knochen aus dem Leibe geschüttelt. Ab und zu drehten sich Vater und mein Bruder um, aber sie hatten keine Kraft mehr, den Arm zu heben, keine Kraft mehr, mir zuzuwinken, mir Mut zu machen.

Zum Glück schlief ich sofort ein, auf den Rücken des Mastschweins hingestreckt. Mir träumte, ich ritte auf einem riesigen Igel.

»Was nun, seid ihr alle beide krepiert?« fragte mich ein stoppelgesichtiger, unfreundlicher Fremder und rüttelte mich. Es war der Kutscher.

»Palić. Hier setze ich euch ab. Der Verkehr ist stark, ich traue mich nicht weiterzufahren.«

Und schon ließ er die Wagenklappe herunter. Er legte die beiden Seitenteile des Wagens nebeneinander und wälzte das Mastschwein geschickt herab. Er tippte an seinen spekkigen Hut und trieb wortlos die Pferde an.

Ich hatte keine Ahnung, wo wir waren. Ich bin verloren, sagte ich, indem ich mich um mich selbst drehte. Verloren. Eigenartigerweise bewegte sich das Schwein zuerst. Vielleicht roch es das Wasser. Die Nähe des großen Schlammes. Ich schwankte hinter ihm her.

Wir kamen in einen Tannenwald. In himmlische Kühle. Es schien, als hätte jemand den glatten Nadelteppich auf dem mit weichem Löß vermischten Sand vor unsere blutenden Füße ausgebreitet. Wie Mutter prophezeit hatte, bewegte ich mich mittlerweile auch auf allen vieren. Plötzlich richtete ich mich auf. Als ich aus dem Wald trat, erblickte ich den See. Wenn nun das Schwein ins Wasser geht, was dann? Weißgekleidete Menschen waren an den Segelbooten zu Gange. Wir gingen unter dem Wasserturm durch. Die Hauptallee entlang. Aus den Hotels, von den Terrassen drängten Menschen.

Da sah ich die große blaue Vase.

Sie war doppelt so groß wie ich. Dreimal so groß. Ihr Glitzern blendete mich, aber ich fühlte, daß die Glasur ganz kühl war. So etwas hatte ich noch nie gesehen. In Kanjiza stand vor dem Wunderbad die Statue eines Zigeunermädchens, aber die russischen Soldaten hatten sie entweiht. Sie hatten hineingeschossen. Und dann wurde sie jedes Jahr übermalt. Mit Mennige oder Gold. So etwas wie dieses glasartig glänzende blaue Gefäß hatte ich noch nie gesehen. Noch nichts hatte mich so magnetisch angezogen. Aber ich wagte die Glasur nicht zu berühren, obwohl ich meine Hand nach ihr ausstreckte. Ich geriet in eine Art kataleptischen Zustand.

Auch in Vaters Geschäft hatte ich mich immer besonders angezogen gefühlt von allem, was blau war: vom Waschblau, Kupfervitriol, von der Schublade mit blauer Farbe, auf der *azur* stand. Und die blaue Farbe, überhaupt die Farbe war in meinem Bewußtsein eng mit Subotica verbunden, mein Vater hatte nämlich eine mystische, kleine, taschenartige schwarze Schachtel voller wunderbarer Glasröhrchen mit Farbproben. Auf dem Deckel der Tasche stand:

»KOPALTWERKE«
Geza Klein i sinovi
SUBOTICA
»HABICH-FARBEN«

Jetzt schien mir, als hätte ich die Quelle des Blau gefunden. Ich war überzeugt davon, daß die Kleins und mein Vater jenes Azurblau aus dieser mächtigen Vase geschöpft hatten.

Das Schwein hatte ich völlig vergessen. Es fraß ruhig Eicheln. Ab und an brachte eine herabfallende Eichel auch den tönenden, kühlen Körper der Vase zum Klingen. Später erzählte unsere Patentante, daß Miklós Zsolnai, der Besitzer des weltberühmten Zsolnai-Werkes, die Vase (die Vasen, denn vor dem anderen Hotel stand auch eine) Palić geschenkt hatte, als er mit seiner Geliebten 1910 in Subotica zu Besuch gewesen war.

»Ein Wildschwein!« kreischte eine alte Frau mit einem gewaltigen rosafarbenen Hut auf. »Es ist aus dem Tierpark ausgebrochen!«

»Genau so ein Eber hat auch Miklós Zrínyi getötet«, fügte ihr schwächlicher Begleiter hinzu, indem er seinen Spazierstock schwenkte. »Man muß sofort den Direktor benachrichtigen!«

Es verging kaum eine halbe Stunde, da erschienen die Leute vom ZOO. Ausgerüstet mit Gewehren, einem Netz und Ketten.

Ich starrte noch immer auf die wunderschöne blaue Vase. Mein sich im Blau spiegelndes Gesicht. Den See, der sich als Meer spiegelte. Später sagte irgend jemand, daß das eine Krankheit sei: *Blauüberempfindlichkeit.*

Sie warfen ein Netz über das Mastschwein und umstellten auch mich. Ehe ich mich versah, waren wir beide schon in einen leeren Zwinger gesperrt. In unmittelbarer Nachbarschaft der Affen. Eine Gruppe Schulkinder starrte uns gerade an.

»Ein Leopard, sieh, ein Leopard!« Die Kinder lasen die Aufschrift auf der Tafel vor dem Zwinger.

»Was für ein Leopard?« Die verstörte Lehrerin zog sie schnell weiter.

Erst am nächsten Tag kam uns meine Patentante auf die Spur. Erst am dritten Tag kamen sie, uns abzuholen.

Als Vater und mein Bruder in Subotica angelangt waren und uns nicht gefunden hatten, hatte sich die Patentante um Hilfe an den Bischof gewandt. Der Bischof hatte in allen Kirchen über den Fall predigen lassen und auch dem Polizeidirektor Bescheid gesagt. So hatten sie uns endlich gefunden.

Ich kratzte dem Mastschwein gerade den Rücken. Da standen mein Bruder, Vater, Mutter, die Patentante, der Bischof, der Polizeichef und der Zoodirektor vor dem Zwinger. Fragend betrachteten sie uns.

Durch das rostige Gitter hindurch beobachtete ich das Gesicht meiner Mutter. Jetzt, da Vater endlich nicht mehr hinter Gittern war, saß ich dahinter. Und unser einziger Schatz, unser Vermögen, das Mastschwein. Sie weinte. Die Tränen weichten ihr rosa getüpfeltes Kleid völlig durch. Sie weinte so sehr, daß ich fürchtete, ihr flössen die Augen aus.

Niemand wagte sich zu rühren. Plötzlich befürchtete ich, sie könnten sich umdrehen und weggehen. Aber da gab der Bischof mit seiner schwer beringten Hand ein Zeichen, daß die Tür geöffnet werden könne.

»Ich wollte schon eine Messe für euch lesen lassen«, flüsterte die Patentante. »Nicht einmal die Kartenlegerin konnte etwas Positives über euch sagen.«

»Komm«, sagte mein Bruder und hakte sich bei mir ein, »wir sehen uns um. Und dann gehen wir hinaus zum See. Du wirst sehen, wie dein Zittern im lauen Wasser sofort vergeht. Die Patentante hat erzählt, daß auf dem See noch Schwäne waren, als sie jung war, und daß an den Ufern Soda gefegt wurde für die Seifenfabrik.«

Er hatte sein finnisches Dolchmesser schon abgelegt, auch der schwindelerregend zitternde kleine Kompaß baumelte nicht mehr an seinem Gürtel. Er trug sein kurzärmeliges weißes Firmungshemd. Man hätte ihn auch für ein Stadtkind halten können. Während er wahrscheinlich Betrachtungen darüber anstellte, was ich wohl tagelang in dem stinkenden Zwinger mit dem völlig erschöpften Schwein gemacht hatte, interessierte mich dringend, wie er sich dort eingerichtet hatte, in der Flußstraße, ob er schon Freunde gefunden, sich mit den Töchtern des Schornsteinfegers von nebenan, den Kindern des Messerschmiedes angefreundet hatte. War er schon mit ihnen in das Labyrinth des Flusses gestiegen? (Der Abwasserkanal der Stadt führte zum Palić und kam genau am Hause der Patentante unter der Erde hervor. Das eine Kind des Messerschmieds behauptete, man könne bei Trockenheit weit hineingehen, bis unter das Rathaus, man könne gut die oben rumpelnden Straßenbahnen hören.)

Ein Mädchen lief vor uns auf dem weißen Marmorschotter entlang und schwenkte einen teuren Tennisschläger. Der milde Wind, der vom See her wehte, hob ihren kurzen Rock immer wieder an.

»Sieh mal«, sagte mein Bruder und schlug mir auf den Rücken. »Sieh mal, die Kleine läuft, als hätte sie ein Igelbaby zwischen den Beinen.«

Christina Kunze

Attila Balázs

GESCHICHTE MIT BEGONIE

Als die Begonics Sidonie noch so klein war, daß sie kaum laufen konnte, band die Mutter ihr eine mächtige Perlonschleife ins Haar, und damit gefiel die schmächtige Tochter ihr derart, daß Sidonie fortan immer einen großen rosafarbenen Propeller oben auf dem Kopf trug; so also stolperte sie durch die Welt. Dort, wo sie wohnten, erstreckte sich ein weitläufiger grasbewachsener Hof vom Wohnhaus bis zum Gewächshaus des benachbarten tüchtigen Gärtners hinunter, die lange, lichtdurchlässige Wand bildete zugleich die hintere Grenze zwischen der Familie Begonics und dem Reich des Gärtners, in dem sich die unterschiedlichsten geheimnisvollen Pflanzen wuchernd in alle Richtungen ausbreiteten. Später wagte sich Sidonie dann auf eigenen Beinen bis zur Gewächshauswand. Eines Tages erblickte sie der Mann, der sich mit den Blumen abplagte, und er blieb wie angewurzelt stehen angesichts der überirdischen Erscheinung. Die engelhafte Schönheit des kleinen Mädchens, die auch durch die ein wenig krumm geratene Nase nicht im geringsten geschmälert wurde, überwältigte ihn dermaßen, daß er sogleich eine Glasscheibe aus der Wand des Gewächshauses entfernte und Sidonie durch das entstandene Loch zu sich herein hob. Er hockte sich vor sie hin, lallte ihr etwas vor, dann nahm er sie an die Hand und führte sie wie eine zu Gast weilende Prinzessin auf den schmalen Wegen und Pfaden zwischen den Blumentöpfen entlang, wobei er ihr die verschiedensten Märchen erzählte, wie sie ihm gerade einfielen. Er erklärte ihr, weshalb die Kakteen Stacheln hätten, warum die Blätter einiger Pflanzen haarig seien, weshalb manche gerade solche Staubgefäße hätten, welche woher stammten und so weiter. Sidonie lauschte ihm mit zusammengezogenen Augenbrauen und ernster Miene, aber wenn sie Hunger verspürte oder vielleicht pullern mußte oder das Ganze sie einfach nur langweilte, fing sie plötzlich zu weinen an. Dann verfrachtete der Gärtner, ein völlig unbehaarter und vermutlich zeugungsunfähiger Albino, der demzufolge keine eigenen Kinder haben konnte, Sidonie durch das Loch zurück nach draußen und setzte die Glasscheibe wieder ein. Eine Zeitlang starrte er dem Mädchen hinterher, dann begann er die Scheibe zu verkitten, was ohnehin zu tun gewesen wäre. Vergeblich versuchte er sich jedoch auf die Arbeit zu konzentrieren, sein Herz wurde ganz und gar von irgendeinem unbezwingbaren Kummer ergriffen, von dem er sich nicht befreien konnte. Den ganzen Nachmittag summte er traurige Lieder zum Klappern der Gartenschere, bis zum Abendessen. An diesem Abend soll er angeblich keinen Bissen herunter gebracht haben.

Der Gärtner also verrichtete seine Gartenarbeit, während Sidonies Großmutter – die ebenfalls im Haus der Begonics' wohnte – nähte. Allerdings konnte sie nicht mehr gut sehen, weil der graue Star immer schlimmer wurde und sich zwischen den Wimpern große Warzen gebildet hatten. Außerdem schmerzten ihre rheumatischen Hände, deshalb übernahm Großmutter Begonics keine anspruchsvollen Arbeiten mehr, allenfalls Ausbesserungen, Weiten und Kürzen. Kleinere und größere Änderungen. Aus langen Hosen kurze, so etwas machte sie. Eher zum Zeitvertreib als aus echter Notwendigkeit. Einmal brachte jemand einen Wintermantel, aber daran wagte sich die alte Frau nicht mehr heran. Die Ärmste mochte wohl auch das Selbstvertrauen verloren, eingebüßt haben. Erst nach langem Zureden ließ sie sich eines Tages doch darauf ein, den Regenmantel des Gärtners zu stopfen: Ein herausragender Rosenzweig hatte den Ärmel aufgeschlitzt. Die Ehefrau brachte das auszubessernde Kleidungsstück vorbei, zwei Tage später holte es der Gärtner jedoch selbst ab, und während er der alten, gebeugten Frau Begonics zufrieden das Kleingeld in die Hand abzählte, fragte er plötzlich so ganz nebenbei:

»Wo ist eigentlich die kleine Süße, die *Begonie*?«

Da fing die alte Frau lauthals zu lachen an, daß ihr die Tränen in die Augen traten und die Münzen klimpernd zu Boden fielen.

Begonie spielte noch oft auf dem weitläufigen Hof, in dessen Mitte, hinter den gepflegten Buchsbäumen, ein kleineres, rissiges Becken mit einem Wasserspeier in Form eines echten Teufelskopfes stand. Hier lief sie besonders gern herum, wo ihr baumlanger Vater – ein komischer Vogel, den die größeren Kinder, vor allem aber sein im selben Haus lebender halbwüchsiger Neffe, Onkel Kerempuh nannten –, mit seiner linken Hand seinen kunterbunten Schlips an die Brust drückend, verschiedene kleine, selbstgebaute U-Boote ausprobierte, wenn er Zeit dazu hatte. Der dem Witzblatt entstiegene Kerempuh erschreckte damit des öfteren Tinolina II., eine tellergroße Schmuckschildkröte, die das Becken bewohnte und im übrigen zubiß wie der Teufel, wenn man sie antippte. Onkel Kerempuh galt als technisches Genie der Familie und hätte es vermutlich weit gebracht, wenn es keine ernsthaften Probleme mit seiner Gesundheit gegeben hätte. So aber war er irgendwo in der wissenschaftlichen Beamtenlaufbahn steckengeblieben, und die an ihn geknüpften Hoffnungen verflogen langsam. Dennoch war er der einzige, der eine eigenhändig gebaute Miniaturdrahtseilbahn im Hof aufstellen konnte, später verzauberte er aus purem Vergnügen einen von Begonies Bällen in einen Würfel, ein Wunder, das wir, die Halbstarken der Umgebung, uns nicht entgehen ließen. Vor allem waren wir von Begis Wassermaschinenpistole und ihrem Pingpong-Roboter beeindruckt. Wir alle bewunderten die kleine Begonie, weil sie so einen tollen Vater hatte. Oft gingen wir auf einen Sprung zu den Begonics' hinüber, wir hatten dort viel Spaß und konnten zugleich unwillkürlich Zeugen der immer rascheren Entwicklung Begonies werden.

Während die matschigen Herbste und knospenden Frühlinge einander abwechselten, die feinen Nerven von Begonies Vater immer dünner und zerrütteter wurden, die alte Frau Begonics völlig verschrumpelte und unter Zurucklassung ihrer Fingerhüte und Nadelkissen schließlich ins Jenseits übersiedelte, streckte sich Begonie langsam in die Höhe; sie verlor die zwei propellerartigen rosafarbenen Schleifen aus ihrem Haar und stand auf einmal als fast schon zur Frau gewordener Backfisch vor uns. Ein junges Mädchen, weder besonders schön noch besonders häßlich, das von der Mutter, die vor aller Augen ständig mit dem Schlittschuhschleifer Hacsek flirtete, vor uns am liebsten irgendwo unter Verschluß gehalten worden wäre. Zu Recht, könnte man meinen, denn auch wenn Begonie nicht gerade wunderschön war, so hatte sie doch etwas anziehend Anmutiges an sich: in ihren weichen Schritten, in ihrem etwas scheuen Lächeln, sogar in ihrer gebeugten Körperhaltung, mit der sie ihre sich immer stärker wölbenden Brüsten vor uns zu verstecken suchte. Der kleine Peternák – der Junge, der von uns die weißesten Zähne, das breiteste Grinsen und den stärksten Bartwuchs hatte und ewig Kaugummi kaute wie ein kanadischer Eishockeyprofi – war so richtig in sie verknallt. Ich erinnere mich deutlich, wie dieser Peternák, der später an eine Flugoffiziersschule nach Bosnien-Herzegowina ging und unserer pannonischen Heimat für immer den Rücken kehrte, einmal wagemutig an der Hauswand der Begonics' hochkletterte bis zu dem kleinen Fenster, um Begonie beim Baden zu beobachten. Aber kaum, daß er hineingespäht hatte, sprang er auch schon wieder herunter und rannte weg, wir ihm in unserem Schreck hinterher.

»Spione! Spione!« kreischte drinnen im Badezimmer Onkel Kerempuh. Wir sahen, wie er mit irgendeinem gestreiften Handtuch um die Hüfte auf die Terrasse hinauslief, dort wie am Spieß weiterschrie, dann in einem nicht enden wollenden Nervenkrampf zu Boden fiel. Wir rannten so weit, daß wir nichts mehr sahen noch hörten. Wir stahlen uns hinter dem Gewächshaus davon, über den Zaun an der Seite des durchsichtigen Gebäudes, quer über die Beete des Albinos.

Begonie? Sie besuchte die Grundschule, an der auch meine Mutter bis zu ihrer Pensionierung unterrichtete und die nach einem etwas größeren Genie als Begonies Vater, nach dem Entdecker des Hochfrequenzwechselstroms,

dem berühmten Nikola Tesla benannt war. Auch Begonie, die sie zu den mittelprächtigen Schülern zählte, war ihre Schülerin gewesen. Begi tat sich fast nirgends besonders hervor, nur in einem Fach, aber darin sehr: im Zeichnen. Unzählige Male lobte meine Mutter ihre feine Linienführung und ihr ausgezeichnetes Gefühl für Farben und Proportionen.

»Wie dieses Mädchen Blumen zeichnen kann, das ist schon was! Und wie sie es versteht, den Strauß anzuordnen, das macht ihr keiner in der Klasse oder in der Umgebung nach.«

Dann schickten die Eltern Begonie, die damals nicht mehr etwa Blumenverkäuferin werden wollte, wie sie als kleines Mädchen oft betont hatte, sie schickten Begi – ihr Gejammer, Bitten und Betteln war ihnen schnuppe – auf eine Handelsschule. Und vielleicht wurde hier die Saat für die Blume des Bösen ausgebracht. *Ich würde lieber ins Gras beißen, als ...*

Dazu nur soviel, daß Jahre später im Zentrum unserer Stadt ein großes Warenhaus gebaut wurde. Ein Warenhaus, in das sich ein »verrückter« Dichter aus der Wojwodina verschanzt hatte und von dort aus literarisch verbrämte Meldungen verschickte, bis er »hoppgenommen« wurde. Wenn man hineinging, befanden sich links von der großen Glastür die Socken und Hemden, geradeaus die guten Weine und rechts die Abteilung für Damenstrümpfe, Schlüpfer und Büstenhalter. Inmitten dieser Abteilung führte die Rolltreppe in die Textilabteilung hoch, wo in einer Ecke zwischen vielen bunten Jersey-, Georgette-, Samt-, Lüster-, Kaschmir-, Seide- und anderen Stoffballen Begonie, die traurige Blume, Tag für Tag wachte. Oder eher wie ein großer, zerbrechlicher, unverändert wesensloser Sumpfvogel. Mit den Armen, die wie lange weiße Flügel anmuteten, mit ihren langen, weißen Fingern maß sie die Meter ab. Abwesend, mechanisch, mit ihren Gedanken ganz woanders. Wortlos ertrug sie die Stänkereien und Krakeelereien der Käufer, beobachtete man sie aber aus der Nähe, war ihr anzusehen, daß sie es hier nicht lange aushalten würde. Und so war es denn auch. Eines schönen Tages verschwand Begonie, und ich sollte sie nie wieder in meinem Leben sehen, obwohl ich noch nicht gestorben bin. (Vorläufig.) Wer damals starb, das war Begonies Vater. Oder nicht? Oder doch? Ich glaube, nach der alten Frau Begonics ging zunächst der Vater von Begis Neffen, von Ervárd, Edó – mit dem wir fliegende Untertassen gebaut hatten – für alle Ewigkeit aus dem Begonics-Haus fort; er schippte vor dem Haus Schnee, ging dann hinein und setzte sich in den Sessel, sagte schnalzend, wie wohl er sich fühle und stand dann nicht mehr auf. Ihm folgte Onkel Kerempuh mit all seinen Hirngespinsten. Wenn ich mich nicht irre, siedelte Begonies Mutter kurz nach den beiden Todesfällen in die ungarische Hauptstadt um – ohne ihre Tochter. Mit dem Schlittschuhschleifer Hacsek? O Pardon, um jedem möglichen Einspruch vorzugreifen, sehe ich mich zu bemerken genötigt, daß es nicht ausgeschlossen ist, daß in dieser Geschichte etwas fürchterlich durcheinandergeraten ist, wie in anderen Geschichten auch. Hauptsächlich die Zeit, deshalb würde ich es überhaupt nicht übelnehmen, im Gegenteil, ich würde mich geradezu freuen, wenn es vielleicht jemand korrigieren würde. Obwohl ich keine Ahnung habe, wer das sein könnte.

Das Beste wäre, wenn Begonie selbst richtigstellen würde, daß das sicher nicht ganz ihre Geschichte sei. Aber bis dahin ... Weil denkbar ist, daß ich die verflixten Teile des *Puzzles* (»Pussel«) manchmal nicht richtig zusammengesetzt habe. Allerdings muß ich zu meiner Verteidigung anführen, daß ich tatsächlich alles ziemlich vermischt habe, und man sollte auf der Hut sein, wenn man das auseinandergefallene Bild, die Bilder haarklein rekonstruieren möchte. Ein echter Gärtner, der fachgerecht die dürren Triebe stutzt, setzt sich danach nur hin, zündet sich allenfalls eine Zigarette an und starrt einfach aus dem eingeschlagenen, zugigen Glashaus der Worte hinaus in die Dunkelheit. Nun, soviel dazu. Das *Patchwork* geht weiter, das auch in dem Kaufhaus verkauft wurde, von dem aus sich die Spur Begonies verlor. Aber wer hatte sie geraubt?

»Wer hatte Begonie rauben können?«

Wahrscheinlich niemand.

Die blasse, etwas plattfüßige Spur läßt sich zu einem kränkelnden Großvater von Begonie verfolgen, der damals wie ein Methusalem irgendwo in der Provinz lebte und von der Welt schon ganz vergessen worden war. Genau an diesen Großvater erinnerte sich Begonie in ihrer Einsamkeit, als auch der kleine Peternák schon ganz im Dunkel verschwunden war und seine blumengemusterten, herzchenverzierten, verdächtig fleckigen Briefe seltener und die absurden, peinlich-stürmischen und abartigen Übergriffe des Gärtners, die der Albino unter dem Gewand väterlicher Besorgtheit zu verstecken suchte, immer exzessiver wurden. Sie packte sofort und fuhr aufs Dorf. Zunächst vermutlich nur für kurze Zeit, wie für eine

Stippvisite im Sommer; der Besuch dehnte sich jedoch immer länger aus, und damit verlor Begonie allmählich die Kontakte zur Stadt, in der sie aufgewachsen war. Ebenso verflüchtigte sich ihre Angst vor dem Chef der Stoffabteilung. Begonie wechselte also ins »Krankenschwesternfach«, vielleicht sah sie auch eine Mission darin, irgendein Ziel, auch wenn es sich noch nicht genau abzeichnete; die Betreuung des sterbenskranken Großvaters erschien ihr jedenfalls sinnvoller, als zwischen Jersey, Georgette und anderen Stoffen in Deckung zu gehen. Also schrieb sie ihren Kündigungsbrief und schickte ihn ab, reiste für kurze Zeit zurück und vermietete ihren Teil des Hauses an Studenten, vertraute ihnen die Versorgung von Tinolina II. an, vielleicht hob sie das bißchen Geld ab, was ihr noch zukam, vielleicht erledigte sie noch das eine oder andere, beruhigte Edvárd und fuhr danach zurück nach Bečej, von wo aus sie ihrer Mutter einen Brief schrieb, deren Vater sie ja eigentlich pflegte; danach war nichts mehr von ihr zu hören. Die zuweilen eintreffenden Postsendungen ihrer Mutter schickte Begonie postwendend zurück. Tagsüber wusch oder kochte sie, am Abend sah sie fern, las oder häkelte, manchmal machte sie Makramee-Arbeiten, denn zum Zeichnen war ihr für immer die Lust vergangen. Zuvor gab sie dem Alten das Schlafmittel, führte ihn aufs Klo, deckte ihn zu, erzählte ihm ein kurzes Märchen aus der Zeit der österreichisch-ungarischen Monarchie oder des Zweiten Weltkrieges, drückte einen Kuß auf die Stirn des alten Kranken, schloß das mächtige Tor zu und bewegte sich nicht mehr aus dem kleinen Haus, das sich nicht unweit des schon im Morgengrauen erwachenden Marktplatzes befand. Ob sie sich vor dem Einschlafen herumwälzte, und wenn ja, an wen und an was sie dann dachte, können wir nicht genau wissen. Von hier aus gesehen scheint es immer mehr so, daß sie, wenn sie ihre zwei schönen grünen Augen geschlossen hatte, ein wogendes weites Meer vor sich sah, an dessen unendlichem Ufer sie im Sand lag wie eine zerbrechliche, vernachlässigte (Schmuck-) Schildkrötendame. Während sie ihre jungen und doch erschöpften, ausgekühlten, starren Glieder wärmte, erschien von irgendwoher am Horizont ein stämmiger Gitarrenspieler mit bronzefarbener Muskulatur, heißem Blut, etwas krumm geratenen Beinen, einigen Zahnlücken, einem Würfelkopf (ganz wie der Ball von damals), der kaum in seine gestreifte Badehose paßte. Und er kam nur und lächelte und ließ sich schließlich neben sie nieder und spielte Gitarre, immer nur Gitarre, sang für sie, während sie, Begonie, nicht wagte, sich auf den Rücken zu drehen. Und es war auch nicht mehr das Meer, bloß die Theiß.

Bessa-me mucho ...

Mehreren voreiligen, lückenhaften und schnörkelig-unterbrochenen Erzählungen zufolge – tat sich Begonie zwei Jahre nach ihrem Weggang aus Novi Sad am Ufer der sanften Theiß mit dem Draufgänger Frányó Klepton Lakatus, mit Goldfinger, zusammen, der damals in der *Halász-csárda* von Bečej als Musiker auftrat. Goldfinger-Klepton verstand es – obwohl er sich als Kind mit der Axt den linken Daumen abgehackt hatte – wie besessen in die Saiten zu greifen und dabei ganz eigene Griffe zu spielen, daß es in der Umgebung nichts Ähnliches gab. Goldfinger-Klepton, der neun dicke Goldringe aus Triest trug und noch zwei

Goldzähne rechts im Mund, war übrigens im Picoder-Slum, dem Mösenviertel von Bečej, aufgewachsen und fast eineinhalb Köpfe kleiner als Begonie, aber das schien das frischgebackene Liebespaar nicht im geringsten zu stören. An jedem gesegneten Abend, wenn der Großvater eingeschlafen, und dann, als er schließlich endgültig entschlummert war, saß Begonie fortan in der Ufer-Csárda in der Nähe der Galopprennbahn und hörte voller Inbrunst bei einem fingerhutvoll Landwein und etwas Fischsuppe Goldfinger-Klepton zu, während sich ihre bisweilen schwerer werdenden Lider auch nicht für einen Augenblick schlossen. Auch wenn es vorkam, daß ihr Kopf etwas nach vorn nickte, schien es, als folge sie dem Takt. So ungefähr wie: »Oh ja, genau so. Los spiel, spiel nur, Klepi!«

Klepi schillerte in seinem flimmernden Sakko auf dem engen Podium in der Mitte des großen, luftigen Saales, auf dessen Akustik er immerfort schimpfte, wenn auch grundlos, denn wenn seine Stimme aufgetaut war, wogte sie mit solcher Kraft bis zum Ende des Raumes und wieder zu ihm zurück, daß es ihm förmlich Flügel verlieh. Goldfinger-Klepton zupfte wie besessen die Saiten, manchmal sogar etwas feierlich, aber als es dann Mitternacht wurde, legte er die Gitarre nieder, bat nach und nach um Ruhe, wandte sich theatralisch Begonie zu, fiel langsam auf die Knie und begann mit kristallklarer Stimme ohne jede Begleitung LOVE ME TENDER zu singen.

»Was für ein Clapton, das ist Elvis Presley selbst!« brach es spontan aus einzelnen hervor, diese im übrigen nicht etwa geringschätzigen Bemerkungen gingen in dem nicht abreißen wollenden tosenden Beifall und den Hochrufen am Ende des Liedes unter:

»Weiter, Klepton, weiter!«

Goldfinger-Klepton machte an der Stelle konsequent nicht weiter, setzte sich zu Begonie, die vor Wonne erschauerte, nahm ihre Hand und drückte sie, als wolle er sie nie wieder loslassen, während dort draußen der Fluß wie ein feiner, endlose Meter langer Lüster wogte, und die schwarzgeteerten Zillen nebeneinander schaukelten.

Manchmal, wenn er wirklich guter Laune war, spielte er noch etwas als Zugabe, aber nur am Tisch und auf Bitten von Begonie. Dann rückten ein paar übriggebliebene Gäste und die Bedienung die Stühle zusammen, einige feilschten noch ein bißchen um weitere Getränke, danach wurden sie ruhig und bewunderten die Virtuosität von Goldfinger-Klepton.

Goldfinger-Klepton hatte also durchschlagenden Erfolg, deshalb war es für ihn wie ein Schlag ins Gesicht, als Ende der achtziger Jahre der Wirt ihn an einem Freitag, der eigentlich Besseres versprach, zu sich bat und ihm etwas verlegen und dabei noch den heißen Kaffee verschüttend erklärte, daß er für ihn leider keine weitere Verwendung habe. Wörtlich:

»Wenn du dich als Baßgitarrist in ein Harmonikaorchester einfügen könntest, wäre das ganz prima.«

»Was?! Ich in ein Harmonikaorchester?« sagte Goldfinger-Klepton mit langem Gesicht. »Kannst du das nochmal sagen? Als Baßgitarrist in einem Harmonikaorchester? Ich hab' wohl nicht richtig gehört.«

»Ja, als Baßgitarrist in einem Harmonikaorchester«, nickte der Wirt, hob dann seinen Kopf und setzte entschieden dazu: »Neue Zeiten kündigen sich an, siehst du das nicht, mein Junge?«

Klepton sah es, nur wollte er es vielleicht nicht wahrhaben.

»Tun sie das? He, zum Teufel damit!«

»Tut mir leid.«

Das war wahrscheinlich der Moment, als der sture Frányó Lakatus beschloß, gegen den Strom zu schwimmen. Zuvor hatte er sich jedoch so betrunken, daß man ihn in die Klinik schaffen mußte. Außerdem hatte er es noch mit der Polizei zu tun bekommen, weil er die halbe Kneipe wie ein zerbrechliches Glashaus sozusagen als letzten Höhepunkt in Bečej auseinandergenommen hatte. Er war in seinem höllischen Wutausbruch kaum zu bremsen gewesen.

Einen Monat später verkaufte Begonie das Haus ihres Großvaters. Einen Teil davon verwandte sie, um den Schaden zu begleichen, von dem restlichen Geld kaufte sie in Belgrad eine winzige, 35 Quadratmeter große Etagenwohnung, die von Schimmelflecken gemustert war und sich in der Nähe des Bahnhofs befand, der wesentlich lauter als der Markt in Bečej war. Vor ihrem Umzug veranstalteten sie aber auf der nahe und malerisch gelegenen Perleninsel – mit vielen, vielen Gästen – eine Wahnsinnsparty, auf der Begonie Goldfinger-Klepton vor dem komischen nuschelnden Pastor aus Földvár die ewige Treue schwor. Damals mochte sie so im fünften Monat schwanger gewesen sein.

In Belgrad konnte Begonie nicht mehr viel arbeiten. Zunächst hatte sie eine Stelle als Tagesmutter, als Putzfrau, vielleicht saß sie als rundliches Aktmodell für Studenten der Kunstschule, als es ihr aber ständig schlecht ging und man ihr erklärte, die Schwangerschaft wäre gefährdet, mußte sie jegliche Arbeit unterlassen. Sie lag nur noch zu Hause und wurde dicker, während Goldfinger-Klepton nach Arbeit herumlief, bis er bei einer Harmonikaband als Baßgitarrist im berühmt-berüchtigten *Balkán* landete. Dort geriet er leider in sehr schlechte Gesellschaft. Er trank ständig, immer billigen Schnaps von der mörderischen Sorte, kam erst morgens nach Hause und gestand schließlich heulend, daß er ihr gesamtes restliches Geld verspielt hätte, obwohl er vorher nie Karten angerührt hatte. So geschah es dann auf sehr traurige Weise, daß Goldfinger-Klepton sich just zu dem Zeitpunkt, als die fast völlig besitzlose Begonie einem gesunden, dreieinhalb Kilo schweren Jungen das Leben schenkte, sich mit einem Magendurchbruch in einem anderen Krankenhaus herumwälzte. Sie konnten ihn gerade noch so retten. Danach, als er zum ersten Mal die Schwelle ihres Zuhauses überschritt und mit einem verwelkten Blumenstrauß an die Wiege von Goldfinger-Klepton Junior trat, schien er um mindestens zwanzig Jahre gealtert. Er sprach zusammenhangslos und zitterte am ganzen Körper.

Goldfinger-Klepton Junior hatte schon die ganze Milch aus Begonie gesaugt und war zu anderen Speisen übergegangen, er konnte mit seinen winzigen Watschelschritten bereits die Tür erreichen, nach der Klinke greifen, als Goldfinger Senior einigermaßen zu sich kam. Dieser hatte sich soweit erholt, daß er sich nach einer neuen Arbeit umsehen konnte. Rätselhaft war, wovon sie bis dahin gelebt hatten. Aber sie hatten gelebt, und wie Begonie später einmal an Edvárd schrieb, waren sie wenigstens zusammengewesen, wenn auch nicht mehr. *Mir fällt ein, gibt es Tinolina II. noch? Tausend Küsse von gar nicht so weit …*

Wir wissen nicht genau, ob Edvárd jemals antwortete.

Edvárd hatte wohl eher nicht geantwortet, vielleicht nur etwas Geld geschickt. Goldfinger-Klepton wiederum war aus der Tür spaziert, und es schien, als sei er für immer spurlos verschwunden.

Jemand hatte ihn am Vorabend des Krieges auf dem Markt von Zvezdara gesehen, nach der mit Panzern unterdrückten »Friedensrevolte«, allerdings ohne seine typische »Klepton«-Gitarre. Als hätte er mit Geld Geschäfte gemacht, aber das ist nicht sicher. Dann war er spurlos verschwunden. Joco Jokan, ein berüchtigter Kartenvirtuose und Stammgast im *Balkán*, ein Ort zum Saufen und Geldverjubeln mit zweifelhaftem Renommee, behauptete, daß sich Goldfinger – als der Krieg ausbrach, in der Hoffnung auf ein wenig Beute – einen Bart hätte wachsen lassen, einer separatistischen Freischärler-Truppe beigetreten und mit ihnen zum Kämpfen nach Slawonien gegangen wäre. Dort verschwand er offenbar. Als Begonie das hörte, rannte sie schluchzend aus der dunklen Vergnügungsstätte. Während Joco Jokan mit einem Zahnstocher im Mund seiner Geliebten mit den dicken Schenkeln und bordeauxroten Strümpfen eine zierliche Zigarette mit goldenem Mundstück anbot, bemerkte er nur:

»Ganz schöne Scheiße. Vielleicht hätte ich es nicht sagen sollen.«

Danach kamen Begonie Gerüchte zu Ohren, wonach Goldfinger-Klepton in Wirklichkeit als richtiger Soldat gekämpft hätte, was sie natürlich überhaupt nicht beruhigte. In ihrem Schmerz verlor sie fast den Verstand, als nicht viel später, etwa zu jener Zeit, da jemand von der größtenteils übriggebliebenen jugoslawischen Luftwaffe – einige meinten, es sei eben »unser kleiner Peternák« gewesen – vom Flugplatz oberhalb von Zagreb aus den Speisesaal des kroatischen Präsidenten wie ein Glashaus in tausend Splitter zerschossen hatte, eine größere Sendung von der Armee eintraf: der verplombte Sarg. Obwohl es im Prinzip nicht erlaubt war, ihn zu öffnen, bettelte Begonie so lange, bis jemand das Kopfteil des Sarges mit einem gewöhnlichen Brecheisen aufstemmte, und da gab es dann was zu sehen: ein grauenvoll zerschmetterter Männerkörper lag im Sarg. In seinen Kopf hatte man einen großen Holzkeil getrieben, in das eine Ohr hinein und aus dem anderen heraus. Aus welchem Grund jemand so etwas getan hatte, läßt sich wohl kaum mit menschlicher Logik erklären. Da die Finger des Toten mit dem schiefen Grinsen vollzählig waren, konnte er keinesfalls Klepi sein. Begonie reklamierte sofort, aber die Zuständigen bei der Armee zuckten nur mit den Schultern, fast beleidigt, warum sie eigentlich soviel Theater mache? Sie habe wenigstens einen »Leichnam«, andere nicht einmal den.

Nun ja.

Als das passierte, hatte ich das auseinandergefallene Land schon seinem Schicksal überlassen. Erst Jahre später kehrte ich dorthin zurück, selbst da schlich ich eher wie ein Verbrecher um die Ruinen der Häuserwände, obwohl ich nicht wußte, wieso. Möglicherweise blieb ich ganz unbedacht vor dem Drahtzaun des Hauses in der Straße der Republik Nr. 88 stehen. Genauer gesagt vor dem Tor. Weiter drinnen stand regungslos das Gebäude mit heruntergelassenen Jalousien. Nach einigem Zaudern klingelte ich, aber nichts rührte sich. Niemand kam, um die Tür zu öffnen. Ich betätigte den Klingelknopf noch einmal, hielt ihn lange gedrückt, hörte auch ein leises Schnarren, dann aber wieder nichts. Neben dem Haus blickte ich den ganzen Hof hinunter. Jemand hatte die Buchsbäume geschnitten, so daß ich den teufelsköpfigen Wasserspucker, das Werk eines gewissen – schon lange vor der Familie von Onkel Kerempuh verstorbenen – Jakob Schmuz, eines Steinmetzes, von der Seite hätte sehen müssen, aber er war nicht an seinem Platz. Tinolina II. hätte ich selbst dann nicht gesehen, wenn ich mich sehr bemüht hätte. Wenn sie überhaupt dort in ihrem Becken gewesen war.

Sidonie mit der rosafarbenen Schleife, dem Propeller auf dem Kopf, welkende Blume schönerer, friedlicherer und wärmerer Gefilde ... Wo bist du? (Der Rotäugige, der sich zu Tode mühte und grämte.)

Unten, am Ende des Hofes, war nirgends auch nur eine Spur vom Gewächshaus des Gärtners zu entdecken. Auch von dem der Familie von Onkel Kerempuh nicht, das dieser deshalb gebaut hatte, um auch eines zu haben. Ich erinnere mich, daß Kerempuh als Experiment einst die Glasscheiben schwarz angestrichen hatte, vielleicht, um mit diesem Widersinn das Böse fernzuhalten. (Irgend so etwas in der Art hatte er damals erklärt.) Der Erfolg war dann der, daß nach einiger Zeit, als eines Nachts ein gewisser Tarzán mit seiner Bande das Gewächshaus einschlug, sich uns am Morgen ein furchtbarer Anblick durch die zerbrochene Sonnenbrille des beschädigten Hauses bot: Drinnen hatten sich die ausgeblichenen, dünn gewordenen, nach etwas Sonnenlicht schmachtenden und unnatürlich langgestreckten Pflanzentriebe ineinander verwickelt; die blassen Blätter zeigten ihre blaue Aderung, die krankhaft dünnen Stengel der Pflanzen hatten alles umrankt, während eine – mit letzter Kraft – sich um die Klinke geschlungen hatte. Überall stank es nach Zerstörung und Vernachlässigung. Faulige Kakteen fielen sich gegenseitig in die Stacheln.

Jetzt aber gab es nirgendwo ein Gewächshaus, noch einen Menschen.

Und dann das folgerichtige, immer mehr zur Gewohnheit gewordene Lamentieren (meinerseits):

Wo magst du sein und was machst du, Begonie? Und auch du Edvárd, Edó, noch eine Gestalt aus einem anderen oder eher wahrscheinlich gerade aus demselben vergeudeten Roman, der sich um seine Achse oder besser um seinen Stengel verdreht?

Ich bin fast hundertprozentig sicher, daß Tinolina II. noch irgendwo lebt. Wenn ... ja, wenn sie nicht – soll ich am Ende witzeln? – in einer schmackhaften Suppe gelandet ist.

Manchmal sitze ich auf dem Lövölde-Platz herum, nachdem ich im Schaufenster an der Ecke zur Izabellastraße lange die verschiedenen Schmuckschildkröten angestarrt habe, wie sie sich gegenseitig anstoßen; ich sitze und zähle das alte, ferne Echo der Schüsse vor der »Sintflut«, und während ein Gefühl in mir aufsteigt, als wenn – genau gesagt: – ich nicht mehr ich wäre, kommt von irgendwoher ein merkwürdiger Wind, dessen Hauch – vermischt mit dem derben, stinkigen Duft der chinesischen Hefefladenbäckerei – mir in mein schlaff herabhängendes Ohr immer wieder flüstert, daß ich sofort in den Trolleybus einsteigen und zum Mechwart-Hain rausfahren müsse. Das ist nicht logisch, weshalb gerade zum Mechwart-Hain, der meines Wissens mit einem 18.000 Quadratmeter großen Park bestanden ist, aber es scheint, als wolle er mir sagen, daß ich dort zum Beispiel – mit großer Chance – Begonie treffen könnte. Ich würde in irgendeinem Teil der 18.000 Quadratmeter umherstreifen, und Begonie käme mir einfach so entgegen, wie ein verirrter Flamingo. Wie ein nach vorn geneigtes, zerstreutes Denkmal mit etwas krummen Beinen und ein bißchen schlechter Haltung. Sie würde mich anschauen und lächeln:

»Na, du hier?«

»Ja, ich bin hier«, würde ich antworten. »Ich bin ein bißchen müde geworden beim Warten auf dich.«

»Du wartest auf mich?« würde sie sich wundern. »Auf mich warten, aber wo?«

»Wo?« würde ich fragen und den Verwunderten spielen. »Was wo? Na hier.«

»Ausgerechnet hier, in diesem was weiß ich?«

»Im Mechwart-Hain.«

»Eigentlich gehe ich nie hierher.«

»Ich auch nicht«, würde ich mit einem Lächeln beipflichten.

»Gut. Aber die Vögel zwitschern sich zu …«

»Na, was zwitschern sich die Vögel zu?«

»Daß du etwas über mich geschrieben hast.«

»Ich?« würde ich sie darauf mit ausdrucksloser Miene anstaunen. »Ausgerechnet ich?«

Ja, so würde es im Mechwart-Hain geschehen. Und dann würde ich mich sicher ein Fünkchen besser fühlen. Wenn auch nicht für lange. Doch weshalb?

Vielleicht nur deshalb, weil es dann auch einen kleinen Dialog in dieser verdammten Erinnerung gäbe.

»Ich habe gar nichts geschrieben«, würde ich meinen Elefantenkopf schütteln. »Aber wenn du mit mir in den Zoo gehen würdest, kann es sein, meine liebe Begonie, daß ich dir Zuckerwatte kaufe. Und eine rosafarbene Perlonschleife.«

»Keine Blumen?«

»Nein. Das glaube ich nicht.«

Christine Schlosser

Attila Balázs

GRENZFALL

Auf einmal tauchte da dieser Mann auf. Er schleppte einen so mächtigen Stein, daß er ihn kaum tragen konnte. Wie er ihn vor mich hinfallen ließ, hätte er fast meinen Fuß getroffen. Danach richtete er sich auf, hielt sich den Rücken, zog seine schmutzige Hose zurecht, wischte sich über die schweißübertrömte Stirn und teilte mir schließlich mit, bis hier hin sei alles seins.

»Was?« fragte ich lächelnd, weil ich einen Witz vermutete. »Was denn?«

»Alles«, antwortete er kühl, dabei immer noch schnaufend.

Alles sei seins, sagte er, alles, was vom Stein an auf seiner Seite liege. Sogar das Bellen der Hunde.

»Auch das?« Mir klappte die Kinnlade herunter.

»Auch das.«

»Auch die Wolken und die Vögel?« fragte ich, in den Himmel zeigend.

»Alles«, nickte er.

»Und der Fluß?«

»Bis zur Linie, die der Stein markiert, auch der Fluß.«

Ich war sprachlos vor Verwunderung, kramte eine Zigarette hervor, um Zeit zu gewinnen, bot auch ihm eine an, er lehnte aber ab. Ich blies den Rauch über den Stein und sah, wie ihn das schlagartig aufbrachte.

»Nicht rüberblasen!« schrie er wild herumfuchtelnd. »Ich habe selber Rauch.«

»Keine Sorge«, beruhigte ich ihn, »aber ich würde gern wissen, auf welcher Grundlage dies alles geschieht.«

Er antwortete, auf welcher ich wolle, auf historischer, psychologischer oder sonstwelcher, nun aber sei es das beste, wenn ich ihn in Frieden ließe und die Dinge einfach so hinnähme, wie sie von jetzt an seien und von diesem Augenblick an auf immer und ewig bleiben würden, solange der Tag Tag sei und die Nacht Nacht. Außerdem sei ich, wenn ich darüber nachdächte, noch ganz gut gefahren, schließlich kenne er persönlich genügend Leute, die sicherlich nicht so wohlwollend mit mir gewesen wären: Sie hätten mir das Gelände auf meiner Seite des Steins nicht gelassen. Das sei nämlich so sicher, wie sicher sei, daß er dort stehe. Und hier tue es jetzt nichts zur Sache, wo, unter wessen Fuß, sich die dickeren Würmer fänden, wo der Brotteig besser aufgehe, wo weniger Kerne in der Melone und besserer Wein in der Schorle sei oder wo es den süßeren Honig und den tieferen Schatten gebe, bei ihm oder bei mir, das zähle jetzt nicht.

Denn wenn wir anfängen, an dieser Sache zu rühren, dann würde es sehr viel böses Blut geben, und bestimmt würde ich den Kürzeren ziehen. Ich solle mich also in Gottes Namen um meinen eigenen Kram kümmern! Solle mich über das freuen, was ich habe, und keine Veränderung wünschen, weil mir das nur übel bekommen würde.

Angesichts der Umstände hätte ich ihn tatsächlich für großzügig halten können, obwohl es mir irgendwie gar nicht so leicht fiel, mich damit abzufinden. An jenem Abend schlief ich erst sehr spät ein und hatte bis zum Morgen furchtbare Alpträume. Am Morgen sagte ich meiner Frau nichts, mahnte aber die Kinder, dort draußen auf dem Feld liege irgendwo ein Stein, den sie noch nie gesehen hätten, und wenn sie zufällig auf ihn stießen, sollten sie um Himmels willen nicht weitergehen. Bald würden sicher noch mehr Steine dort sein. Und dann würden wir weitersehen.

»Von was für einem Stein redest du?« fragte mich meine Frau gereizt. »Hast du den Verstand verloren? Was für ein Stein?«

»Ein Stein«, erwiderte ich achselzuckend. »Ein Stein eben.«

Es wurden dann tatsächlich mehr Steine. In sauberer Linie. Links bis zum Fluß, rechts bis hin zum Fuße des bläulichen Berges, zum alten Steinbruch, wo der Fels beinahe senkrecht in die Höhe ragte, hinauf bis in das Reich der Wolken und wilden Adler, noch weiter sogar. Manchmal erblickte ich auch den Mann, der immerzu Steine schleppte. Ich grüßte ihn zwar, aber er nahm keine Notiz von mir. Meinem Blick ausweichend, arbeitete er wie ein Besessener, obwohl er sich einen Bruch gehoben hatte, der ihm wohl schon bis zum Knie reichte, und er in seiner Qual ununterbrochen Wasser soff. Dennoch ließ er nicht ab von dieser leidigen Hetzerei. Also dachte ich mir, greife ich zu einer List:

Tagsüber schlief ich soviel und sooft ich eben konnte, des Nachts aber stand ich auf, sobald die Eule zu ihrem Ruf anhob und er schon längst todmüde ins Bett gesunken war. Dann machte ich mich mit allen Kräften daran, diese verflucht schweren Felsbrocken dahin zurückzuschleppen, wo er sie hergeholt hatte. Ich gestehe, lange habe ich nicht durchgehalten. Meine Hände waren voller Blasen, mein Kreuz ächzte, schließlich sagte ich mir: zum

Teufel damit! Zehn Tage lang konnte ich nicht aufstehen und hütete statt dessen das Bett, während mir meine Frau den Rücken mit feuchten Umschlägen behandelte. Sie tat es wortlos, mit düsterer Miene. Noch nie hatte ich sie so voller Sorge gesehen. Mein Nachbar war nach alledem nun auch nachts auf den Beinen. Riesige Scheiterhaufen richtete er auf dem Feld auf – was gab ihm nur diese Kraft? – und schleppte und rackerte in einem fort ... während der Feuerschein die rabenschwarze Nacht erhellte. Als ob ihn der Satan höchstpersönlich mit irgendeinem Teufelstrunk beschenkt hätte. Oder ließ er seine Söhne schuften, wozu ich mich noch nicht hatte hinreißen lassen? Ich weiß es nicht, denn ich schaffte es nicht, mich bis zum Fenster hochzuhieven. Tatenlos lag ich, hingestreckt wie ein umgestürzter Baumstamm, völlig einfallslos, nutzlos und – ja – hilflos. Und während ich den Schattentanz verfolgte, den die Flammen an der Wand vollführten, schlich sich – wie ich zugeben muß – langsam ein Gefühl von Angst in mein Herz. Anfangs eigentlich eher nur so eine Art Beklemmung. Aber deswegen gab ich noch lange nicht auf. Noch war nicht aller Tage Abend!

Sobald ich wieder auf den Beinen stehen konnte, ging ich sofort hinaus aufs Feld, wo mir die feste Mauer mittlerweile bis zum weichen Nabel reichte. Ich nahm Wein und ganz frisches, duftendes, lockeres Brot mit, das meine Frau am Morgen erst gebacken hatte, setzte mich in respektvollem Abstand von dem Bauwerk nieder – und wartete. Eine Zeitlang geschah überhaupt nichts, nicht einmal eine blöde Grille regte sich im Gras. Doch erschien es mir, als wüchse die Mauer ganz von selbst immer höher. Ich verstand die

Welt nicht mehr. Vom trotzigen Willen des Nachbarn gesteuert – wie von Geisterhand? – bewegten sich die Steine weiter … Oder krochen die da drüben nun auf allen Vieren? Ich weiß es bis heute nicht. Nur soviel noch: Als die Mauer etwa so hoch wie eine Brustwehr geworden war, stießen plötzlich Gewehrläufe aus dem Stein. Kaum waren sie losgegangen, da begann – nach ein paar Blitzen – auch schon der Kugelhagel. Bleiregen prasselte auf mich nieder, dabei hatte ich doch nicht einmal einen Regenschirm dabei. Im Zickzack stürmte ich heimwärts, und nur dem Glück war es zu verdanken – es läßt mich übrigens sonst oft unvorhergesehen im Stich –, daß ich wohlbehalten die Türschwelle erreichte. Hals über Kopf stürzte ich hinein, genau vor die mageren Beine meiner Frau.

»Ist es jetzt soweit?« fragte sie in die plötzliche Grabesstille hinein.

»Was denn, um Himmels willen?!« brüllte ich.

»Das«, erwiderte sie gelassen, »was wir alle wissen, nur noch nicht wahrhaben wollen.«

Ich verlor fast den Verstand, so sehr regte sie mich auf.

»Weib!« schrie ich, »Weib!!! Dein Platz ist bis auf weiteres am Herd. Das hier ist Männersache. Zu Mittag will ich Bohnen, verstanden? Pfurzbohnen, richtig dicke. Daß der Löffel drin stehen bleibt. Der Rest ist meine Sorge!«

Ohne ein Wort zu sagen, machte sie auf dem Absatz kehrt.

Der Reihe nach öffnete ich unsere klammheimlich zusammengepackten Bündel, fand meinen Feldstecher und rannte zum Fenster. Der Feind rührte sich nicht. Ich sah, daß sie Wein und Brot eingesammelt hatten.

»Gut«, murmelte ich bei mir, »ihr habt es so gewollt!«

Auf der Stelle suchte ich Säcke hervor, befahl meine prächtigen drei Söhne zu mir, von denen der älteste von der Universität träumte, der jüngste bloß von einem echten Lederfußball. Was der mittlere träumte, weiß ich schon nicht mehr. (Vielleicht von Frauen?) Ich rief sie jedenfalls zu mir, und wir rannten zum Fluß hinab, wo wir die Säcke mit silbergrauem Sand füllten. Zurück beim Haus stapelten wir sie aufeinander. Das ganze wiederholten wir mehrere Male, bis sich unser Haus in eine Festung verwandelt hatte.

Als wir grade den letzten Sack in Position brachten, wurde mein ältester Sohn leider von einem Schuß tödlich getroffen, so daß er seinen Geist dort vor meinen Augen aushauchte. Wir begruben den Ärmsten hinterm Haus, wo der Schatten am tiefsten und der Wind am schwächsten war und nur die Blätter ahnungsvoll raschelten. Dann lud ich alle meine Gewehre durch, stellte sie neben das Fenster, fällte erschüttert unseren größten Obstbaum, baute daraus ein furchterregendes Katapult, belud es mit dem schwersten Stein, der uns sonst dazu diente, Sauerkraut mit Kümmel zu stampfen, und ließ ihn – erst Stoßgebet, dann saubere Parabel: – über die verfluchte Mauer schnellen. Ich hatte einigermaßen gut gezielt, denn eine ziemlich große Staubsäule stieg zum Himmel auf, begleitet von Geheule und Gejammer. Später hörten wir einige Tage lang Trauergesänge, dann stellte sich wieder Totenstille ein. Nichts bewegte sich. Es war nur, als rückte die Mauer von Zeit zu Zeit um einen halben Meter näher – was aber nicht sicher ist. Vielleicht kam das auch nur von der Müdigkeit.

Dann stieg auf einmal die Gestalt eines feindlichen Mannes auf die Brustwehr, der uns von dort mit irgendeiner unförmigen, trompetenartigen Konstruktion ins Visier nahm. Noch bevor er abdrückte, konnte ich ihm einen Bauchschuß verpassen, so daß er – Blut und Fäkalien um sich spritzend – verschwand. Bei ihrem zweiten Versuch schoß ich allerdings daneben. Ein dumpfer Knall, ein kurzes pfeifendes Geräusch, dann schlug es auch bei uns ein.

Seit ein paar Jahren bin ich nun völlig allein. Mein Nachbar auch, glaube ich. Mit verkohltem Holz zähle ich auf dem stehengebliebenen Gemäuer die Tage, Durst und Hunger spüre ich nicht mehr. Wahrscheinlich geht es ihm da drüben genauso. Wir sind einfach nur da, einander gegenüber, und hätten schon längst keine einzige Kugel mehr, wenn nicht von Zeit zu Zeit wildfremde Leute in unserem etwas entlegenen, von welchem Gott auch immer verlassenen Tal, diesem heißen Kessel, auftauchten, zu Besuch mal beim einen, mal beim anderen.

»Siehst du noch seine schönen Augen?« fragen sie.

»Ja«, sage ich.

»Auch in dunkler Nacht?«

»Auch in dunkler Nacht.«

»Wie die Glühwürmchen?«

»Wie die Glühwürmchen.«

Dann packen diese wildfremden Leute Munition aus, auch auf Kredit, und gehen wieder, zuvor aber versichern sie noch, daß sie bald wiederkämen. Sie haben mich noch nie übers Ohr gehauen. Ich habe den Eindruck, auch meinen Nachbarn nicht.

Einmal, als es mir gelang, für etwas länger ins Reich der Träume hinüberzugleiten, weil ich das Gefühl hatte, jetzt sei alles egal, da träumte mir, mein Nachbar sei zu mir herübergekommen, weil er sich sehr einsam fühle und Wein trinken wolle. Falls kein Wein mehr da sei, so könnten wir uns wenigstens derbe Witze erzählen! Damit hob er an, derbe Witze zu erzählen. Aber während er so erzählte, stieg in mir – immer deutlicher – eine dunkle Erinnerung auf: Als hätte vor langer Zeit auch ich einen schweren Stein zu diesem Menschen geschleppt und ihn fast auf seinen Fuß fallen lassen. Ja mehr noch: als hätte ich ihn geradezu auf seine Füße geschleudert … und dabei den salzigen Schweiß von der Stirn gewischt.

Und dann weiß ich nicht, ob ich am Ende weinen oder lachen soll.

Ich tue weder das eine noch das andere. Ich horche nur. Vielleicht, solange ich lebe.

Horchen: solange der Tag Tag und die Nacht Nacht ist …

Bis die Steine von selbst auseinanderfallen?

Da soll es dreinschlagen.

Lucas Manfrin

Attila Balázs

Geb. 1955 in Újvidék/Novi Sad (Jugoslawien). Studierte in Novi Sad ungarische Sprache und Literatur. Schriftsteller, Übersetzer, Publizist. Mitarbeiter bei ungarischen Literaturzeitschriften der Wojwodina. 1980 Literaturpreis. Lebt seit 1991 in Budapest. Publiziert seit 1979 Romane und Erzählungen.

Károly D. Balla

Geb. 1957 in Ungvár/Užgorod (Ukraine). Naturwissenschaftliches Studium an der Universität Užgorod. Mitarbeiter beim Kiewer Lehrbuchverlag sowie bei verschiedenen Literaturzeitschriften; seit 1993 Chefredakteur des in Užgorod erscheinenden Kulturmagazins *Pánsíp*. Lebt in der Karpato-Ukraine. Seit 1979 erschienen verschiedene Gedichtbände sowie Erzählungen und Dramen. In deutscher Übersetzung liegen vier Gedichte in der 1995 erschienenen Anthologie *Kämpfe von gestern, Lehren für heute* (hrsg. von Martha Szépfalusi-Wanner) vor.

Éva Berniczky

Geb. 1962 in Beregszász/Beregovo (Ukraine). 1987 Diplom an der Geisteswissenschaftlichen Fakultät der Universität Užgorod. Seit Anfang der 70er Jahre Lektorin bei verschiedenen Verlagen und Zeitschriften. Seit 1993 regelmäßige Publikation von Märchen und Novellen. Ein Märchenband.

Ádám Bodor

Geb. 1936 in Kolozsvár/Klausenburg/Cluj-Napoca (Rumänien). 1955–1960 Studium der reformierten Theologie an der Universität Cluj-Napoca. 1970–75 Mitglied des rumänischen Schriftstellerverbandes. 1982 Übersiedlung nach Ungarn. Seit 1984 Lektor beim Verlag Magvetö, Budapest, seit 1991 Mitarbeiter beim Verlag Jelenkor, Pécs. Sieben Erzählbände und ein Roman, der auch in deutscher Sprache erschien (*Schutzgebiet Sinistra*, 1994.) Ein Band mit Erzählungen (*Zurück zur Waldohreule*) ist in Vorbereitung.

Antal Fülöp

Geb. 1943 in Budapest. 1970 Abitur in Komárom/Komárno (Slowakei). Arbeitete als Bergarbeiter, Hafenarbeiter, Reporter und im Krankenhaus von Komárno. Lebt heute als freier Schriftsteller in Komárno. Veröffentlichte bisher einen Erzählband und einen Roman.

Sándor Gál

Geb. 1937 in Búcs/Búč (Slowakei). Ab 1969 Dramaturg des Thália-Theaters Košice. Ab 1971 Ostslowakei-Korrespondent der Zeitschrift *A Hét*. Verschiedene Literaturpreise. Div. Gedichtbände, Erzählungen und Reportagen.

Nándor Gion

Geb. 1941 in Szenttamás/Srbobran (Jugoslawien). 1963 Diplom für Hungarologie an der Universität in Novi Sad. Ab 1985 Mitarbeiter bei Radio Novi Sad. 1983–85 Leiter des Theaters in Novi Sad. 1979–82 Vorsitzender des Schriftstellerverbandes der Wojwodina. Div. Literaturpreise. Lebt heute in Ungarn. Div. Romane und Erzählungen.

Lajos Grendel

Geb. 1948 in Léva/Levice (Slowakei). 1973 Lehrerdiplom für Ungarisch/Englisch an der Komensky-Universität Bratislava. Lektor beim Madách-Verlag und Redakteur der Zeitschrift *Irodalmi Szemle*. Seit 1992 Chefredakteur der in Bratislava erscheinenden ungarischen Literaturzeitschrift *Kalligram* und Cheflektor des Kalligram-Verlags. Sieben Romane, drei Bände mit Erzählungen, sowie drei Bände mit essayistischen und publizistischen Schriften. Etliche ungarische und slowakische Literaturpreise. In deutscher Sprache erschienen sein Roman *Einsteins Glocken* (in: *Blendende Jahre für Hunde: Die Antwort der Literatur auf die Wende*) sowie einzelne Erzählungen in verschiedenen Literaturzeitschriften und Anthologien. Die Erzählung *Verschämter Bericht mitten aus einem Traum* wurde der Anthologie *Wie Laub von einem Baum* (hrsg. v. Peter Zajac), Blieskastel: Gollenstein Verlag, 1994, entnommen.

Zsolt Láng

Geb. 1958 in Szatmárnémeti/Satu Mare (Rumänien). Ingenieurstudium an der Technischen Hochschule in Cluj-Napoca. Seit 1990 Redakteur der Literaturzeitschrift *Látó* in Marosvàsàrhely/Tîrgu Mureş (Rumänien). Publiziert seit 1989 Romane, Erzählungen und Essays. Ein Auszug aus dem Roman *Perényis Befreiung* erschien 1998 in deutscher Sprache in der Zeitschrift *Neue Literatur*. Die Erzählung *Begegnung in N.* ist der Jelenkor-Anthologie, Pécs,

1993, entnommen.

István Szilágyi

Geb. 1938 in Kolozsvár/Cluj-Napoca (Rumänien). Ausbildung zum Maschinenschlosser. Jurastudium in Cluj-Napoca. Ab 1963 Mitarbeiter der Zeitschrift *Utunk*, seit 1990 Chefredakteur der Zeitschrift *Helikon*. Romanautor. In deutscher Sprache erschien *Steine fallen in versiegende Brunnen*, 1982.

Ottó Tolnai

Geb. 1940 in Magyarkanizsa/Kanjiža (Jugoslawien). 1959–63 Studium der Hungarologie und Philosophie an der Universität in Novi Sad und Zagreb. 1961–74 Redakteur, später Chefredakteur der Literaturzeitschrift *Új Symposion*. 1974–94 Redakteur von Kultursendungen beim Radio Novi Sad; Kunstkritiker. Seit 1986 Mitarbeiter der Zeitschrift *Jelenkor*. Seit 1993 Chefredakteur der Zeitschrift *Ex Symposion*. Div. Gedichtbände, etliche Dramen und Romane, auch Erzählungen und Essays. In deutscher Sprache erschienen Gedichte und Erzählungen in verschiedenen Zeitschriften und Anthologien.

Neu in der Reihe EUROPA ERLESEN

Literaturschauplatz

Der Wieser Verlag leistet innerhalb der Reihe EUROPA ERLESEN einen weiteren kartographischen Beitrag, indem er eine zweite Abteilung begründet: den Literaturschauplatz.

Wir eröffnen diese mit Pazin in Istrien mit dem ersten vorliegenden Band. In loser Folge werden weitere literarische Werke des erlesenswerten Europa folgen.

EUROPA ERLESEN
Literaturschauplatz Pazin

Jules Verne:
Mathias Sandorf
Gebunden, Fadenheftung, Prägedruck,
bedruckter Vor- und Nachsatz

740 Seiten, nur öS 288,-/DM 39,60/sfr 38,-
ISBN 3 85129 287 1

Der Roman »Mathias Sandorf«, eine Geschichte des Widerstandes der Magyaren gegen die Vorherrschaft der Habsburger innerhalb der k. und k.-Monarchie. Der Anführer Mathias Sandorf wurde in die Festung von Pazin verbracht und dort festgehalten. Für die Schergen ein sicherer Ort, über einem Felsvorsprung gelegen, der eine Flucht von vornherein ausschloß.

EUROPA ERLESEN GESCHENKBOXEN

Das ideale Geschenk für Leseratten und Bücherwürmer.

Box 1:
Berlin, Dalmatien, Dublin, Friaul, Kärnten, Karst, Venedig, Wien, Weihnachten
ISBN 3 85129 275 8

Box 2:
Galizien, Istrien, Mähren, Prag, Salzkammergut, Sankt Petersburg, Triest, Zürich, In anderer Augen
ISBN 3 85129 276 6

Box 3: SENZA CONFINI/BREZ MEJA/OHNE GRENZEN
Dalmatien, Friaul, Istrien, Kärnten, Karst, Ljubljana, Triest, Venedig, Senza confini
ISBN 3 85129 277 4

NEU *Box 4:*
Bukarest, Island, Lappland, Moskau, München, Plovdiv, Rom, Siebenbürgen, Die letzte Reise
ISBN 3 85129 307 X

je Box öS 1.296,-/DM 177,50/sfr 158,-

Die in hellem Holz gearbeitete Box mit den Maßen 24,2 x 17,5 x 10,6 cm wird kostenfrei mitgeliefert.

Die Fangemeinde kann die bemerkenswert handlichen Anthologien mit Texten berühmter Literaten und Lyriker so zielgerichtet konsultieren wie strenggläubige Christen den Katechismus.

Frankfurter Rundschau